VINTAGE

VINTAGE

Grégoire Hervier

Traducción de Josep M. Pinto

Título original: *Vintage*

© 2016, Éditions Au diable vauvert

© 2019, Redbook Ediciones, s. l., Barcelona

Diseño de cubierta e interior: Regina Richling

ISBN: 978-84-949285-6-7
Depósito legal: B-169-2019

Impreso por Sagrafic, Passatge Carsi 6, 08025 Barcelona
Impreso en España - *Printed in Spain*

El blues, el country y su bastardo pródigo, el rock'n'roll, tienen en común algo fundamental e invasivo: la estupidez. Esencialmente son la música de la locura, y no del sentido común.

Nick Tosches, *Unsung Heroes of Rock 'n' Roll*

I fell in love with the sweet sensation
I gave my heart to a simple chord
I gave my soul to a new religion
Whatever happened to you?
Whatever happened to our rock'n'roll?
Whatever happened to my rock'n'roll?

Black Rebel Motorcycle Club,
Whatever Happened To My Rock'n'roll

Intro

París, Pigalle

—**Pero si el rock está muerto, si es una historia de dino-**saurios, ¡despierta! El rock'n'roll es para quienes les gusta fumar, beber, follar sin condón y circular a toda pastilla: ¡ya no es *trendy* en absoluto! ¿Tú crees que Elvis se tragaba cinco frutas y verduras al día? ¡A este tipo le mandaban bocadillos de mantequilla de cacahuete por avión!

—Pues no te digo el gasto de carburante...

El individuo que vituperaba detrás del mostrador, con el pelo gris, cejas gruesas y ojos azules, un poco barrigón, era Alain de Chévigné, de sesenta y dos años, autor de *Las guitarras de los yeyés* y otras obras de referencia, amigo de Eddy Mitchell y propietario de Prestige Guitars, en la calle de Douai. El tipo de enfrente, con el pelo castaño ni corto ni largo, delgado y elegante con su chaqueta de cuero perfectamente ajustada, era yo, Thomas Dupré, veinticinco años, músico, ex guitarrista de Agathe the Blues and the Impostors, redactor *freelance* para oscuras revistas musicales y propietario de nada de nada. Estaba sustituyendo temporalmente al vendedor principal de la tienda, que había intentado realizar una figura acrobática de skate por encima de un carro de supermercado. Dos meses de baja. En cualquier caso, el vídeo genial. En resumen, gracias a la temeridad de mi compañero, desde hacía seis semanas vivía rodeado de espléndidas y, en su mayoría, inaccesibles guitarras *vintage*, una de mis grandes pasiones.

La contrapartida eran los accesos de mal humor de Alain, amplificados por la ausencia del tabaco, que acababa de dejar, y la débil afluencia a su comercio en estos tiempos de crisis. Conocía al personaje desde hacía mucho tiempo, ya que le había comprado una guitarra y alquilado modelos de alta gama para mis conciertos, cuando no ocupaba simplemente su tienda. Nos entendíamos muy bien. Pero en el día a día, me tocaba tanto lo mejor como lo más aburrido.

El teléfono sonó y aproveché para volver al taller, no sin observar, antes de irme, y gracias al sabroso *broken english* de André, que el interlocutor debía ser, si no inglés, al menos extranjero.

A mi parecer, Prestige Guitars es la mejor tienda de guitarras de París. Diría incluso que es la mejor tienda de París a secas. Un remanso de paz en medio de Pigalle, una especie de falla espacio-temporal, una invitación salvadora y eventualmente gratuita al país del rock en su edad de oro. Las guitarras colgadas en las paredes no son las reliquias intocables de una época pasada, sino las armas todavía manchadas de sangre de una revolución cultural crucial, violenta y, aun así, gozosa. En cierto modo supervivientes, no arrepentidas, sino deseosas de entregar sus recuerdos épicos y dolorosos, siempre que se les preste la atención necesaria. Algunas llegan resplandecientes, otras ligeramente marcadas por el tiempo, otras realmente echas polvo. Yo experimentaba una empatía particular por estas últimas. Me encantaba rastrear por el mundo piezas originales para restaurarlas y, gracias a una serie de ajustes sutiles y de minuciosas operaciones de limpieza, devolverlas a la vida. Cuando estaba solo con ellas, el tiempo pasaba sin que me diera cuenta, y hasta que no tintineaba el timbre de la puerta para anunciar la llegada de un cliente habitual no salía de mis ensueños.

Esta vez fue un grito, un enorme «¡Yessss!», aullado desde el otro extremo de la tienda por un Alain de Chévigné visiblemente satisfecho. Unos instantes más tarde se presentó ante mí con una gran sonrisa en los labios.

—Adivina quién acaba de ganar un *finde* gratis en Escocia.

—Supongo que tú.

—Negativo, ¡tú!

—¿Cómo?

—Acabo de hablar por teléfono con un cliente que ha comprado una de mis bellezas. La única exigencia es que se la llevemos a su casa, en Escocia. Con todos los gastos pagados. Tu avión sale el sábado.

—¿El sábado? ¿Quieres decir *este* sábado?

—Sí.

Pasé revista a mis obligaciones para el fin de semana. Inventario rápido: ninguna. Y la idea de escapar, aunque fuera por veinticuatro horas, de mis compañeros de piso y de las abominaciones radiofónicas que escuchaban permanentemente no me disgustaba del todo.

—Estupendo, pues.

—Espera, no he terminado. Tengo otra buena noticia: ¡te confío la Goldtop!

—¿La Goldtop? ¿Has vendido la Goldtop?

—¡Yessss!

—No es posible... ¿Por cuánto?

—Eh, eh... El tipo ni siquiera ha regateado: lo único que quiere es que yo, en fin, *nosotros* le entreguemos en mano la guitarra. Y la cosa va en serio, me ha pagado directamente *online*.

Esta historia era bien rara. La famosa Goldtop, una suntuosa Les Paul de 1954 que debía su nombre a su tapa recubierta con un espléndido barniz dorado, constituía la pieza más excepcional de la tienda. Formaba parte de una serie limitada denominada «All Gold», ya que los aros, el fondo y el mástil también eran dorados, y poseía una especie de aura contagiosa: su esplendor, su rareza y el sueño que vehiculaba se extendían a las otras guitarras. Si alguien compraba una guitarra, sea cual fuera, en Prestige Guitars, la adquiría en la única tienda de París donde se podía admirar una auténtica Goldtop. Y digo admirar porque nadie, ni siquiera un servidor, había podido tener el privilegio ni siquiera de tocarla. Se presentaba en una vitrina individual, con alarma, cuya temperatura e higrometría estaban cuidadosamente reguladas y de la que solo Alain poseía la llave. Dado que su valor no dejaba de crecer, en realidad la guitarra no estaba a la venta. Si alguien insistía en conocer su precio, Alain anunciaba según su humor entre dos y tres veces su cotización oficial, en cualquier caso lo bastante como para desanimar a cualquier apasionado o coleccionista empedernido. Dado que las personas capaces de pagar tales sumas sin conocer o, cuanto menos, sin informarse de su valor, eran escasas, para mí solo había dos posibilidades. La primera era que el comprador era un adinerado irracional que había sucumbido a la estética de este ejemplar particular y lo deseaba, sin importarle el precio. La segunda era que esta guitarra valía mucho más que su cotización: por ejemplo, si había pertenecido a una leyenda del rock'n'roll.

El futuro invalidaría rápidamente mis dos hipótesis. De todos modos, esta venta era una muy buena noticia para Alain y para las finanzas de su tienda.

—¿Y quién es el feliz propietario? —pregunté.

Alain frunció el entrecejo.

—Ahora que lo dices... es verdad. Creo que no me ha dado su nombre. Espera...

Se fue a consultar el ordenador y regresó unos instantes más tarde.

—No, no tengo su nombre...

—¿Y la dirección?

—Tampoco... Ha dicho que enviaría los billetes de avión y que un coche esperaría en el aeropuerto.

Tenía poca experiencia en el terreno de la venta en general, y todavía menos en la venta internacional, pero aquello olía a timo.

—¿Pero estás seguro de que te ha pagado de verdad? Qué historia más extraña...

—Me han confirmado la transferencia.

—En este caso, la cosa debería funcionar.

Recuerdo claramente que dije: «La cosa debería funcionar». Seguramente me lo creía hasta cierto punto.

Primera estrofa

1

Aeropuerto de Inverness, Escocia.

EL PEQUEÑO AVIÓN CABECEABA CADA VEZ CON MAYOR VIOLENCIA bajo el asalto de las ráfagas de lluvia, a medida que se aproximaba al aeropuerto. Podía agarrarme al reposabrazos con toda comodidad, ya que el asiento de al lado lo habíamos reservado para la guitarra, la única manera de evitar la bodega, aunque estuviera climatizada...

Menuda entrega tan extraña... Lo ignoraba todo de mi destinatario, pero Alain, sibilino, había soltado justo antes de mi partida: «Creo que quería demostrarme algo... Si tengo razón, dile que eres mi representante oficial y que si es necesario viajaré personalmente más tarde». De hecho, el billete de vuelta estaba reservado para el día siguiente por la tarde, cosa que parecía más una invitación que una simple entrega.

El avión se posó brutalmente sobre la pista, tras lo cual se sucedió una de aquellas salvas de aplausos que ya estaban pasadas de moda pero que volvían a aparecer a veces en casos extremos.

En el vestíbulo vi un cartel, «Señor de Chévigné», sin faltas y con los acentos, sujetado por un gigante que, a juzgar por su turbante, debía ser un sij. En aquel momento comprendí que Alain se había escaqueado y había comprado los billetes a mi nombre sin avisar al destinatario. Me puse delante del coloso y le presenté en inglés una serie de confusas excusas por este cambio. No pareció inmutarse, ni respondió. Tenía un estuche de guitarra en la mano, debía corresponder a lo que esperaba.

Balanceó despreocupadamente la cabeza y me hizo señas de que le siguiera. Quiso coger la guitarra, pero le di las gracias. Sin ella yo perdía toda credibilidad.

Lo seguí, lamentando no tener más tiempo para contemplar las figuritas con la efigie de Nessie, el tímido monstruo del lago Ness, uno de los *fakes* más famosos y visiblemente fructíferos de la historia de los *fakes*.

Fuera nos esperaba un auténtico aguacero. Por suerte, tan solo unos veinte metros nos separaban del parking y de nuestro coche: un suntuoso Rolls-Royce de los años sesenta.

Estaba dispuesto a apostar que se trataba de un Phantom V, un modelo que John Lennon había hecho célebre al repintarlo de amarillo, abigarrado con motivos «gypsycodélicos». El Beatle había transformado aquella *limousine*, habitualmente reservada a los jefes de estado, en un auténtico icono de la contracultura. El que me esperaba era más clásico, con su pintura negra reluciente bajo la lluvia. Con lo cual todavía intimidaba más.

El chófer abrió el gigantesco maletero del Rolls para colocar la guitarra y luego me invitó ceremoniosamente a que subiera detrás, a través de una portezuela que se abría al revés. Penetré en el interior y posé mi trasero medio mojado en el asiento de cuero blanco. El hombre del turbante se instaló al volante. Nos separaba un vidrio. Si queríamos charlar tendríamos que esperar. De todos modos, estaba demasiado ocupado situándose sin sufrir golpes en la hilera de coches que dejaban el aeropuerto de Inverness.

Me taladraban decenas de preguntas. ¿Quién era aquel anfitrión misterioso y extravagante del que ni siquiera conocía el nombre? ¿Aquella autorradio antediluviana funcionaba de verdad? ¿Por qué haber comprado una guitarra semejante sin ni siquiera haberla probado? ¿Dónde iba a dormir aquella noche? ¿Todos los Rolls poseían reposapiés y mesillas plegables? ¿Era normal que el chófer entrara al revés en aquella rotonda? ¿De hecho, era mudo? ¿Era el sirviente devoto de un barón de Frankenstein, de un conde Drácula, o el guardaespaldas de una especie de Goldfinger? ¿Podía servirme un vaso de aquel scotch de treinta años de edad que veía en el minibar? ¿Por qué detestaba yo los acabados de nudo de nogal en los coches, o más bien en general? ¿A dónde íbamos? ¿Por qué la carretera era ahora tan sinuosa, sombría y siniestra? ¿Este chaparrón iría menguando algún día? ¿Había una diferencia significativa en materia de accidentología entre conducir por la izquierda o por la derecha?

Finalmente, la única de aquellas preguntas que encontró respuesta, afirmativa y definitiva, fue la relativa al minibar. Incluso fue dos veces sí.

Circulábamos por una carretera que subía y bajaba en medio del bosque, únicamente iluminada por los faros del Rolls. Una inmensa masa tenebrosa se extendía por el lado derecho y, cuando en una curva, percibí unos reflejos plateados, comprendí que estábamos bordeando el lago Ness. Hacía una hora que habíamos dejado la ciudad cuando el coche ralentizó y giró a la izquierda, por un sendero. Después de atravesar un portón cuyos pilares estaban coronados por dos águilas que se daban la cara, el coche ascendió por un pequeño camino de tierra. Bajo los neumáticos crepitó la gravilla; el coche rodeó un macizo de árboles cercado por piedras para detenerse delante de un extraño edificio blanco, de una sola planta y más bien larga, de aspecto lúgubre.

El chófer salió y me abrió la puerta, y luego el maletero trasero para que yo pudiera coger la guitarra. Me hizo señas para que me dirigiera hacia la entrada y volvió a ponerse al volante para estacionar el coche más lejos. Me quedé un instante frente a aquella mansión, una residencia de campo de la que solo el ala derecha estaba iluminada. Era a la vez atractiva e inquietante. Como en una de aquellas viejas películas de la Hammer, los rayos rasgaban la noche, seguidos de un crujido pesado y amenazador. Lo cual me permitió responder a una de mis preguntas: aunque llevara una guitarra recubierta de oro en la mano, no me enfrentaba a un Goldfinger, sino más bien a un barón de Frankenstein o a un conde Drácula.

La lluvia torrencial se impuso a mi reticencia a avanzar, y me refugié bajo el porche de granito. El nombre de la mansión estaba inscrito al lado de la doble puerta de entrada: *Boleskine House.*

Me invadió una extraña sensación. Ya había leído ese nombre en alguna parte... Una imagen brotó en mi mente: una fotografía antigua, con mucho grano, en blanco y negro, que mostraba delante de esta misma mansión fantasmagórica, toda de alabastro, a un hombre con el pelo hirsuto mirando fijamente el objetivo con una mirada profunda y misteriosa. Aquel hombre era... oh, sí, ¡claro que era él! Era más que un hombre, era un semidiós, una leyenda, un puro genio del rock'n'roll, un aristócrata endeble y tenebroso, capaz de pasar en un segundo de la mayor sutileza melódica al apocalipsis sonoro.

Aquel hombre era Jimmy Page. Estaba delante de la mansión de Jimmy Page, la que había comprado en los inicios de Led Zeppelin.

2

Boleskine House, lago Ness.

UNA PRESENCIA ME SORPRENDIÓ. ERA EL CHÓFER QUE PASABA delante de mí para abrirme la puerta de la mansión. Me hizo entrar en el vestíbulo de entrada, se despidió y se retiró sin decir palabra por el pasillo del ala derecha. Me quedé solo en medio de aquella sala casi vacía. A la luz de las antorchas de las paredes, vi en un rincón un velador sobre el que reposaba una extraña guitarrita, bajo una campana de vidrio. Me acerqué para observarla con más atención. No era una guitarra, sino una mandolina grande, una mandola, que lucía en su cabeza en forma de espiral el logo The Gibson. Solo la había visto en los libros: era una de las famosas Lloyd Loar, el equivalente para la mandolina del Stradivarius para el violín. Para la mandolina *bluegrass*, debería añadir, porque este instrumento era bastante diferente respecto a las versiones milanesas o napolitanas del Renacimiento.

En alguna parte de los Apalaches, hacia finales del siglo XIX, había pasado algo entre los emigrantes italianos que habían ido a trabajar a las minas de carbón y los paletos locales, los *hillbillies*. Debió suceder una noche, ante el fuego del hogar, cuando para relajarse uno de los mineros sacó su mandolina, uno de los raros objetos que se había llevado consigo para atravesar el Atlántico, y había tocado una melodía nostálgica de su Italia natal. A los montañeses les había gustado. Adoptaron la mandolina y, no sin transformarla ligeramente, la incorporaron a su folklore, como también hicieron con el violín, no sin transformarlo ligeramente. Alargaron el mástil y aplanaron el cuerpo. Y fabricando este tipo de instrumento, un tal Orville Gibson lanzó su empresa en 1902. Unos años más tarde, en la década de 1920, reclutó a un músico, autor, compositor, ingeniero y lutier de excepción: Lloyd Loar, cuya mandolina F5 se hizo célebre gracias a Bill Monroe, el fundador del *bluegrass*. Rápidamente se crearon centenares de ejemplares, de los que se han conservado bastantes, por lo cual hoy se pueden encontrar con bastante facilidad y por un precio más o menos razonable. Pero existía una serie bien particular, fabricada por un Lloyd Loar en la cumbre de su arte. Las mandolinas de esta serie se podían identificar por una magnífica incrustación de nácar en forma de helecho justo bajo el logo Gibson, y alcanzaban cotizaciones descomunales. La que tenía ante los ojos era una de estas, en un estado irreprochable. La tapa abombada era suntuosa, y todas las partes metálicas, placadas en oro, parecían de origen. ¿Cuánto podía valer aquella maravilla? Cuatro o cinco veces el precio de la guitarra que me habían encargado que entregara a su nuevo propietario...

—7 de octubre de 1924, la última de las veintitrés fabricadas. No está a la venta.

Me di la vuelta bruscamente. El hombre que había pronunciado aquellas palabras en inglés tenía sin duda más de setenta años, pero la mirada viva y penetrante. Se movía en silla de ruedas. No era Jimmy Page.

—Lord Charles Winsley —dijo tendiendo la mano.

—Thomas —dije, estrechándosela—. Estoy terriblemente desolado. El señor de Chévigné tuvo un percance en el último minuto y, como no quería hacerle esperar...

—Habíamos convenido que fuera él en persona quien me entregara esta guitarra; era mi única condición. Podía esperar perfectamente a que el señor de Chévigné quedara libre de sus obligaciones.

—No lo sabía —dije, sinceramente sorprendido y comprendiendo de repente lo que Alain había soltado con medias palabras—.

Esto es muy embarazoso. Supongo que Alain no entendió su petición, porque no tiene la costumbre de decepcionar a sus clientes.

—Sin duda.

—Para esta vez me ha pedido que lo representara, y ha prometido venir en persona tan pronto le sea posible. Si usted lo desea todavía.

Una luz atravesó la mirada del lord, y aproveché para recuperar la ventaja.

—Permítame que le entregue esta guitarra en su nombre —dije, con la seguridad del vendedor ambulante, alargándole el estuche.

—Acompáñeme, por favor.

Lo seguí por una de aquellas bibliotecas típicamente británicas, con un papel pintado oscuro en las paredes, muebles tallados y sofás Chesterfield.

—Se lo ruego, siéntese. ¿Qué le puedo ofrecer para beber? —preguntó, mientras se dirigía a un bar ricamente surtido—. ¿Le apetecería un scotch de la zona?

—Sería perfecto.

Mientras cogía dos copas, el hombre prosiguió la conversación.

—Así que usted representa al señor de Chévigné. ¿Es usted, como él, especialista en guitarras antiguas?

—No diría tanto. Solo soy vendedor, y restaurador en ocasiones. En realidad soy músico, guitarrista de rock. Y las guitarras me apasionan, en particular las eléctricas.

—Pues le podré enseñar algunas. También son mis preferidas, pero exclusivamente las de los años cincuenta y sesenta. Hoy se fabrican instrumentos de excelente calidad, esto es un hecho, pero para un nostálgico como yo, no tienen ningún valor.

—Entiendo. Creo que también es el punto de vista de Alain, aunque por razones financieras se vea obligado a hacer algunas concesiones.

Cuando me di cuenta que estaba al límite de la torpeza, añadí:

—Evidentemente no estoy hablando de la Goldtop que le traigo, y que era la joya de su tienda.

—El señor de Chévigné es un gran conocedor, de gusto muy afinado, si bien me atrevo a formular algunas reservas acerca de la calidad de aquellas guitarras italianas que utilizaban los «yeyés», como los llaman ustedes en Francia. Y, como todo buen comerciante, también es un fino estratega. Por otra parte, sé que la Goldtop que se encuentra a sus pies está por encima de toda sospecha —añadió, llenándome el vaso.

—¿Desea que se la muestre?

—¡Oh, no, todavía no! No la contemplaré hasta mañana por la mañana. Me temo que el viaje la ha debido hacer trabajar demasiado, y prefiero no abrir el estuche hasta que el aire que contiene esté a temperatura ambiente. Pero brindemos por nuestro encuentro, querido Thomas.

—Por nuestro encuentro —dije mientras me llevaba el vaso a los labios.

Era whisky local, con un pronunciado sabor a turba. Tosí con la mayor discreción posible y mi anfitrión fingió no haber visto ni oído nada...

—Así que es guitarrista de rock...

—Exactamente.

—¿Toca en un grupo?

—Tenía un grupo... Lo hemos dejado hace poco.

—¿No tenían éxito?

—Podríamos decir...

—¿Usted componía?

—Sí.

—¿Componía la música que le gustaba o la que pensaba que gustaría?

—Mm. Buena pregunta. Diría que más bien la música que me gustaba.

—Es un error. Pero ustedes, los franceses, a menudo funcionan así. Se apoyan en la fuerza del concepto e intentan guardar su quintaesencia, su pureza, sin alteraciones. Nosotros, los anglosajones, somos más pragmáticos: cuando tenemos una idea, intentamos saber si funcionará o no. Dejamos que la escuchen otras personas y la adaptamos en función de esta escucha, aunque nos alejemos o incluso olvidemos la idea de partida. Conceptualismo *versus* empirismo. Su método puede desembocar en algo genial. El único problema es que requiere de genios que le sigan. Y, como usted sabe, los genios escasean. En cualquier caso, no son lo suficientemente numerosos para hacerle millonario.

—Oh, no preveo ser millonario. Me bastaría con vivir de mi música.

—A su edad no se puede presumir del futuro. Basta conectar la televisión para darse cuenta. Pero en una cosa tiene razón: en no limitarse jamás a lo que los otros esperan de usted. *Uno tiene que hacer lo que quiera.* Es una ley que no debe sufrir excepción alguna. La única cuestión verdadera es saber lo que se quiere...

Se produjo un silencio que habría podido acabar siendo molesto, si mi anfitrión no lo hubiera interrumpido.

—Como, en su ejemplo, tocar una música que únicamente entienda usted o una música que toque toda una parte del planeta.

—¿Usted también es guitarrista? —pregunté.

—Lo fui —dijo con una punta de pesar en la voz—. En realidad un guitarrista lamentable. Pero en Londres, a mediados de los sesenta, era lo mejor que uno podía hacer... Frecuenté a bastantes músicos en aquella época. Hablo de muy buenos músicos, lo cual me permitió ser consciente de que era mejor que yo me orientara hacia otras cosas. Pero permanecí en contacto con ellos. La pasión por el rock'n'roll y la fuerza que vehicula nunca me han abandonado.

—A propósito, perdone mi curiosidad pero, me preguntaba... ¿Esta casa no había pertenecido a alguien célebre?

—Exactamente —contestó el lord con un brillo en la mirada—. ¿En quién está pensando?

—Pues bien, me parece haber visto una fotografía de Jimmy Page en este patio. Creo que había comprado una mansión en Escocia, en la época de Led Zeppelin.

—No puede ser más verdad. Es un lugar que yo deseaba adquirir desde finales de los años sesenta, pero mis finanzas eran demasiado limitadas en aquella época. Así que cuando un día Jimmy me dijo que buscaba un lugar tranquilo y discreto para reponer fuerzas, se lo aconsejé. Lo compró apenas unos días después de su primera visita, en 1971. Me invitó a menudo junto con otros amigos. Hemos pasado momentos estupendos, aquí. De todas las artes que practica Jimmy, la de anfitrión es una de las que domina mejor. Conservó Boleskine House durante unos veinte años, y luego, cuando me dijo que la quería vender, se la compré. Mañana le enseñaré el acantilado en la parte trasera, el mismo por el que escaló en la película *The song remains the same*. Pero no paro de hablar, y sin duda debe tener hambre. ¿Me quiere seguir, por favor?

Atravesamos de nuevo el vestíbulo de entrada y luego entramos en el comedor. Habían puesto dos cubiertos, uno en cada extremo de una inmensa mesa larga. No había candelabro en medio, pero casi lo parecía. La habitación era oscura y fría, las superficies duras reflejaban con un ligero eco los ruidos de la silla motorizada de mi anfitrión y los de mis pasos.

Ya no recuerdo todos los temas que abordamos, pero hubo una frase de lord Winsley que me marcó. Mientras yo estaba hablando, sin duda ingenuamente, sobre la situación en el mundo, o más bien sobre su ausencia de dirección a causa del conflicto entre unas finanzas caóticas y unas regresiones propias de la Edad Media, lord Winsley respondió: «Si no puede controlar el mundo, controle a los que lo controlan». La idea me había parecido intrigante e interesante, aunque personalmente yo no tenía posibilidad alguna de influir a los que dirigen el mundo. ¿Quería hablar tal vez de un control más fuerte de los gobernantes por parte de las instancias democráticas, o de otra cosa?

He olvidado lo que comimos. En cualquier caso, no era estómago de oveja relleno, el plato nacional, porque me habría acordado. E incluso no estoy seguro en lo que respecta a si él me acompañó o si solo sirvieron cena para mí.

Una vez acabamos de comer, lord Winsley me invitó a acompañarlo a su biblioteca para tomar un licor. Me propuso un cigarro. Yo solo había fumado puros en alguna ocasión, pero acepté gustosamente.

—Mañana iremos a pasear por el lago, si le parece.

—Encantado.

—¿Cree usted en el monstruo del lago Ness?

—Pues... A decir verdad... más bien tengo tendencia a creer solo en lo que veo —contesté después de un momento de duda.

—Con lo cual hace honor a su nombre de pila. No creer más que lo que se ve... —dijo con aire pensativo—. Es una filosofía bastante curiosa. En teoría muy difundida, en la práctica nunca respetada. No está desprovista de virtudes, pero ciertamente bastante extraña, ¿verdad?

—Yo... no lo sé.

—Esta filosofía le ha debido funcionar hasta ahora, ya que parece tenerle cariño. Aun así, es evidente que limita considerablemente al individuo.

Lord Winsley hizo una pausa.

—En realidad, esta idea es sencillamente incompatible con el funcionamiento del mundo, de este y del otro, que justamente no vemos. Estoy convencido de que se tiene que hacer justamente al revés: no ver para creer, sino creer para ver.

—Interesante... Nunca lo había pensado.

Lord Winsley se acercó a mí.

—Por ejemplo, para convertirse en una estrella del rock, es preciso creer en ello, ¿no es cierto? —me preguntó, mirándome fijamente a los ojos.

—Es cierto.

—Si yo le contara en qué creían las estrellas del rock que he frecuentado, sin duda se sorprendería. Pero ya es tarde, y seguro que está cansado, no quiero molestarlo con viejas historias.

—No, no, en absoluto.

—Pues entonces mañana quizás volvamos a hablar del tema. Mientras tanto, le deseo una noche excelente.

Lord Winsley lanzó una mirada a su sirviente, que me propuso que lo siguiera. Me condujo al ala izquierda de la mansión y encendió la luz de mi habitación antes de despedirse. Era una habitación grande, pasada de moda pero encantadora. Me costó conciliar mucho el sueño. Había bebido demasiado y el silencio de la campiña escocesa era asfixiante. Le daba vueltas a este curioso interrogante: «¿Es preciso ver para creer o creer para ver?».

3

Boleskine House, lago Ness.

CUANDO ME ACOSTÉ HABÍA OLVIDADO PROGRAMAR EL DESPERTADOR, y amanecí de mis sueños hacia las nueve y media de la mañana. Me duché, me vestí precipitadamente y salí de la habitación con el cabello todavía mojado.

La puerta situada a la derecha estaba entreabierta. Era la cocina. Una mujer ataviada con uniforme de sirvienta me saludó y me acompañó al comedor, donde me esperaba el desayuno. Me preguntó si deseaba té o café y luego, con un acento escocés muy marcado, me preguntó algo que no supe comprender, pero aun así contesté positivamente.

La vista, grandiosa, daba a través de los árboles al lago Ness, sombrío y tranquilo. Degustaba mi café en aquella atmósfera campestre y relajante cuando la mujer volvió y me sirvió lo que aparentemente yo había encargado: arenque ahumado asado, acompañado por un huevo escalfado. Poco más necesitaba para disipar las últimas brumas que bloqueaban mi mente, y cada bocado fue para mí un recordatorio: si bajaba la guardia lo pagaría al contado.

Cuando hube terminado, la sirvienta me anunció que lord Charles Dexter Winsley me esperaba en la biblioteca. De este modo me enteré del nombre completo de mi anfitrión. La seguí y encontré a lord Winsley leyendo un periódico. Apenas hube entrado lo dobló y lo puso sobre una mesita baja. Nos saludamos y me dijo:

—Su avión no despega hasta la noche, tenemos un poco de tiempo.

¿Está de humor para echar un vistazo a mi modesta colección o prefiere que efectuemos ya nuestra visita al lago?

—Para mí sería un honor descubrir su colección.

—Estupendo, vamos, pues.

—De hecho, ¿ha probado ya la Goldtop? —pregunté ansioso.

—Está completamente conforme a lo que esperaba. Para mí el asunto está cerrado.

—Me alegro mucho.

Lord Winsley me llevó a una pieza contigua a la biblioteca y, aunque habituado a ver perlas en casa de Alain, mis ojos estuvieron a punto de salirse de sus órbitas. Había una treintena de guitarras, todas absolutamente suntuosas y expuestas con sumo gusto. Aquí, una Broadcaster blanca, sin ninguna duda una de las primeras fabricadas por Leo Fender; allí, una Stratocaster de magnífico color «Lake Placid» de mediados de la década de 1950; más allá, lo que no podía ser más que el sueño de los coleccionistas del mundo entero: una Les Paul Standard de 1959, con su increíble tapa veteada. Esta última podía valer unos cinco mil dólares. Justo debajo había una Gretsch White Penguin, blanca y dorada, de precio no tan alto, pero todavía más rara. Todas aquellas guitarras estaban en excelente estado y eran del todo originales, según podía ver. Eran los mejores modelos, de los mejores años, y en el mejor estado imaginable. El lord poseía también guitarras más modestas, pero la mayoría estaban firmadas. Brian Wilson, Keith Richards... Finalmente, en una caja de vidrio, una Les Paul Deluxe hecha trizas: «For Charlie, from Pete». No podía ser otro que Pete Townshend, de los Who, cosa que lord Winsley me confirmó.

Estaba pasmado. Volví hacia la Gretsch White Penguin, porque era una guitarra tan rara que nunca, que yo supiera, había sido utilizada en una grabación. Imaginé el sonido que podía tener. Como si leyera mis pensamientos, lord Winsley me dijo:

—Se lo ruego, pruébela. Está pidiendo que alguien la toque.

—No, gracias, me da miedo a...

—No tenga miedo, conoce las guitarras —dijo barriendo mi vacilación de un plumazo—. Están las que intimidan, las que se tienen que tratar con precaución, la que piden que las violenten. Las reconocerá. Las hay pintarrajeadas, otras más discretas, brillantes, tenebrosas. Algunas han envejecido mal, ahora ya no se dejan tocar tan bien, o tal vez nunca se dejaron, pero otras le abrirán horizontes desconocidos. Se lo ruego, pruébelas. Todas, si lo desea.

Tenía unas ganas terribles de tocar aquellos instrumentos, pero todavía dudaba. ¿Resultaba correcto aceptar? Lord Winsley continuó:

—Esta colección no es una colección como las demás. No es el cementerio de mis años mozos, un memorial de viejos recuerdos que no se deben tocar. Cada una de estas guitarras tiene una historia, una historia gloriosa, se lo puedo asegurar, y solo piden que se cuente de vez en cuando. Hágalas vivir o revivir, se lo ruego. Los amplificadores están aquí.

Lord Winsley me señaló un rincón de la habitación donde había amplificadores de todos los tamaños, el más vistoso de los cuales era un enorme Marshall de doble cuerpo del mismo tipo de los que utilizaban Jimmy Page o Jimi Hendrix en concierto. Y que quizás hasta les había pertenecido.

—Perdone —prosiguió—, pero he de dejarlo. Tengo algunos penosos asuntos de que ocuparme en la ciudad, y el ama de llaves saldrá de compras. Estaré de vuelta hacia las doce —dijo, despidiéndose.

—Gracias...

—Ah, solo dos cosas —añadió—. La primera, no se puede tomar ninguna fotografía ni grabar nada en mi casa.

—Naturalmente.

—La segunda, realmente las puede probar todas, pero le desaconsejo la de Pete —dijo señalando la guitarra medio destruida—. Aparte de esto, ya lo ve, *haga lo que quiera* —soltó mientras me guiñaba el ojo antes de irse.

Me quedé unos minutos contemplando la colección, sin saber por dónde empezar. Por la ventana vi el Rolls que abandonaba la propiedad. ¡Dios mío, estaba solo en la mansión de Jimmy Page, rodeado de las guitarras más fabulosas del rock'n'roll, y libre de probarlas a voluntad durante dos horas!

Me decidí y cogí la Gretsch con tanta precaución como pude. Comencé rascándola tímidamente. Era una maravilla y, al darle un poco más fuerte, me di cuenta de que vibraba como si estuviera viva. Había llegado el momento de encender un ampli y conectarla. Un Vox AC30 me tendía los brazos y se puso a ronronear cuando lo encendí. Luego el zumbido se hizo más discreto, indicando que estaba listo para sonar. Los primeros en aparecer fueron los Beatles, con un buen «Day Tripper». Cosa que me empujó hacia «While My Guitar Gently Weeps» y «I Want You». Luego, el solo de «Oh Sweet Nothin'» de Velvet Underground, uno de mis preferidos junto al de «Thank You» de Jimmy Page durante su concierto en la BBC. Para ello necesitaba una Les Paul '59, cosa que venía que ni pintada, y por qué no, aquel Marshall de doble cuerpo que parecía estarse aburriendo, solo en su rincón. Dejé la Gretsch, encendí el ampli y cogí la Gibson. «Dazed And Confused» para empezar. Dios mío, ¿cuántos guitarristas soñarían con estar en mi lugar? El tiempo pasaba demasiado deprisa, había tantos instrumentos por probar... Con los amplis y guitarras de que disponía, podía encontrar el sonido de casi todos los artistas de los años cincuenta y sesenta, y realmente tenía la impresión de estar allí, como Arnie Cunningham con su Plymouth Fury rojo y blanco en *Christine*.

Todas las guitarras estaban bien ajustadas. Ni un mástil torcido, ni una cuerda en mal estado, ni un potenciómetro que chisporroteara. Estaban perfectamente trasteadas o retrasteadas, minuciosamente pulidas, sin huellas de dedos en la pintura, y los mástiles olían agradablemente a aceite de almendra dulce. Era evidente que disfrutaban de un mantenimiento cuidadoso y regular, efectuado por una persona muy competente.

Es inútil que diga que aquellas dos horas pasaron a la velocidad del rayo, y que todavía no había probado ni la mitad de las guitarras.

Recuerdo haber tocado «Hey Joe», el primer tema que aprendí, con la Stratocaster serie L, y que ensayé un riff demoníaco en una magnífica ES-345. De hecho, estaba componiendo algo en esta última cuando vi que el Rolls estaba de vuelta. Seguía tocando cuando, unos instantes más tarde, lord Winsley entró en la sala.

—¡Ay, esta 345! También es una de mis preferidas. Fue Hilton Valentine, de The Animals, quien me la cambió en 1966 por algo que ya no recuerdo. ¿La ha probado en estéreo?

—No, no se me ha ocurrido.

—Adelante, amigo, adelante.

Así que lo hice, y probé el nuevo sonido tocando algunos acordes.

—¡Más fuerte, amigo, más fuerte! Apenas lo oigo.

Subí el volumen hasta el que se utiliza en una sala de concierto pequeña.

—Y no dude en hacerla vibrar. Esta guitarra es un pura sangre árabe, uno no la compra para andar al trote.

Sonreí ante aquellos consejos. A pesar de todo, me encontraba en la situación embarazosa del guitarrista que ya no sabe qué tocar. Tenía las manos húmedas. Y luego, sin avisar, comenzaron a tocar los primeros acordes de «Gimme Shelter», y a continuación el solo que mezclé involuntariamente con el de «Sympathy For The Devil» hacia el final. Lord Winsley cerraba los ojos marcando el ritmo sobre sus muslos. Parecía transportado, y creo que nunca había tocado tan bien como aquel día. Las válvulas saturaban exactamente como era preciso, y la guitarra parecía ofrecer el doble de lo que yo le daba. ¡Dios mío, qué sonido tan bueno! Pero tenía que volver a tocar el suelo, y encadené con los últimos acordes de «Thank You», en homenaje a los dos dueños del lugar.

—¡Qué placer, escuchar música viva! Tiene usted talento de verdad, amigo mío, y un gusto certero. No me había equivocado.

—Podría pasarme días enteros aquí.

—¿Quién sabe? Quizás tendrá ocasión de hacerlo... —añadió misteriosamente.

Lord Winsley parecía reflexionar, dudar.

—Venga, tengo que enseñarle algo. Pero tiene que apartarse.

Me levanté.

—Pase por detrás de mí, si me hace el favor. ¿Puede mover este taburete que está en medio?

Hice lo que me pedía y lord Winsley se acercó al rincón de la habitación donde se encontraban los amplificadores. Se sacó un mando a distancia del bolsillo y pulsó un botón. El enorme Marshall se abrió como una puerta, y dejó que apareciera una recámara en la pared. Lord Winsley entró y me pidió que lo siguiera.

Era una especie de cabina de ascensor, apenas más ancha que la silla de ruedas de lord Winsley. Posó el índice en un sensor y la puerta se cerró, sumergiéndonos en la oscuridad completa. La cabina olía a cerrado, y tuve la impresión de que me faltaba el oxígeno. La puerta de enfrente se abrió sin que nos hubiéramos movido: no era un ascensor, sino una doble puerta de seguridad. Se hizo la luz, y una ventilación salvadora se puso a ronronear. Penetramos en una pieza minúscula, sin puerta ni ventana, tapizada desde el suelo hasta el techo con un grueso terciopelo rosa oscuro, del mismo tono que el que se encontraba en el interior... de los antiguos estuches Gibson. La pieza solo contenía en total dos guitarras colgadas por la cabeza en la pared del fondo. Reconocí instantáneamente aquellos modelos tan particulares, de formas geométricas: la Flying V y la Explorer. Las partes metálicas eran doradas, y la madera, discretamente veteada, parecía muy clara, bastante distinta a los acabados naturales de caoba que se encuentran en Gibson. Recordé entonces que la primera serie de aquellas guitarras míticas se había realizado a partir de una madera exótica con unas cualidades sonoras excepcionales.

Evidentemente se trataba de dos ejemplares originales, fabricados hacia 1958. Su cotización superaba todo lo que existía en materia de guitarra eléctrica. Mi entusiasmo se acrecentaba por el hecho de que yo era un gran fan de la Flying V. Había pasado horas muy felices en la tienda de Alain con una versión más tardía y de menor calidad de aquella guitarra, idéntica a las que utilizaba Hendrix en la última etapa de su vida demasiado corta.

Me giré hacia lord Winsley sin decir nada, pero mi expresión debió divertirlo, porque me sonrió con benevolencia.

El nombre de aquella madera exótica rarísima me vino a la mente y pregunté:

—¿Son los famosos ejemplares de korina?

—Exactamente, korina era el nombre comercial de la limba, que viene de África. *Terminalia superba*, una madera muy rara en la época, y utilizada por primera vez en estas guitarras.

—Según creo se construyeron muy pocas...

—Ciento veinte en total. Muchas se han perdido. Pero los ejemplares que tiene ante los ojos son más raros todavía, ya que se trata de los prototipos originales de aquellas guitarras. Solo existen tres o cuatro por modelo, y todos son ligeramente diferentes. Se trata, pues, de ejemplares únicos, hoy más que buscados, y los últimos fabricados antes del lanzamiento de la serie Modernistic, en 1958. Se pueden considerar como los más logrados. Aunque no se trata más que de prototipos, estas guitarras, como puede constatar, están perfectamente acabadas y funcionan.

—No me creo lo que estoy viendo...

—¡Ahá! Y usted decía que tenía que ver para creer, ahora ya no le basta. Thomas, su caso es desesperado. Pero están ahí, aunque les falta lo esencial.

—¿Qué quiere decir?

La cara de lord Winsley se ensombreció.

—Falta la pieza maestra de esta colección. Lo que usted está admirando no es más que un tríptico incompleto.

Entonces vi un soporte mural que estaba vacío, situado entre las otras dos guitarras. Me vino a la cabeza la historia de aquella serie legendaria: en aquella época no solo había habido aquellos dos modelos célebres, hoy fabricados en centenares de miles de unidades, sino también un tercero que, por lo que yo sabía, no existió nunca más allá de su diseño. La guitarra nunca había superado el estado de proyecto, pero todo el mundo decía que, si la hubieran fabricado, sería entonces la guitarra más rara, más misteriosa y probablemente más cara del mundo. El Santo Grial de las guitarras vintage.

—La Moderne... —murmuré.

—Sí, la Moderne.

Y de repente comprendí el objeto de la invitación a Alain de Chévigné. Faltaba la pieza maestra de aquella colección alucinante, y lord Winsley buscaba un medio para obtenerla. Pero había un problema. Por lo que Alain me había dicho, aquella guitarra no era más que un mito. Existía más o menos tanto como... el monstruo del lago Ness. En cualquier caso, nunca me había hablado de ella como de algo serio.

—Pero creo que esta guitarra nunca existió...

—Oh, sí, claro que existió. Y, a decir verdad, casi la puedo ver en este momento contemplando este emplazamiento desesperadamente vacío. Porque seguía aquí no hace ni quince días.

4

En el mismo lugar.

LO QUE HABÍA OÍDO ME HABÍA DEJADO PASMADO.

—¿Usted tenía una Moderne?

—Tan cierto como que todavía tengo estos dos prototipos originales. Lo había comprado al mismo tiempo que los otros dos, en 1964, antes de que se convirtiera en un mito. Esta guitarra no interesaba a nadie en la época.

—¿Y durante todos estos años no se lo ha dicho a nadie? ¿Ni siquiera la quiso mostrar aunque fuera en foto?

—En efecto, intenté preservar el secreto. Y mientras era un secreto, todo funcionaba. Por desgracia, un día tomé una mala decisión. Pero mejor que vayamos a almorzar, es tarde y esta habitación, que hasta hace poco era mi remanso de paz, hoy es mi purgatorio.

Volvimos a salir por la doble puerta y atravesamos la sala de la colección principal. Las guitarras seguían ahí, sublimes, pero mi mente estaba ocupada todavía por lo que acababa de ver, o más bien por lo que no había podido ver.

La mesa estaba puesta para el almuerzo. Recuerdo claramente que pude elegir. Lord Winsley hablaba de salir a pasear aquella tarde en barco y habríamos podido hablar del lago, de la vida en Escocia o de cualquier otra cosa. Pero yo había visto demasiado, o quizás no lo bastante, para pensar en otra cosa que no fuera aquella guitarra. Porque detrás del instrumento de ensueño se ocultaba, seguro, una historia extraña y desconocida, y mi alma a la vez de músico y de periodista no esperaba otra cosa: descubrirla y contarla.

Así que pedí a lord Winsley que me explicara en detalle el origen de su Moderne, cómo la había encontrado y adquirido, y qué había sucedido con ella. Lord Winsley se entregó con un placer evidente a este ejercicio. Me explicó cómo, en 1957, Ted McCarty, por entonces presidente de Gibson Company, tuvo la idea de lanzar una serie de guitarras de look futurista para recuperar la imagen de la marca, que producía instrumentos de cualidades unánimemente reconocidas, pero cuyas formas seguían siendo demasiado clásicas, casi pasadas de moda, para aquella generación de cabezas locas como era la de los rockeros de los años cincuenta.

Ted McCarty seleccionó él mismo tres diseños de guitarras de formas particularmente originales para la época: una en V, la Flying V; una en X, la Futura, rápidamente rebautizada como Explorer; y una tercera, de forma todavía más extraña, una especie de K, con una cabeza asimétrica bastante poco agraciada: la Moderne.

Pero en el salón anual de la *National Association of Music Merchants* de 1957, en Chicago, solo se presentaron, en forma de prototipos, los dos primeros modelos, la Flying V y la Explorer. Aquellas guitarras, adelantadas a su tiempo, provocaron la estupefacción general. Y sin embargo, como esas obras de arte que nos asombran y nos cuestionan pero que, independientemente de su precio, no desearíamos por nada del mundo poseer en nuestro salón, no encontraron muchos compradores. El resultado de los pedidos fue catastrófico: menos de una decena para la Flying V, una o dos para la Explorer. Gibson renunció a la idea de producción de masa y, según los registros, solo sirvió 98 Flying V y 22 Explorer en el curso de los años 1958 y 1959, antes de interrumpir la serie. En cuanto a la Moderne, no aparece en ningún registro de venta ni catálogo de la época, y todo parece indicar que fue abandonada incluso antes de fabricarse.

Gibson se recuperó fácilmente de aquel doloroso fracaso, porque en el mismo momento se lanzaron otros modelos, más convencionales, con un éxito inmenso. La serie Modernistic había sido un fiasco, y ningún artista conocido, con la notable excepción de Lonnie Mack y de Albert

King, que se convertiría en una de las mayores influencias de Jimi Hendrix, utilizaba estos extraños instrumentos. Hasta el punto de que todo el mundo, o casi, ignoraba su existencia.

Era el caso de lord Winsley quien, desde 1962, frecuentaba el ambiente del rock'n'roll londinense. En primer lugar como guitarrista y líder de una formación cuyo nombre se negó a darme, luego como productor de éxito efímero y, finalmente, como organizador de conciertos, su actividad más lucrativa. Con frecuencia aparecían desacuerdos con los músicos, generalmente de orden financiero. Un día, lord Winsley, que había iniciado una colección de guitarras, ofreció una a uno de ellos para limar asperezas. El rockero apreció en gran medida aquel regalo y lord Winsley se dio cuenta de que había encontrado un medio excelente para resolver ciertos conflictos. Por poco rara u original que fuera la guitarra, en resumen, si era diferente a la del vecino, el guitarrista más reivindicativo podía transformarse en un cordero. Lord Winsley comenzó a comprar guitarras en cantidad, a regalarlas, a intercambiarlas contra las de una u otra estrella de la época. Estaba al acecho de los modelos con acabados particulares, con colores poco comunes, con características insólitas. En 1963, mientras hojeaba una antigua revista de instrumentos musicales, descubrió aquellos modelos futuristas, la Flying V y la Explorer. Se metió en la cabeza encontrarlos, ignorando en aquel momento que había podido existir un tercer modelo, la Moderne. Contactó con varios vendedores, luego con los distribuidores británicos y estadounidenses de la marca, y todos fueron unánimes: aquellas guitarras ya no se fabricaban, y no era posible conocer los nombres de eventuales compradores registrados en Gibson. Lord Winsley abandonó provisionalmente la búsqueda. Poco tiempo más tarde, mientras que más o menos acompañaba la gira norteamericana de los Beatles en 1964, aprovechó su paso por Chicago para visitar la fábrica Gibson en Kalamazoo. Solicitó comprar ejemplares de las dos guitarras y le respondieron que ya no quedaban desde hacía mucho tiempo. Insistió y el comercial recordó que habían regalado modelos de preserie, prototipos, a un empleado de la compañía. Lord Winsley se dirigió a casa de este último y descubrió no dos, sino tres guitarras de la serie Modernistic: una Flying V, una Futura/Explorer y otra de la que el empleado ignoraba el nombre. Lord Winsley le compró el lote por unos mil dólares, una bonita oferta en aquella época, y fue así como adquirió la Moderne.

De regreso a Londres, estuvo tan ocupado con otros negocios que guardó aquellas guitarras sin siquiera tocarlas, y las olvidó poco a poco. Pero un año más tarde, Dave Davies, de los Kinks, encontró en los Estados Unidos, por tan solo sesenta dólares, una rarísima Flying V. La adoptó en el escenario, lo cual permitió a Gibson dar una segunda oportunidad a aquel modelo, en una versión menos lujosa, en 1967. La guitarra ahora era de simple caoba y ya no tenía aquel cordal tan particular que le atravesaba el cuerpo. Las ventas no despegaron, hasta el día en que Jimi Hendrix apareció en concierto con una de ellas. Jimi, que había forjado con la Stratocaster un sonido espeluznante, sutil y devastador, se pasaba a la competencia. Y aquella nueva guitarra le permitió edificar un nuevo sonido. Con el guitarrista rock más influyente y dotado de todos los tiempos como embajador, la Flying V comenzó a conocer el éxito.

Lord Winsley se acordó de repente que poseía un prototipo. Decidió entonces sacar las guitarras de los estuches y tocarlas... Inmediatamente se enamoró de su sonido, «bruto y rocoso», según sus términos, y decidió quedárselas. Unos años más tarde, a principios de la década de 1970, la calidad de fabricación de las guitarras disminuyó y muchos músicos, como Jimmy Page o Eric Clapton, comenzaron a orientarse hacia modelos anteriores, como las Les Paul de finales de los cincuenta, con lo cual se produjo una escalada en los precios de las guitarras de la edad de oro de Gibson, confirmando para lord Winsley el interés de conservarlas. En 1976, la Explorer se reeditó a su vez y dos años más tarde la adoptó el guitarrista de U2. En los ochenta, las reediciones o las copias de aquellas guitarras «futuristas» fueron adoptadas por grupos de heavy metal, con Metallica a la cabeza. La serie alcanzó al fin la popularidad, y la cotización de las versiones originales, las de los años cincuenta, comenzó a aumentar vertiginosamente. En 1982, Gibson decidió sacar una reedición de la Flying V y de la Explorer. Y por primera vez, fabricó la Moderne en serie. Si los dos primeros modelos se vendieron correctamente, la Moderne fue un fracaso. Solo se produjeron 143 ejemplares.

—Una guitarra maldita —concluyó lord Winsley—. Pero estas guitarras de los años ochenta, aparte de su forma, no tenían mucho que ver con la calidad de fabricación de las originales. Los músicos lo sabían, lo cual elevó todavía más y más la cotización de mis ejemplares. En lo que concierne a una Moderne original, virtualmente estaba por encima de todo lo que pueda imaginarse en este terreno.

5

En el lago Ness.

HABÍAMOS TERMINADO DE ALMORZAR. LORD WINSLEY HABÍA HABLADO tanto que no había tocado su plato. Me propuso de nuevo un paseo por el lago, y acepté gustosamente. Su chófer, Avinash, lo ayudó a instalarse en un cochecito de golf. «Coja el camino de la derecha del cementerio, nos encontraremos abajo», espetó lord Winsley antes de que el cochecillo se pusiera en marcha. Lo seguí a pie, bajando por la propiedad hasta la puerta de entrada. Al otro lado de la carreterita, como indicaba un cartel, se encontraba el Boleskine Cemetery. Las tumbas parecían muy antiguas, algunas estaban abandonadas, pero mi mirada se sintió atraída sobre todo por la magnífica vista hacia el lago, de un azul profundo. Bajé hasta la orilla. Había un muelle minúsculo y lord Winsley ya estaba sentado detrás de una lancha motora de madera que debía datar de los años cincuenta o sesenta, mientras que su chófer se apresuraba en los preparativos para zarpar. «¡Suba, Thomas, suba!», me dijo lord Winsley.

Me senté en el banco delante de él. El viento soplaba fuerte y el lago estaba ligeramente agitado. El tiempo me parecía imprevisible, pero aparentemente lord Winsley se sentía de maravilla. El lugar era magnífico, y estábamos solos en aquella parte del lago. Pero yo solo tenía un deseo: que lord Winsley prosiguiera su relato.

—Y entonces, ¿qué le sucedió a su Moderne? —pregunté en el momento en que el barco abandonaba la orilla.

—Me la robaron. Me traicionaron.

Lord Winsley se interrumpió, emocionado.

—Discúlpeme, pero esta historia es tan absurda que solo recordarla me hace temblar de rabia... Había tomado la costumbre de ocuparme yo mismo del mantenimiento de mis guitarras pero, después de mi accidente, tuve necesidad de ayuda. Siempre me encargaba personalmente de la Moderne y de los otros dos prototipos pero, en cuanto al resto, encontré en Inverness a un lutier excelente, que se trasladaba a mi domicilio el primer lunes de cada mes. Aunque siempre se presentó sobrio, tenía una fuerte inclinación por el alcohol, que se agravó en el momento en que se jubiló oficialmente, y todavía más al fallecer su mujer, el año pasado.

Lord Winsley desvió su mirada del horizonte y me miró.

—Fíjese, Thomas, siento una gran indulgencia por lo que algunos consideran pecados, como la gula y la lujuria. La gula simplemente es el hecho de comer, o de beber, más de lo necesario para mantenerse en vida. ¿Pero nuestra vida debe limitarse a la supervivencia? ¿Acaso no estamos en el mundo para explorar sus límites y, sobre todo, *nuestros* propios límites? He frecuentado a demasiados genios que empleaban ciertas sustancias, de las que desarrollan la capacidad de soltarse. Este soltarse al que debemos tantas creaciones magníficas y que tantas veces ha alimentado al arte bajo todas sus formas. Y este hecho, los bienpensantes, que son los peores hipócritas, fingen ignorarlo, disfrutando del resultado y al mismo tiempo justificando una moral que aniquilaría el proceso de creación. *Indulgencia*, pues. Pero al contrario, aquel que destruye su inteligencia, su voluntad e incluso su amor propio, aquel que tiene la debilidad de perder su propio control, no merece ninguna indulgencia. A mis ojos se sitúa por debajo del reptil en la escala de la evolución, ya que este último siempre estará vigilando para no arriesgarse a perder la vida estúpidamente —dijo lord Winsley, con una ira profunda y una determinación implacable.

Casi inmediatamente se suavizó y prosiguió:

—Este lutier no solo era alcohólico sino que, como me enteré más tarde, estaba hasta arriba de deudas de juego. El control sobre su vida tendía inexorablemente a cero. Dado que lo conocía desde hacía mucho tiempo, me dio un poco de pena. Y le aseguro que la pena es una auténtica debilidad a la que no me dejaré llevar nunca más. En resumen, aunque sus trastornos parecían no afectar la calidad de su trabajo, siempre pedía a mi chófer que lo vigilara. También yo solía acompañarlo y, se lo repito, nunca le había comunicado la existencia de la habitación en la que se encontraba la Moderne. Pero en una ocasión fallé a esta regla...

—¿Cuándo?

—Durante mucho tiempo no aseguré ninguna de mis guitarras. A principios de la década de 2000, me dije que sería necesario. Contacté con un corredor al que conocía y firmé un contrato con una compañía inglesa para asegurar el conjunto de mi colección. Registré la Moderne bajo el nombre más evasivo de «Prototype Modernistic». Un poco asustado por el precio creciente de estas guitarras y por la tarifa de las primas necesarias para asegurarlas, durante mucho tiempo las evalué por debajo de su valor. Luego, a medida que pasaban los años, mi gusto por el riesgo se fue debilitando y, hace unos diez años, deseé asegurar mi colección por su valor real. Según los modelos, las guitarras que poseo valen oficialmente entre treinta mil y seiscientos mil dólares. Podemos imaginar que una de ellas despierte el entusiasmo de un coleccionista y pueda alcanzar el millón, para apuntar a lo más alto. Pero ¿cómo evaluar el precio de la Moderne? ¿Cómo evaluar el precio de un objeto que nunca se ha intercambiado y que quizás es único en el mundo? George Gruhn que, como usted sabe, publica cada año una guía de las cotizaciones de guitarras de colección, indica en cuanto a la Moderne, «precio inestimable». Pues bien, tuve que estimarla. Y, sabiendo que hacía fantasear a todos los coleccionistas del planeta, la estimé en diez millones de dólares. Mi compañía de seguros cobró dócilmente las primas correspondientes pero, hace dos meses, recibí un correo en el que se hablaba de casos de fraude en ciertos contratos establecidos por mi corredor, que podían conducir a su rescisión. A fin de evitarme semejante escollo, la compañía me propuso un nuevo peritaje del conjunto de mi colección en un plazo máximo de treinta días, garantizando durante este tiempo el valor anteriormente estimado para mi colección. Esta noticia no es que me encantara, pero no tenía elección. Y ya sabe cómo son estos, digamos, peritos –y no lo digo por usted, hablo de los de seguros–: a veces se fijan en detalles insignificantes para discutir el valor de un objeto. Así que yo quería que mis guitarras estuvieran impecables y relucientes, por lo que contraté a Gordon durante tres días a fin de que las sometiera a un mantenimiento todavía más minucioso que el de costumbre.

»El último día, viendo que todo iba bien, le llevé mis prototipos. Se había instalado en el comedor, transformado para la ocasión en taller, y no vio de dónde los había sacado. Estuvo a punto de desmayarse cuando vio que le llevaba la Moderne, pero intentó fingir y no me preguntó nada. Evidentemente, yo me quedaba con Avinash en la sala, pero dado que estas guitarras nunca se ajustaron profesionalmente, el trabajo era largo. Al cabo de una hora, recibí una llamada que me obligó a dirigirme a mi despacho. Mi interlocutor me pedía una información que se encontraba en un archivador situado a cierta altura. Intenté cogerlo con la ayuda de un bastón largo y lo hice con tanto éxito que toda la estantería se abalanzó sobre mí. Alertado por el estruendo, Avinash corrió inmediatamente. Yo estaba medio noqueado, y me ayudó a recuperar la consciencia. Me sangraba un poco la cabeza, pero le di las gracias y le pedí que volviera inmediatamente junto al lutier. Quizás no habían pasado más de dos minutos desde mi caída... Por desgracia, fueron suficientes.

»Cuando Avinash regresó al comedor, Gordon había desaparecido, y la Moderne con él... Oímos cómo su coche abandonaba la propiedad. Avinash se precipitó para coger las llaves del Rolls, pero le ordené que se detuviera. Gordon ya tenía demasiada ventaja, y el Rolls, a pesar de sus cualidades, no tiene la de rivalizar con un coche moderno a la fuga. Por otra parte, cada vez sangraba más, y tenía que ir al hospital. De todos modos contacté con la policía, que envió directamente un hombre al domicilio del lutier para atraparlo en flagrante delito. Nunca volvió a su casa... y nadie lo ha vuelto a ver.

—¿Qué hizo entonces?

—Hice que me curaran, presenté una denuncia por robo y contacté con mi seguro. Y... allí las cosas se complicaron.

—¿No quisieron pagar?

—En cierto modo.

—¿Piensan que la policía encontrará la guitarra?

44

—No, no lo creo. La guitarra debe estar lejos, ya, y no es la policía de Inverness quien la encontrará.

—Entonces, ¿por qué el seguro no paga?

—Ahí está el corazón del problema. Mi asegurador pretende que su propio reasegurador, en Suiza, en ausencia de peritaje reciente, no puede comprometerse en base únicamente a la fe de mi corredor. Contacté con mi abogado que, a partir del contrato que firmé y de la carta que me garantizaba el valor de mi colección, reclamó mis derechos. En un primer momento, el seguro envió al perito, como estaba previsto. Pudo constatar por sí mismo que la evaluación de mi colección se correspondía en efecto a su valor real. Incluso me recomendó que reevaluara ciertos ejemplares, porque son realmente raros y su estado es irreprochable. Pero este perito no pudo comprometerse con la Moderne, ya que no tuvo la posibilidad de examinarla él mismo.

—¿No tenía fotos?

—Solo se había ocupado mi corredor. Aunque, según el seguro, sus informes eran muy incompletos y, qué casualidad, no había ninguna foto de la Moderne. Yo mismo no la llegué a fotografiar, porque la podía ver cuando quería.

—Sí, evidentemente.

—A pesar de todo, teniendo en cuenta que mis otras guitarras eran auténticas y que el perito evaluó mis dos prototipos a quinientos mil dólares cada uno, el seguro me hizo una especie de propuesta comercial: quinientos mil dólares, más el reembolso de las primas ya pagadas por una guitarra anteriormente evaluada en diez millones. Mi abogado me aconsejó que aceptara, pero me he negado por completo. Quinientos mil dólares por la Moderne... cuando esta compañía asegura esas imposturas hinchables, esas estupideces de plástico de no sé qué supuesto artista, y que osan llamar arte, ¡por millones! Es una locura...

—Entiendo —dije a la vez consternado y divertido.

—Les informé de que la Moderne era mucho más excepcional y buscada que mis otros dos prototipos, y que los diez millones de dólares en los que había sido evaluada me parecían incluso por debajo de la realidad. En resumen, que era la única suma que yo estaba dispuesto a aceptar, conforme al contrato que había firmado. Me contestaron que mantenían su proposición y que, en caso en que la rechazara, me quedaba la vía judicial. Me dio a entender que podía durar de diez a quince años, cosa que me confirmó mi abogado, y me repitió que ya había obtenido anulaciones de contratos establecidos por el corredor al que yo había recurrido, lo cual había desembocado en una ausencia total de indemnización para los asegurados correspondientes. Algunos de ellos, sospechosos de fraude a la aseguradora, incluso habían sido denunciados y condenados. A pesar de estas espantosas amenazas, la justicia de los hombres es la única vía a la que puedo recurrir pero, como comprenderá, no se puede acudir a un duelo sin pistola: necesito la prueba de que mi ejemplar era un auténtico prototipo de 1957 y, para ello, o bien tengo que recuperar mi ejemplar, o bien probar de manera irrefutable que en aquella época se construyó esta guitarra. La compañía se ha comprometido a abonarme más de diez millones de dólares sin pasar por la justicia si era capaz de proporcionarles esta prueba. Le confieso que, en este caso, me gustaría hacerles pagar en daños y perjuicios su falta de palabra, sus suspicacias odiosas y sus amenazas ignominiosas, pero también sé que no me queda tanto por vivir. Como buen epicúreo, prefiero disfrutar del día presente que apostar por el futuro. Quiero estos diez millones lo más pronto posible. Y no excluyo la posibilidad de poner en la balanza todas estas complicaciones injustificadas en el momento de la última negociación, lo cual significa que tal vez estemos hablando del equivalente de doce o trece millones de dólares.

—Ahora lo entiendo mejor. Esta debía ser una de las razones por las que quería hablar directamente con Alain. Desea que, gracias a sus contactos entre los coleccionistas, obtenga algunas informaciones.

—Es usted muy perspicaz, señor Dupré. Pero ahora quiero que sea *usted*.

6

París, Pigalle.

ALAIN SE CONTENTÓ CON UN SIMPLE «¿Y BIEN?» CUANDO ME presenté de nuevo en la tienda. Pero a medida que le iba dando detalles –el Rolls, la mansión de Jimmy Page a orillas del lago Ness y la fabulosa colección– vi cómo iba abriendo los ojos de par en par y se mordía los labios, pasando de la incredulidad al pesar por no haber efectuado él mismo la entrega. A Alain no le gustaban ni los aviones ni la lluvia, pero había subestimado gravemente el interés potencial de aquel viaje.

Hablé de todo, salvo de lo esencial: la Moderne. Por precaución, pero también para obtener de Alain una opinión lo más objetiva posible cuando llegara el momento, no mencioné tampoco la sala secreta ni los otros dos prototipos, que había podido fotografiar y con los que había podido tocar antes de irme. Menos todavía hablé de la oferta que lord Winsley me había hecho: el diez por ciento de los diez millones de dólares que calculaba recuperar de su aseguradora si yo llegaba a demostrar la existencia de la Moderne en 1957, y el pago íntegro de mis gastos fijos en París y de los necesarios para la búsqueda de aquella prueba. Había propuesto abrirme una cuenta en un banco *online*, que alimentaría él mismo y de la que yo podría sacar dinero. Lord Winsley había intentado acercarse en vano a reputados expertos, pero en mí había sentido un espíritu más abierto. Yo había formulado ciertas reservas acerca de mis competencias, que lord Winsley barrió de un plumazo: «Confío en la juventud, en su creatividad. Usted tiene contactos con los mejores especialistas, y yo le ayudaré todo lo que pueda». Así que acepté el pacto con entusiasmo. Un millón de dólares... Se acabó compartir casa, y los trabajillos de *freelance* por una miseria... ¡Y adelante la música! Y además, esta historia de la guitarra maldita me atraía al máximo: ¡tal vez tenía en mis manos una exclusiva fabulosa!

Aun así di a entender a Alain que a lord Winsley le habría gustado verlo, sin duda para obtener su opinión acerca de su colección y charlar sobre esta pasión común. Entonces decidió llamarlo para presentarle sus excusas. Por lo que pude oír, la conversación fue cortés, pero lord Winsley no le propuso que lo visitara en su casa. Le confirmó que ninguna de sus guitarras se vendía de momento. Por otra parte, lord Winsley apeló a la discreción, incluso al secreto profesional, para que no se propagara ningún elemento relativo a su colección, a lo que Alain se comprometió. Alain deseaba dejar una puerta abierta, y se declaró disponible para toda proposición de venta, de compra o de intercambio entre sus guitarras y las del noble.

Al día siguiente recibí por correo el contrato escrito de lord Winsley, que se correspondía exactamente con lo que me había prometido, y se lo devolví firmado. Un millón de dólares, escrito con todas las letras...

Durante la semana siguiente me pasé las horas rastreando por Internet. Me informé sobre la desaparición del lutier del lago Ness: solo el *Inverness Courier* hablaba del caso, en términos sibilinos, en una noticia breve. Sobre todo, fui recopilando las informaciones disponibles sobre la Moderne. A falta de elementos concretos susceptibles de aportar pruebas incontestables de su existencia, descubrí historias tan fascinantes y divertidas como totalmente imposibles de verificar. Por ejemplo la de un viejo estuche Gibson que no contenía ninguna guitarra, pero en cuyo revestimiento interno había quedado impresa la forma de la Moderne o, más creíble, la de Billy Gibbons, de ZZ Top, que pretendía poseer un ejemplar original de la Moderne, de 1957 o 1958. Existían algunas fotos de él con esta guitarra. Pero no se veía bien, y Gibbons nunca quiso hacerla peritar, lo cual parecía sospechoso.

Internet me condujo rápidamente hacia posibilidades de compra, desde vulgares copias de la Moderne de otras marcas hasta la de Gibson, pero en su versión de 1982. También había libros: los de André Duchossoir, el mayor especialista francés en guitarras antiguas, reconocido internacionalmente, así como otros que se encontraban en la tienda y que tomé prestados a Alain antes de devorarlos. Me enteré de más cosas acerca del genial presidente de la Gibson Company en la época de la Moderne: Ted McCarty. En una entrevista de 1999, dos años antes de fallecer, aseguraba que se habían fabricado prototipos de la Moderne, antes de que se abandonara la idea de su comercialización. ¿Por qué habría de mentir tantos años más tarde? ¿Necesitaba Gibson un mito para reforzar su notoriedad? No, sin duda, no. La calidad de sus guitarras y la cantidad de músicos de leyenda que las utilizaban o las habían utilizado bastaban ampliamente. Por otra parte, la historia de la Moderne era más bien la de un fracaso industrial, aunque las pérdidas financieras hubieran sido muy limitadas. De hecho, aquella historia no encajaba.

Pronto agoté todos los datos públicos disponibles sobre aquella guitarra, había llegado la hora de recurrir a otras fuentes, no siempre fiables pero, por poco que se escarbara en ellas, infinitamente ricas. Estas fuentes se denominan «seres humanos».

Habían pasado tres semanas desde mi regreso de Escocia y, cada día, Alain me hacía al menos una pregunta sobre la colección que yo había tenido la suerte de ver. «¿Y la Les Paul? ¿Y la Lloyd Loar?» Un día fui yo quien le pregunté, despreocupado:

—Oye, Alain. En el libro que me pasaste, Duchossoir habla de aquella guitarra, ya sabes, la Moderne.

—Sí, ¿y?

—Escribe que Ted McCarty presentó una patente sobre esta guitarra, en 1957.

—¿Y?

—Ha encontrado en los archivos de Gibson registros de venta para las «Modernistic Guitar». Vale, podrían ser Explorer. Dicho esto, tampoco podemos estar seguros.

—¿Y?

—Pues bien, ¿quizás significa que Gibson produjo realmente una o varias de estas «Moderne», aunque solo fuera en forma de prototipos?

—¿Y?

—¿Puedes contestar otra cosa que no sea «Y»?

—¿Pero qué quieres que te diga?

—No sé, por ejemplo qué piensas del tema. ¿Tú crees en esta «Moderne»? —dije, imitando unas comillas con los dedos.

—No tengo ni idea.

—¿Sería mucho pedir que desarrollaras el tema un poco? Tengo la impresión de hablar con un troglodita...

Alain sonrió.

—A ver, en cierto modo es la historia interminable, lo de esta Moderne. Una vieja serpiente de mar. Durante un tiempo me lo creí, sobre todo en la época en que André se interesó por ella. Pero nunca vi ninguna y, hoy, me sumo al parecer de todos los especialistas, ya sea André, o Gruhn u otros: si no ha aparecido hasta ahora, hay pocas posibilidades de que un día aparezca.

—¿Pero piensas que llegó a fabricarse?

—Francamente, creo que no. Pero... pfff... Después de todo, también es posible.

—¿Por qué lo dices?

—Pues bien, McCarty reveló tardíamente que había existido. Su memoria pudo hacerle alguna jugarreta, o no... Sea como fuere, no veo por qué razón habría mentido.

—Así, pues, ¿qué fue de ella?

—Aaah... —espetó Alain, levantando los ojos al cielo.

—¿Hay otros elementos que podrían hacer creer en su existencia?

—Aparte del diseño, no. No que yo sepa.

Me sentía un poco desesperado cuando Alain añadió:

—Pero si te interesa tanto, pregúntale a André.

—¿Tú crees?

—Sí, estará encantado de ver cómo un joven se interesa por esta historia.

Me cité con André Duchossoir tres días más tarde, en un café parisino. Regresaba de los Estados Unidos, donde pasaba buena parte de su tiempo. Había leído todo lo que él había escrito, pero quizás no había desvelado ciertos secretos...

Me dio muchos detalles e indicaciones sobre lo que podía ser la Moderne, y sobre todo lo que no podía ser, teniendo en cuenta las técnicas de fabricación de la época. Él mismo había visto algunas copias. Me habló también de ciertos coleccionistas que habían buscado en vano aquella guitarra durante décadas, y otros que pretendían haberla encontrado, pero se negaban a mostrarla.

—¿Quién, por ejemplo?

—Oh, el más conocido es Billy Gibbons, de ZZ Top, pero hay otros en los Estados Unidos. Dos o tres, quizás más. También hay uno en Japón, que cree con toda su alma que tiene una original. Pero, como los demás, no la muestra. Así que...

—¿Y usted lo cree? ¿Piensa que uno de estos coleccionistas podría poseer un ejemplar auténtico?

—La de Gibbons es falsa, con toda seguridad; se ve en las fotos que se han tomado. No conozco las demás. Siempre podremos decir que es posible, aunque esto no nos aporte mucho.

—Así que no hay ni rastro de esta guitarra...

—Exactamente. Ni siquiera en Gibson, donde no tienen más que el diseño. Puedo confirmarlo. Dicho esto, los prototipos no se inscribían jamás en los registros, e incluso tratándose de modelos acabados, los registros no siempre están completos.

—Y es por esto que nadie, ni siquiera Gibson, puede probar que esta guitarra haya existido...

—Exactamente. Teniendo en cuenta además que la fábrica de Kalamazoo cerró en 1984. La producción se deslocalizó a Memphis y Nashville, y en el curso de la mudanza se perdieron bastantes cosas. Suponiendo que hubieran existido archivos escritos o fotográficos de los prototipos, pudieron haberse perdido.

—¿Y qué dicen quienes hacían los prototipos?

—Los pocos testimonios de las personas implicadas son vagos y contradictorios. Algunos han dicho que la Moderne se fabricó en forma de prototipo, ciertamente, pero no nos ha llegado ningún ejemplar, mientras que sí los hay de la V o de la Explorer, que en aquella época se llamaba Futura, y era ligeramente diferente.

Hubo unos segundos de silencio, porque yo ya no sabía qué más decir.

—Dígame, Thomas. ¿Sucede algo con la Moderne? —preguntó entonces André.

—¿Por qué? —pregunté yo.

—¿Por qué? Porque es una historia sobre la que por desgracia no hay nada nuevo desde hace más de veinte años, y usted es la segunda persona que me habla de ella recientemente.

—¿Ah sí?

—Sí. El mes pasado recibí una llamada. Un inglés estaba dispuesto a pagar mucho dinero para encontrar una. Evidentemente, no le pude ayudar, pero me hizo muchas preguntas, como usted, para saber si existían pruebas de su fabricación.

—Vaya. ¿Y qué le contestó usted?

—Exactamente lo mismo que a usted. Pero no le bastó. Estaba dispuesto a pagar para que yo certificara por escrito que la Moderne había existido «probablemente» o «seguramente», no lo recuerdo.

—¿Y?

—Pues que me negué, por supuesto.

—Por supuesto. Qué historia más curiosa... —dije.

—Sí, muy poco habitual. No puedo decir nada más que «es posible» que la Moderne haya existido. Por otra parte, me acordé más tarde que en la época se fabricaron modelos especiales de esta serie, lo que en la jerga se llama «rara avis», pero que no aparecían en los registros oficiales. Que la Moderne se fabricara en aquel tiempo es del todo posible, en teoría. Pero en la práctica, no tenemos nada.

—¿A qué se parecen estas «rara avis?»

—Por ejemplo hay un bajo Explorer de finales de la década de 1950. Un ejemplar único, que yo sepa. Y una guitarra Explorer con una cabeza en V, que no forma parte de las veintidós oficialmente producidas.

—¡Qué interesante! ¿Tiene alguna foto?

—Evidentemente.

—¿Me podría enviar una copia?

—Si le apetece. Pero no ha contestado a mi pregunta: ¿sucede algo con la Moderne?

—Ah, pues no, no lo creo. Descubrí esta historia leyendo uno de sus libros. Me intrigaba, y ya está. Me gustan este tipo de cosas.

—Sí, es una divertida leyenda urbana. Hasta que no se pruebe lo contrario —me dijo, guiñándome el ojo.

Di mi dirección de mail a André Duchossoir y me despedí agradeciéndole calurosamente sus conocimientos y el tiempo que me había dedicado. Estaba un poco preocupado. Me había visto obligado no a mentir, pero sí a disimular la verdad. No, a mentir. Lord Winsley no me había informado de que ya había contactado con André, lo cual habría sido útil y me habría evitado esta situación embarazosa. Había intentado más o menos comprarlo, menudo papelón. Quizás por esto no me había hablado de la cuestión. En resumen...

Recibí las fotos de André al día siguiente y las archivé con todo el esmero. Seguí investigando acerca de los otros modelos. Habían atraído a muchas superestrellas: Billy Gibbons, Neil Young y Van Halen poseían tres Flying V del 58; Eric Clapton, una Explorer del mismo año. No era absurdo, pues, considerar que una Moderne auténtica podía valer hoy unos diez millones de dólares. Después de todo, se dirigía también a aquellos rockeros millonarios que, al tocarla, aumentaban su valor. Una excelente inversión, en definitiva. Clapton, por ejemplo, había vendido en 2004 su Stratocaster negra, Blackie, reconstituida por él mismo a partir de otras tres, por casi un millón de dólares. Una especie de guitarra Frankenstein, que no habría podido venderse por un precio tan alto, ni mucho menos, si no le hubiera pertenecido. Había multiplicado su valor por cien. La guitarra de Bob Marley o la Stratocaster blanca de Hendrix en Woodstock se habían adquirido por unos dos millones de dólares, según se decía. Y otra reciente, que llevaba las firmas prestigiosas de Paul McCartney, Mick Jagger, Keith Richards, Jimmy Page, David Gilmour, Eric Clapton o Pete Townshend, entre otros, había alcanzado los 2,7 millones de dólares en el marco de una venta benéfica en favor de las víctimas del tsunami de 2004. Así que, una guitarra de leyenda, adquirida asimismo por una leyenda...

Dado que no encontré nada sobre la Moderne de 1957, recopilé todo lo que pude sobre los otros dos modelos fabricados en aquella época, la Flying V y la Explorer, y escuché repetidamente las grabaciones de aquellas guitarras para impregnarme de su sonido. Y de las músicas que habían inspirado. Me centré en los artistas que las habían elegido desde el principio, a finales de los años cincuenta, y que nunca se habían separado de ellas, a saber Lonnie Mack y Albert King. Su punto en común era que tocaban rock y blues, pero rock y blues *virtuosos*. Lonnie Mack había sido tal vez el primer *guitar hero* de la historia. En su álbum *Wham!*, de 1963, se encontraban solos de guitarra que, por su estructura, su duración, su virtuosismo y su inventiva, nunca se habían oído anteriormente. El pedal Whammy, que más tarde forjó el sonido de Rage Against the Machine, se inspiraba en el nombre de este álbum.

En cuanto a Albert King... su música era increíble, y estaba considerado como una influencia fundamental para muchos de los mayores guitarristas que le sucedieron, como Hendrix o Stevie Ray Vaughan.

Desde luego, la guitarra no es nada sin el guitarrista. Pero aquellos instrumentos particulares habían atraído innegablemente la interpretación hacia un mayor virtuosismo, una mayor modernidad. Hacia nuevos horizontes sonoros y musicales.

Cada vez estaba más absorbido por aquel retorno progresivo a las raíces del rock'n'roll cuando un acontecimiento brutal me sacó de mi ensoñación: el *Inverness Courier* anunciaba que habían encontrado al lutier desaparecido del lago Ness.

7

París, en pleno distrito 18,
en la casa que comparto.

MUERTO.

Perdonen el lapsus, pero este punto crucial solo se precisaba en el cuerpo del artículo:

«El martes por la tarde se descubrió el cadáver de un hombre en la orilla del lago Ness, cerca de Dores. La identificación permitió establecer que se trataba de Gordon Mac Boyle, el lutier jubilado de 68 años desaparecido desde el 18 de septiembre último. Por el momento no se han establecido las circunstancias de su fallecimiento».

Debajo del artículo, una foto ilustraba el lugar siniestro en el que se encontraron los restos: un pequeño enclave en el que se acumulaban los desechos arrastrados por las corrientes del lago. La leyenda indicaba:

«El cuerpo fue descubierto el martes 16 de febrero, a la altura de Dores, por dos niños».

Un hombre había muerto a causa de la guitarra que yo andaba buscando...

Seguramente lord Winsley me llamaría para informarme de aquella noticia. ¿Quizás incluso habían encontrado la guitarra? Abandoné mis búsquedas sobre la Moderne para centrarme en los detalles del caso. Pero una semana más tarde seguía sin haber elementos nuevos, y yo no había recibido llamada alguna. Me parecía imposible que lord Winsley no estuviera al corriente; y entonces, ¿por qué no me llamaba?

¿Se estaba tramando algo a mis espaldas? ¿Lord Winsley prefería ocultarme aquel horrible vuelco en la historia o esperaba informaciones más precisas para hablarme de ello? A menos que se tratara de un error de identificación. Si el hombre al que habían pescado no era el ladrón, entonces lord Winsley no tenía razón alguna para informarme. Pero la prensa lo habría dicho...

Rompiendo la promesa que me había hecho de esperar a que me llamara, cogí el teléfono para contactar con él. No contestó nadie. Lo probé más tarde, en vano.

La inquietud sustituyó a la duda. Pasaba el resto del día edificando mil hipótesis. Finalmente, por la noche, logré dar con él.

Su voz era totalmente tranquila, y me preguntó educadamente si tenía elementos nuevos acerca de la Moderne. Sin dar demasiados detalles, le informé de mis pobres avances y estaba él ya a punto de cerrar la conversación sin hablar del macabro descubrimiento a orillas del lago Ness. Entonces no pude evitar confesarle que había leído en el *Inverness Courier* que...

—¿Es usted lector del *Inverness Courier*, señor Dupré? Lo ignoraba...

—Soy periodista —contesté—. Comprobar las informaciones o intentar obtenerlas es una especie de... enfermedad profesional.

—Ya veo... Por desgracia, por este lado no hay mucho que sea susceptible de ayudarle. Me he pasado la tarde en compañía de los policías y tienen muy pocos elementos. Y absolutamente nada sobre mi Moderne.

—¿Están cien por cien seguros de que el cuerpo que han encontrado es el del ladrón?

—El peritaje dental es concluyente.

—¿Desde cuándo estaba muerto? Quiero decir, ¿data del día del robo, o es más reciente? Porque, en el segundo caso, la guitarra tiene más posibilidades de encontrarse lejos. ¿Se sabe de qué murió? ¿Fue un accidente?

—Señor Dupré, nuestro acuerdo, que por cierto le agradezco que me haya enviado firmado tan de prisa, ¿acaso estipula en algún lado que le corresponde resolver el misterio de la desaparición del señor Gordon Mac Boyle?

—No, pero...

—Entonces, ¿a qué juega? ¿Piensa usted, con informaciones de segunda o tercera mano recibidas con varios días de retraso por Internet, que puede rivalizar con la policía, aunque sea la modesta policía de Inverness?

—No, yo...

—Yo tampoco lo creo. Pero tranquilícese, si la investigación acerca de la muerte del señor Mac Boyle debe desembocar en la resolución de mi problema, a saber, recuperar mi Moderne, y que por ello nuestra colaboración no tuviera ya razón de ser, usted sería el primero en saberlo. ¿He sido lo bastante claro o tiene otras preguntas?

—No, señor.

—En este caso, gracias por llamarme tan solo si tiene elementos concluyentes, o cuanto menos interesantes, a comunicarme sobre la Moderne.

—Muy bien.

—Buenas noches, Thomas.

—Buenas noches, lord Winsley —dije tan educadamente como me fue posible antes de colgar en primer lugar, tal como era mi intención.

Estaba furioso. Con lord Winsley y conmigo mismo. Mierda de jerarquía, la olvidamos un instante y nos la recuerdan con un portazo en plena cara. No me acostumbraría nunca.

Por suerte, con Alain la cosa había ido bien. Pero su vendedor había recuperado el uso completo de su rodilla machacada, así como del hombro derecho, y mi sustitución como vendedor-reparador en Prestige Guitars llegó a su fin dos días más tarde.

Aquella misma noche escribí un mail a lord Winsley en el que le proporcionaba lo que podíamos llamar elementos «interesantes, a falta de ser concluyentes»: es decir, todo lo que había recopilado en cuanto a informaciones creíbles sobre la Moderne y los otros modelos «futuristas», así como las fotos de las «rara avis» que me había proporcionado amablemente André Duchossoir.

También intentaba explicar que el objeto de mi anterior llamada no era más que obtener elementos susceptibles de ayudarme en mi investigación sobre la Moderne, pero lo pensé mejor y borré esta parte del mensaje antes de enviársela. Si alguien debía excusarse, era él.

Aun así continué al tanto del desarrollo del caso del lutier y, una semana más tarde, aparecía una nueva noticia en el *Inverness Courier*, esta vez reproducida por otros periódicos.

El informe de la autopsia del cadáver encontrado en el lago Ness indicaba que la causa de la muerte de Gordon Mac Boyle no era el ahogamiento, sino una fractura de cráneo. La hipótesis del accidente seguía siendo posible, pero la de un asesinato con alevosía no podía descartarse. Parecía que el señor Mac Boyle tenía importantes deudas de juego que no se habían liquidado en el momento de su muerte.

Poco a poco tomé consciencia de la situación en la que estaba. Se había producido una muerte, y de una manera bastante espantosa. Parecía como si hubieran robado la Moderne para reembolsar unas deudas, y que en este caso iban más a por el hombre que a por la guitarra, pero aun así, entre una historia de robo y un caso de asesinato había una diferencia. Y yo no estaba al corriente en el momento en que acepté el trato.

Al no recibir respuesta a mi mensaje y, sobre todo, no tener ninguna pista nueva para investigar, tomé la decisión, con todo mi pesar, de interrumpir la relación. Envié otro mail a lord Winsley para indicarle que, como me autorizaba el artículo 6 de nuestro contrato, suspendía nuestra colaboración por una duración indeterminada.

Era preciso rendirse a la evidencia: nadie había encontrado jamás ningún rastro de la Moderne en casi sesenta años, y yo había sido demasiado presuntuoso al haberme creído capaz de hacerlo. Debería encontrar otro medio para ganar alguna vez en mi vida un millón de dólares. Como por ejemplo triunfar más allá de toda esperanza en la música o bien... escribir más de quince mil artículos como *freelance*.

Mierda...

8

París, entre la bruma.

No recibí ninguna respuesta escrita de lord Winsley, ni tampoco llamada alguna de su parte. En cambio, tres días más tarde llamaron a mi puerta de buena mañana. Debían ser las diez pero, para mí, todo lo que sucede antes de las once y media es muy temprano. De hecho, en lo que me incumbe, el concepto de mañana es más un estado del espíritu, en el mejor de los casos una experiencia ocasional, generalmente más desagradable que otra cosa.

Un mensajero me traía un paquete, de un tamaño ideal para contener... una guitarra. Firmé el bono de recepción sin pensarlo, y abrí en seguida la caja. Contenía un viejo estuche de cuero y un mensaje: «De parte de su amigo lord Charles Winsley».

Abrí el estuche... Era la 345, la del guitarrista de los Animals que yo había tocado en su casa y que me había entusiasmado tanto. Mis compañeros de piso no estaban, así que la conecté directamente en mi viejo amplificador Magnatone. Y ¡uau!, ¡el combo sonaba de maravilla! Me vi transportado sin previo aviso a los años cincuenta. Me sentía bien. Me olvidé de mi novia, que me había dejado de mala manera a causa de... ¿qué causa se había inventado?, ah sí, a causa de mi *inmadurez*. «¡Como si uno pudiera ser maduro a los veinticinco años!», le había contestado. Pero no había nada que hacer... También olvidé mi antiguo grupo, que se había disuelto al cabo de tres años. Una sombría historia acerca de un recién nacido que tenía cólicos constantemente e impedía que nuestra cantante acudiera a los ensayos, y luego la había obligado a anular nuestra gira. En resumen, me olvidé de todo lo que podía hacerme dejar de tocar. Dos horas más tarde seguía haciendo bailar a una horda de chicas con el pecho opulento bajo jerséis de mohair y vestidos hasta el tobillo cuando sonó el teléfono.

—¿Qué tal va esta 345? —preguntó la voz en el otro extremo de aquel cable que ya no existe.

—¡Fabulosa! ¡Monstruosa!

—La voy a echar de menos, hay pocas tan buenas como esta. Pero todavía se pueden encontrar, si se busca bien... Thomas, quiero darle las gracias por su trabajo. Había olvidado hacerlo, en este momento estoy ocupado. Ciertamente, todavía estamos lejos de un resultado concreto, pero nos vamos acercando inexorablemente. ¿Le sorprendería que le dijera que gracias a usted me he enterado de más cosas acerca de la Moderne en estos dos últimos meses que lo que averigüé con mis investigaciones personales en el curso de estos diez últimos años?

—¿De verdad?

—Por desgracia sí. Thomas, me gustaría saber algo.

—Le escucho.

—Veamos, ¿estaría disponible para viajar muy pronto a Sídney?

—¿A Sídney, en Australia?

—No conozco otro Sídney.

—Pues bien... me gustaría saber de qué se trata exactamente, pero en principio me parece posible.

—Estupendo. Thomas, hasta ahora le he informado de lo mínimo para que comenzara sus investigaciones, porque quería ver qué dirección tomaría, sin influirle mucho. Pero cuando me habló en su mail de los coleccionistas susceptibles de poseer la Moderne, y sobre todo de uno de ellos en Japón, me recordó una vieja historia. Una historia que data de unos veinte años y que me gustaría explicarle.

—Le escucho.

—Hace mucho tiempo tuve noticias de que un coleccionista japonés había comprado una Moderne original por una suma escandalosa. Ahora bien, unos años más tarde, introduje una V de 1959 en una subasta en Christie's y fue un japonés, el señor Oshima, quien la compró. Charlamos un poco y me habló de su colección, que conserva en su residencia secundaria, en Sídney. Le pregunté si, por casualidad, no era el feliz propietario de una Moderne. Y resultó que sí. No dije nada sobre la mía, pero le propuse comprar la suya por el doble o el triple de la V, para ver cómo reaccionaba. Rehusó. Le pregunté si simplemente era posible ver su guitarra, y de volver a hablar del tema una vez vista, pero se negó de nuevo. Conocía muy bien la historia de la Moderne, numerosos detalles mostraban que sabía de qué hablaba. Por desgracia, nunca me la quiso mostrar. Hace veinte años, y tal vez ya no la posee hoy en día, pero tengo una duda. Estaba tan decidido a conservarla...

—Ya veo. El problema es: ¿cómo entrar en contacto con él sin despertar sospechas?

—No conozco mucho al señor Oshima, pero sí conozco bien a los hombres en general. Y pocos saben resistirse a los halagos, aunque sean pura zalamería. Así que, esto es lo que le propongo: escriba al señor Oshima presentándose como el asistente de Alain de Chévigné. Cosa que usted es realmente. Dígale que prepara un libro sobre guitarras excepcionales y que para esta ocasión, ha descubierto la existencia de su magnífica colección. Le agradecería mucho poder conocerlo y hablar del tema y, si fuera posible, realizar algunas fotos para ilustrar la obra, que tiene la ambición de convertirse en una referencia en este terreno.

—Es hábil —confesé.

—¿Me lo tengo que tomar como un sí?

Me lo pensé un momento.

—Sí.

—Estupendo, pues. Encontrará toda la información relativa a la colección del señor Oshima en este Internet, que usted domina mejor que yo. Si el señor Oshima responde favorablemente a su demanda, infórmeme de cuáles son las fechas concretas para que pueda reservar los billetes.

—No se preocupe.

—Gracias, Thomas. Le deseo un día excelente.

—Igualmente, lord Winsley.

Él colgó primero.

Si yo no fuera periodista, ciertamente me habrían sorprendido aquellos métodos. En realidad, solo chirriaba la naturalidad con la que lord Winsley había hecho aquella proposición poco escrupulosa. Durante unos segundos me pregunté acerca de las cualidades morales de aquel venerable anciano en silla de ruedas, antes de lanzarme hacia mi ordenador canturreando un título típico del folklore australiano: ¡«Highway to Hell»!

9

Sídney, Australia
(aunque existen no menos de siete Sídney en
los Estados Unidos y uno en Canadá).

Después de veinticinco horas de viaje con una corta escala en Singapur que me permitió tomar consciencia de que existían aeropuertos del tamaño de un pueblecito, y también de que los revendedores europeos de material electrónico cobraban márgenes más que confortables, llegué a Sídney.

Me había atenido al plan de lord Winsley, y había funcionado a la perfección. Internet proporcionaba algunos elementos de información acerca de la colección del señor Oshima. Había pasado dos días enteros buscando y compilando, interrumpido apenas por algunas pausas musicales con mi nueva guitarra, cuyas posibilidades todavía estaba lejos de explorar por completo.

Una vez impregnado del espíritu de su colección, había enviado al señor Oshima un mail lo más corto y eficaz posible a su dirección profesional, la única que era pública. Había utilizado mi dirección electrónica de Prestige Guitars, sin olvidarme de adjuntar a mi nombre los datos postales y telefónicos de la tienda, así como mi número personal. Recibí respuesta tres días más tarde. El señor Oshima estaba encantado de recibirme. Estaría en Sídney el último fin de semana de marzo. ¿Me iban bien aquellas fechas?

Llegué el jueves por la mañana, lo cual me dejaba dos días para recuperarme del desfase horario antes de mi cita con el señor Oshima y, ¡por todos los canguros!, si esta ciudad no es el paraíso sobre la tierra, se parece mucho. Una ciudad llena de colinas, con muchos árboles, en la que el aire parece casi puro gracias al brazo de océano que la separa en dos. La asociación excepcional de la modernidad y la diversidad cultural de una capital con la naturaleza, domesticada en algunos lugares, salvaje en otros. Añadan a todo esto un clima ideal, un ambiente relajado y la amabilidad natural de sus habitantes, y el resultado es Sídney.

El sábado por la mañana me llamaron de recepción. Me esperaba un taxi, con un cuarto de hora de antelación. Me dejó en el puerto de Circular Quay, justo enfrente de la ópera, y me anunció que debía dirigirme al extremo del embarcadero. La carrera estaba pagada.

Un vez llegué allí, un hombre con un traje de verano, colaborador del señor Oshima, me saludó y me invitó a subir a un yate de color blanco y negro. Me aseguró que era un honor para el señor Oshima recibirme. Salimos del puerto y atravesamos la bahía a ritmo lento, en medio de los veleros y los ferries. Luego el barco aceleró y, un cuarto de hora más tarde, se detuvo ante una pequeña isla en la que se erigía una suntuosa mansión de madera de dos pisos. Después de desembarcar, el asistente me llevó hasta el umbral, donde el señor Oshima me esperaba vestido con un short hawaiano y chanclas de color naranja.

Me saludó ceremoniosamente y entramos en la residencia. Era una de aquellas casas depuradas, de teca, vidrio y paredes blancas. Di las gracias al señor Oshima por su recibimiento y le declaré lo impaciente que estaba por descubrir su colección. Subimos por una escalera que parecía colgada en el vacío. La colección se encontraba en el rellano, que debía ocupar la mitad de un piso. La claridad del lugar, su arquitectura moderna y la vista panorámica hacia el océano creaban un ambiente casi opuesto al de la mansión de lord Winsley. Allí donde lord Winsley cultivaba un gusto aristocrático, romántico, por las guitarras y sus misterios, el señor Oshima las exponía a plena luz. Me di cuenta al primer vistazo que allí no había ninguna Moderne... Sin embargo, una espléndida Flying V adornaba la pared, y decidí abordar sutilmente el tema cuando mi anfitrión me la presentara.

Mirando más de cerca, comprendí que el señor Oshima había elegido sus guitarras, en su mayoría bastante recientes, en función de un criterio particular, el de los avances tecnológicos. Su colección comenzaba por modelos antiguos, revolucionarios en el momento de su aparición y que luego se habían vuelto clásicos, y proseguía con modelos contemporáneos muy particulares, como guitarras sin cabeza con cuerpo de fibra de carbono, u otras de formas extrañas y vacías, casi «deconstruidas», a base de materiales de alta tecnología. Se trataba de guitarras poco habituales para mí, como para cualquier otro guitarrista medio. El señor Oshima parecía no tener ningún tabú, y exponía incluso una de aquellas horribles Gibson Robot azules que se afinaban solas y, peor todavía, una guitarra/sintetizador. Resultaba paradójico que su colección testimoniara una visión no orientada hacia el pasado, sino hacia el futuro. Propuse al señor Oshima que me la presentara y comenzó por la más antigua de sus guitarras.

—¡Stromberg Electro 1928! La primera guitarra eléctrica comercializada. Un fracaso... Desde luego, la crisis financiera, la de 1929, no ayudó mucho. Pero pienso que era demasiado nueva para la época. ¡La gente es estúpida! Les da miedo la novedad. Evidentemente, terminan siempre aceptándola.

—¿Esta es una de aquellas famosas «sartenes»?

—Sí, una guitarra hawaiana. Rickenbacker 1938. El ancestro de las guitarras eléctricas de cuerpo sólido.

El señor Oshima era inagotable cuando hablaba de la historia de aquellas guitarras, cuyos secretos de fabricación conocía al dedillo. Nunca hablaba de música, y acabé preguntándome si era guitarrista o no.

Nos acercábamos a la Flying V cuando, señalando sucesivamente una Telecaster, una Stratocaster y la Flying V, me dijo:

—Estas me parece que no necesitan presentación.

Y pasó a la siguiente.

—¡Una de mis preferidas! Vox Phantom VI Special. 1962. Primera guitarra con efectos integrados.

Dejé que el señor Oshima me la describiera en detalle antes de buscar otra oportunidad:

—Es apasionante... pero hemos ido un poco deprisa con estas guitarras —dije, señalando las que acabábamos de pasar—. Por ejemplo, la Flying V, ¿qué tiene de revolucionaria?

—Es evidente: en primer lugar su forma. Radical. Permite liberar por primera vez la parte baja del mástil. Se puede tocar fácilmente hasta el traste veintidós. Una comodidad desconocida en la época.

—¿Y qué más?

—Las cuerdas que atraviesan el cuerpo. Otra novedad. Una idea soberbia.

—Formaba parte de una serie de tres guitarras: la Explorer, y otra... —dije, fingiendo que estaba buscando el nombre.

—Sí, pero aparte de sus formas, también originales, las otras no poseían estas dos características. La más revolucionaria es la Flying V.

No se me ocurrió nada más que preguntar para seguir con el tema. Así que dejé que el señor Oshima continuara con el inventario de su colección. Y era *realmente* incansable.

Cuando hubimos terminado, tomé, con su consentimiento, varias fotos del conjunto de su colección. Luego le propuse que posara junto a ciertas guitarras emblemáticas, o sus preferidas. Lo único es que el señor Oshima eligió muchas, *realmente* muchas, pero no la Flying V...

—¿Podría hacer una con la V? —propuse.

—Si lo desea.

Nada en la actitud del señor Oshima me incitaba a ir más lejos, así que renuncié a interrogarle. Dejé entonces que dirigiera nuestra entrevista y de este modo me encontré, ya no recuerdo cómo, en su magnífico estudio de grabación, en el piso superior, escuchando la maqueta de un tema que acababa de finalizar.

Comenzaba fatal, con una guitarra llena de efectos sobre un fondo sonoro de caja de ritmos con la reverberación al máximo. Sintético a tope. Con algunos problemas de tempo. Luego llegó la voz... Porque el señor Oshima cantaba. Y, una vez lo habías oído, podías considerar que su manera de tocar la guitarra era digna de Hendrix. Eché un vistazo breve en su dirección: los ojos cerrados, la cabeza y la parte superior del cuerpo balanceándose adelante y atrás. El señor Oshima estaba en perfecta simbiosis con su música. Levantó lentamente el dedo al cielo al final del primer estribillo y lo bajó con violencia para el arranque del solo. La ventaja del solo de guitarra era que mientras tanto no cantaba. Y aquello duró mucho tiempo. Luego el canto volvió a imponerse, más rabioso que en la primera estrofa, pero no más afinado. Hasta el segundo solo... un dúo entre una guitarra eléctrica mal dominada y, como me enteré más tarde, una guitarra digital, sin cuerda, controlada por una pantalla táctil. Imposible decir si aquella estaba más o menos dominada, no se parecía a nada. Mis orejas sangraban, entre otras cosas porque el señor Oshima había subido el volumen hasta más allá de lo razonable, para que yo pudiera apreciar todos los matices de su interpretación.

—Ya está —dijo, una vez terminado el tema—. ¿Quizás le falta reverberación en la voz?

—No, está bien así —respondí.

El señor Oshima esperaba visiblemente una opinión más detallada...

—Es muy original —añadí—. A decir verdad, nunca oí nada parecido.

—Gracias, ¿quiere escuchar otra cosa?

—Con mucho gusto.

Pero, para el señor Oshima, otra cosa seguía siendo él. Y ya no sé cuántas composiciones acepté escuchar sin mostrar el menor signo de exasperación o desesperación antes de que se produjera... un acontecimiento. Un acontecimiento que habría de ser decisivo.

10

En una isla privada,
en el otro extremo del mundo.

EL SEÑOR OSHIMA BUSCABA EN SUS FICHEROS UN TEMA DEL QUE estaba particularmente orgulloso, pero no lograba encontrarlo. Así que tuve que soportar quizás una decena de intros antes de que una de ellas me llamara la atención. El señor Oshima se la saltó rápidamente. Le pedí si la podía volver a poner, cosa que aceptó con gran placer.

Era una intro bastante eficaz, una simple guitarra sin casi ningún efecto, a parte de un ligero crujido. Y aquel sonido me era bien conocido. Estaba casi seguro de que se trataba del de una Moderne en su versión reeditada en la década de 1980, tal como la había oído, a veces en bucle, en Internet, y no pude evitar exclamar:

—¡Eh, es el sonido de una Moderne!

El señor Oshima giró bruscamente la cabeza ante aquellas palabras, pero su cara permaneció impasible.

—¿El sonido de qué?

—El sonido de una Gibson Moderne. De los años ochenta.

—¿Por qué está tan seguro?

—¡El sonido! Denso y preciso, profundo en los graves, ligeramente hueco en los medios y mordiente sin ser chillón en los agudos. Es el sonido de una Moderne, ¿no?

El señor Oshima parecía atónito. Me miró de los pies a la cabeza como si yo fuera un extraterrestre.

—¿Usted tiene una Moderne?

—No, por desgracia. Pero me apasiona esta guitarra.

—¿Le apasiona esta guitarra?

—Sí.

—En este caso, le quiero mostrar algo. Sígame.

Y de este modo el señor Oshima me enseñó el desván de su mansión y me hizo descubrir lo que nunca había presentado a un extraño: su colección de Moderne.

Tenía una quincena. Todo lo que se había producido en cuanto a reediciones del original a cargo de Gibson o copias de otras marcas –Epiphone, Ibanez, Greco– hasta copias realizadas por oscuras marcas inglesas y polacas. Todo, salvo la real: el prototipo original de 1957. Tal como me precisó el señor Oshima, ninguna de aquellas guitarras era de gran valor pero, tal como noté en seguida, me hallaba ahora en el corazón de su obsesión. Sin duda, lo que proyectaba allí era más grande y más profundo que para el resto de su colección, y yo lo compartía con él.

Me intrigaba particularmente una cosa: justo al lado de la Gibson Moderne de 1982 que yo había reconocido en la grabación se encontraba un grueso tejido de terciopelo negro colgado en la pared, que sin duda tenía la finalidad de proteger una guitarra de la luz o del polvo...

—¿Qué hay detrás de esta tela? —pregunté.

—¿Qué cree usted que hay? —contestó el señor Oshima, sonriendo.

—Pues, si es lo que pienso... es... bien, es... tal vez... la guitarra más buscada del mundo.

—Señor Dupré, lo que hay detrás de esta tela es mi mayor secreto. Un secreto que aceptaré compartir con usted si me promete algo.

—¿El qué?

—Que no lo hable con nadie. Y todavía menos con el señor de Chévigné. No debe publicarse nada sobre este tema en su libro.

—Se lo prometo.

—De hecho, tampoco me gustaría que le hablara de mi colección de Moderne. ¡Tiene usted que mantener la discreción más completa sobre este tema!

—Comprendido, señor Oshima.

—Bien, puede retirar la tela.

Puse mis manos temblorosas en el borde superior del tejido y lo levanté con delicadeza. Descubrí la cabeza característica de la Moderne, bastante estropeada y marcada con el logo Gibson. Mi mente ya estaba preparada para ver lo que esperaba. Era como si la visualizara a través del tejido, y lo retiré completamente, descubriendo en todo su esplendor... la peor imitación imaginable de Gibson Moderne. Una falsificación inmunda, una copia de una copia, un insulto absoluto a la lutería.

Nada correspondía con el original: ni las proporciones del cuerpo, cortado groseramente, ni los trastes que sobresalían del mástil, por no hablar de las partes metálicas de mala calidad. Quien había fabricado aquello, a lo bruto, en su garaje —porque ninguna marca, incluso especializada en las falsificaciones de gama baja, se habría atrevido a mostrar algo parecido— ni siquiera había logrado alinear y repartir correctamente los tres botones de la guitarra. El mástil estaba tan torcido que el instrumento sin duda no se podía ni tocar.

Me giré, petrificado, hacia el señor Oshima, que se partió de risa. Me confesó que la había comprado hacía veinticinco años creyendo que poseía el original. Y todo a causa de un charlatán muy hábil. El señor Oshima había vivido con la vergüenza de haberse dejado engañar de manera tan descarada. Su honor había quedado herido, pero había conservado aquella monstruosidad porque, tal como me explicó:

—Las mayores enseñanzas se extraen de los mayores errores.

A continuación habló de sus otras Moderne, que había comprado en conocimiento de causa, y los años que había pasado intentando echar mano a la original. Me habló de rumores, algunos de los cuales yo no conocía, de intentos de estafa en Internet o en el mundo real, y de esperanzas frustradas. Y también de la convicción que había adquirido ya a través de su larga experiencia:

—La Moderne de 1957 no existe.

—Comprendo que diga esto, señor Oshima, pero no podemos estar seguros. Quizás hubo prototipos, y un día tal vez aparezca un ejemplar en un trastero. Sucede con cuadros, con manuscritos o con películas de artistas célebres. Entonces, ¿por qué no con la Moderne?

—Hace treinta años que la busco. Lo sé todo sobre esta guitarra. He archivado todo lo que se ha publicado sobre el tema. Desde que Internet existe tengo programados avisos. Hay guitarras que se parecen mucho a la original, pero nunca es la de verdad.

—¿Cuál es la que ha encontrado que se parezca más? —pregunté sin dudar.

—¿La quiere ver?

—Con mucho gusto.

Bajamos una vez más al estudio y el señor Oshima abrió una carpeta en su ordenador. Contenía centenares de fotos de la Moderne, de todas las maneras. Luego cerró la carpeta y abrió otra, que contenía únicamente tres fotos con un poco de texto.

A primera vista, aquellas tres guitarras se parecían de muy cerca a lo que yo imaginaba que podía ser la original.

—Fíjese en esta: lo tiene todo de una de verdad —dijo el señor Oshima—. Pero observe la juntura del mástil. ¡Gibson no hizo nunca nada parecido en ninguna de sus guitarras!

—Exactamente.

—En esta, el número de serie es fantasioso, y el logo Gibson está incrustado, cuando debería estar en relieve.

—Efectivamente, no me había dado cuenta.

—Y en esta, el mástil es demasiado ancho y las incrustaciones del mástil son de plástico blanco, mientras que deberían ser de nácar.

—Cierto —contesté.

Salvo que no era cierto de ningún modo. Era cierto en los modelos fabricados en serie, pero no en los prototipos de Flying V y de Explorer que yo había examinado profundamente en casa del señor Winsley. Y aquella Moderne se correspondía del todo con lo que uno podía esperar de un prototipo original...

En sobreimpresión aparecía el nombre de una página web: vintage-guitarmaniacs.com. Sería suficiente para encontrarla.

Comenzaba a hacerse tarde, y le di las gracias profusamente al señor Oshima por el tiempo que me había concedido y las maravillas que me había presentado. Me acompañó hasta el barco mostrándose encantado por la tarde que habíamos pasado juntos y, cuando me aprestaba a embarcar, me preguntó cuándo saldría el libro de Alain.

—Si todo va bien, dentro de unos meses, pero con Alain nunca se sabe —contesté.

—Ja ja ja... Salúdelo de mi parte. ¡Y manténgame al corriente! *Sayonara.*

—*Sayonara.*

11

World «Wild» Web.

EL AYUDANTE DEL SEÑOR OSHIMA ME LLEVÓ EN BARCO HASTA el puerto de Circular Quay, donde decidí pasar la velada. Elegí el primer café que se presentaba, me senté en la terraza y abrí mi ordenador, en dirección a vintageguitarmaniacs.com.

Me acababan de servir apenas la cerveza cuando encontré ya la Moderne que había visto el señor Oshima. Y cuanto más la examinaba, más tenía la impresión de que era auténtica. La lutería, las clavijas e incluso la pátina del barniz se correspondían exactamente con las de los prototipos. Nada chirriaba.

Vintageguitarmaniacs no era un sitio web, sino un foro estadounidense de discusión. La foto se encontraba en un hilo público, y cerrado un año antes. Se titulaba: «Fake Elvis with a fake Moderne?», y partía de dos fotos de concierto bastante borrosas que parecían mostrar a Elvis Presley, en su período de mono integral de cuero negro, con una Moderne. Aquellas dos fotos no las había seleccionado el señor Oshima. En la segunda, más cercana, aunque no era posible determinar si la Moderne era verdadera o falsa, se podía afirmar sin duda que el Elvis en cuestión era falso. Era un sosias, y de hecho la foto era muy reciente. El hilo rezaba como sigue:

bluegrass addict: Visto ayer en Viper en la primera parte de los «Black Squales. Supermúsica, pero el cantante es completamente *destroy*. Se peleó con su propio *roadie* y el concierto tuvo que interrumpirse antes de terminar. Envío las fotos por su guitarra, ¿qué opináis?

rocket88: Bien, como dice tu título: un falso Elvis con una falsa Moderne.

bluegrass addict: Sí, ¿pero una Moderne de 82 o una copia?

tube4ever: Yo diría Moderne 82. Aparte de esto, el tipo no se parece mucho a Elvis. O está borracho.

Pelvis: Hola colegas, el de las fotos soy yo. ¿Algún problema?

rocket88: ¡¡Elvis está vivo!!

tube4ever: LOL.

Pelvis: Elvis nunca morirá.

bluegrass addict: ¿Nos puedes contar algo sobre tu guitarra? Está guay.

Pelvis: Es una Gibson Moderne, finales de los cincuenta.

rocket88: A ver...

bluegrass addict: ¿Estás de broma?

Pelvis: No, ¿por?

bluegrass addict: ¿Y de dónde la has sacado?

Pelvis: No es asunto tuyo.

bluegrass addict: LOL Espero que no la pagaras al precio de la de verdad...

rocket88: Nunca existió la de verdad.

tube4ever: La cabeza es rara, no parece muy Gibson.

rocket88: No, la cabeza sí coincide. Pero el mástil no.

Pelvis: ¿Ah sí? ¿Y por qué?

rocket88: Es demasiado ancho. Parece un chisme mal terminado.

Pelvis : No, está muy bien terminado. Estáis contando chorradas, atajo de mamones. ¿Estáis celosos?

bluegrass addict: LOL ¿Tú te crees que tienes realmente la verdadera? ¿No habrás encontrado también el Toisón de Oro o Excalibur?

tube4ever: Una Vigier Excalibur, esta quizás sí ;-)

rocket88: Sí, bastaba con buscar en la Atlántida.

tube4ever: LOL

Pelvis: Mensaje moderado.

BLACKBIRD: En este foro no se toleran insultos. Primer aviso.

rocket88: Traaaaaanki tío. Ya nos perdonarás si no creemos en lo que cuentas.

Pelvis: ¿Y esto qué es?

Foto

bluegrass addict: ¡Dios mío! Si no es de verdad, lo parece...

tube4ever: Es magnífica...

bluegrass addict: ¡La quiero!

rocket88: Lo siento, pero las incrustaciones del mástil de plástico blanco no concuerdan. Deberían ser de nácar. Y el mástil es definitivamente demasiado grueso para una Gibson.

Pelvis: Mensaje moderado.

BLACKBIRD: Segundo aviso, Pelvis. Un insulto más y te vas de vacaciones.

tube4ever: Love me tender...

rocket88: Mensaje moderado.

Pelvis: Mensaje moderado.

BLACKBIRD: OK, cerramos. Pelvis, te tomas una semana de vacaciones. Y rocket88 48 horas.»

Y esto era todo. El hilo estaba cerrado y Pelvis solo tenía once mensajes en su activo, lo cual significaba que no había regresado nunca al foro.

Con la fecha del primer mensaje y la información del concierto en el Viper, encontré fácilmente la identidad de Pelvis. Actuaba bajo el nombre de Bruce Pelvis Presley, y su grupo se titulaba, sobriamente, The Bruce Pelvis Presley Band. Tenían una modesta página web oficial con algunas fotos. Bruce tenía realmente una cara inquietante. Una especie de clon joven pero cansado del Rey, con pómulos prominentes, sin duda el resultado de una cirugía estética medio lograda. El trío lo constituían Bruce Sharpe (voz, guitarra), Norman Langham (contrabajo, voces) y Shelby White (batería). Todos tenían entre veinticinco y treinta años. The Bruce Pelvis Presley Band podía animar veladas o bodas en Memphis y en todo el estado de Tennessee (presupuesto a negociar). Su dirección estaba en Memphis y el grupo tenía un contacto de mail y un número de teléfono. La lista de los próximos conciertos no estaba actualizada. Se podía descargar o bien comprar por correspondencia su único álbum: *The Dark Side Of The King*. Se podía descargar por 9,99 $, adquirir el CD por 13,99 $, el vinilo por 33,99 $ y recibir una foto dedicada por 10 $ euros más.

Pedí una cerveza y busqué más información sobre la Moderne de Bruce Pelvis Presley, en vano. En cambio, encontré comentarios sobre sus conciertos. Algunos muy buenos, otros mucho menos. El concierto del Viper aparentemente no era el único que había sido anulado a causa de una trifulca. Tres meses antes habían colgado un vídeo en YouTube. Bruce Pelvis Presley se había presentado a un programa de talentos en la televisión y su actuación había sido... espectacular.

Entraba en escena lleno de energía, al límite de la sobreexcitación, y había comenzado con una versión bastante lograda de «Hound Dog». Pero, en el último estribillo, después de un violento golpe de caderas, Bruce se tiró de rodillas y la costura de su pantalón ajustado de cuero se rompió, desvelando unas nalgas llenas de pelos. Los miembros del jurado se partieron el pecho. Bruce, desconcentrado, se detuvo un momento. Intentó reanudar la canción, pero iba desfasado, lo cual redobló las risas de la directora de casting. Los otros dos miembros del jurado también se reían a carcajadas.

Bruce ya no cantaba, y el baterista, que de hecho era una baterista, se detuvo. El contrabajista siguió, hasta el momento en que Bruce lanzó su micro por el suelo, desencadenando un espantoso efecto larsen.

La baterista le chilló algo que fue reemplazado por un *piiip* y Bruce cogió el micro provocando un nuevo ruido de larsen. Intentó sonreír y se excusó. La chica del casting intentó calmarse a su vez. «Iba muy bien...» comenzó uno de los jurados, pero a la chica se le escapó la risa. Siguió un torrente de *piiip*, de *piiip* y de *piiip* con Bruce chillando y señalando con el dedo uno a uno a los miembros del jurado, mientras que la baterista se levantaba para abroncarlo en versión censurada. Los dos hombres del jurado se pusieron en pie y, sin pronunciar una palabra, con la cara grave, le mostraron la salida. Dos oficiales de seguridad se acercaron a Bruce, que volvió a echar el micro por el suelo. Abandonó la escena bajo los abucheos del público, antes de volver para dar un puntapié al bombo de la baterista, que seguía insultándolo.

Los comentarios del vídeo estaban desactivados.

Aquello no me informaba de nada nuevo acerca de la Moderne, y una vez más examiné las fotos del foro. Buscaba el error, pero no lo encontraba. Y la tercera cerveza no me ayudó mucho.

Volví al hotel y llamé a lord Winsley. Con el desfase horario, en Escocia era de mañana.

Le dije que había podido ver la Moderne del señor Oshima y que era falsa, sin ninguna duda, pero que de todos modos tenía una foto muy interesante para mostrarle, cosa que hice instantáneamente por mail, ocultando la dirección de la página web de donde la había sacado.

Lord Winsley me volvió a llamar una hora más tarde. Había examinado la guitarra lo más minuciosamente posible, y comparado sus características con los prototipos de Flying V y de Explorer que poseía. Todo coincidía a la perfección.

—¿Sabe de dónde proviene esta foto?

—Sí. Y sé a quién pertenece la guitarra. A un norteamericano.

—¿De qué zona?

—De Memphis.

—¿Cómo ha conseguido esta guitarra?

—No tengo ni idea.

—¿La ha visto un perito?

—No lo creo.

—¿Tiene la dirección del propietario?

—Sí.

—¿Y a qué espera?

—¿Quiere que...?

—Sí.

—OK.

¡¡¡Yujuuu!!!

Estribillo

12

Memphis, Tennessee.

HABÍA PROSEGUIDO MIS INVESTIGACIONES Y ENVIADO A LORD Winsley todo lo que había podido encontrar sobre Bruce Pelvis Presley. Mi benefactor de las Highlands estaba convencido de que estábamos a punto de conseguir nuestro objetivo, pero quería saber más para convencer al perito del seguro: trazar la historia del ejemplar que yo había descubierto, comparar sus características con las de los prototipos y, todavía más, intentar convencer a Bruce para que sometiera su modelo al peritaje del mayor especialista estadounidense de guitarras vintage, George Gruhn, en Nashville. Me quedé tres días más en Sídney para perfeccionar mi plan y, en efecto, parecía factible.

Teniendo en cuenta el carácter imprevisible y potencialmente explosivo de Bruce, lord Winsley y yo considerábamos que era arriesgado interrogarlo de manera demasiado directa sobre su Moderne, y que era mejor que yo fingiera ser uno de sus fans, que había llegado a Memphis con la esperanza de conocerlo. Me había descargado *The Dark Side Of The King* y era un álbum que estaba bastante bien, una especie de reinterpretación punk/psychobilly de los principales éxitos de Elvis. Dado que me había llevado mi guitarra de viaje a Sídney, una Silvertone 1448 con un ampli en el estuche, me aprendí algunos temas del grupo. Descubrí también que la baterista era la compañera de Bruce y que vivían en una casa en el centro de la ciudad.

Lord Winsley me había reservado un billete de avión, un coche de alquiler y una habitación de hotel, en la que me esperaba un regalo procedente de su colección personal destinado a Bruce.

Cogí el avión, atravesé el Pacífico y desembarqué en el aeropuerto de Memphis con una mochilita y mi guitarra. Llegué hasta el parking y descubrí el coche que el lord había reservado...

Un Ford Mustang Coupé negro, de los años sesenta. Verifiqué dos veces el número de plaza, pero era exactamente esta. El Mustang no estaba cerrado y, después de poner la mochila y la guitarra en el maletero, me instalé ante el enorme volante. Olía a cuero viejo, pero el interior era rutilante. Las llaves y los papeles estaban en la guantera: GT Fastback 1965, alquilado en Memphis para una duración indeterminada. Encendí el contacto y el sonido bronco del V8 llenó el habitáculo. El coche vibraba bastante. Buenas vibraciones.

Introduje la dirección del hotel en el teléfono y salí del parking al ralentí, antes de entrar orgulloso en la carretera. La circulación era fluida, hacía buen tiempo, todo iba bien.

Después de que me adelantaran enormes SUV, decidí coger la vía de la izquierda y aprovechar los 289 caballos de vapor, al límite espantosamente razonable de la velocidad autorizada.

Llegué al corazón de Memphis, una ciudad que me pareció triste a primera vista, con sus fachadas desparejadas de ladrillos ocre. Llegué al hotel donde me esperaba un gran sobre enviado por lord Winsley. Se trataba de un EP de Elvis Presley acompañado con las siguientes palabras:

«Este es el primer presagio UK de "Heartbreak Hotel/I Was The One", un disco bastante buscado que actualmente vale unos 800 dólares. Le puede decir que lo ha cogido de la discoteca de sus padres o cualquier otra cosa. ¡Como usted quiera! ¡Buena suerte!»

Dejé la mochila en la habitación y salí inmediatamente. Había llegado el momento de mi primer *cheeseburger*, y un pequeño restaurante situado justo al lado del hotel había atraído mi atención.

El pan estaba caliente y tierno, dorado y crujiente por encima; la carne asada a la perfección; la cebolla, los tomates y la ensalada perfectamente frescos; y el queso fundente como era debido. Una delicia. En cambio, el café que tomé después, diluido e insípido, era inmundo. Decidí ir a visitar a Bruce sin más dilación. Probablemente es lo que habría hecho un fan que acabara de desembarcar en la ciudad.

Estacioné el Mustang delante de su domicilio, en Tanglewood Street, en el barrio a la vez de moda y residencial de Cooper-Young, al sur de Midtown. Su casa se distinguía netamente de las demás: era, muy evidentemente, la menos cuidada. Y más si consideramos que un pedazo de cartón que sustituía el vidrio roto de una ventana pudiera llamarse «cuidado».

La acera estaba en muy mal estado e invadida por malas hierbas. La casa que, como todas las del barrio, daba directamente a la calle, sin vallas ni setos, tenía una disposición extraña: una planta baja de ladrillo rojo coronada por un piso de madera que parecía haber sido añadido, o más bien *depositado*, ya que sobresalía por ambos lados.

La puerta de entrada estaba protegida por un voladizo torpemente construido. Subí tres peldaños de cemento, desiguales e inestables. A cada lado de aquel rellano, macizos de arbustos estrafalarios y deformes acababan de laminar la moral del visitante.

Respiré hondo y, con el disco de Elvis bajo el brazo, pulsé el timbre picado por la herrumbre. Nadie contestó. Volví a llamar, en balde. Ningún ruido en el interior. Ningún coche estacionado. Nadie en casa.

Por suerte, tenía un montón de cosas por descubrir en Memphis, comenzando por la fábrica Gibson. Me dirigí a la esquina de Lt. George W Lee Avenue y de South B.B. King Boulevard para efectuar una visita guiada de los talleres. Instructiva, pero ni una palabra de la Moderne que, en realidad, se había concebido cerca de Chicago.

Volví a pasar por casa de Bruce a media tarde, llegando por el otro lado de la calle. Vista desde este ángulo, la arquitectura de la casa era más comprensible: se trataba claramente de dos construcciones montadas una sobre la otra. La planta baja de ladrillo constituía la base de una casa sobre la que habían superpuesto otra de madera que, no solo era más ancha, sino que estaba muy estropeada. Habían tapado las grietas con materiales recuperados: viejos paneles de aglomerado y pedazos de chapa ondulada para las brechas grandes; papel de aluminio, grandes baldosas de vinilo negro ribeteadas, e incluso había numerosas ventanas rotas sin nada que las tapara...

La cara derecha de la casa disponía también de puerta de entrada, protegida por un porche improvisado: dos tubos de metal sostenían una lona desgarrada que se hinchaba con el viento. La enorme caravana destartalada que se encontraba cerca de un cobertizo en el jardín con las ventanas selladas, así como los escombros amontonados en todas partes sobre el terreno, también debían pertenecer a Bruce. Pero él seguía sin aparecer.

La noche comenzaba a caer, estaba agotado por el viaje, pero no quería terminar mi primer día en Memphis con aquella siniestra impresión. Así que me dirigí a Beale Street, la calle legendaria que fue una de las cunas del blues y donde sigue habiendo los principales clubs de la ciudad. La mayor parte de los edificios han sido destruidos y reconstruidos a lo largo del tiempo, con la excepción notable de la tienda A. Schwab, caótica y genial al mismo tiempo, que regenta una misma familia de origen alsaciano desde 1876. Pero, para beber cervezas escuchando buena música, Beale Street seguía siendo *la* referencia. Y aproveché la ocasión al máximo.

No volví al barrio de Bruce hasta el día siguiente después de almorzar. Seguía sin haber nadie... Al fin y al cabo ya me iba bien, me daba tiempo a descubrir la riqueza de Memphis, a impregnarme de su cultura. Así sería más creíble al hablar con Bruce y, sobre todo, era una ocasión de ensueño para un fan del rock'n'roll como yo.

Primero estaba el Rock'n'Soul Museum, luego los Studios Sun, donde el auténtico Elvis había grabado sus primeros títulos en 1954 y, dos años más tarde, aquel famoso disco improvisado con Carl Perkins, Jerry Lee Lewis y Johnny Cash: *The Million Dollar Quartet*. El estudio se había conservado como en aquella época, y se seguía grabando, con material más moderno pero la misma acústica.

Memphis se descubría más con los oídos que con los ojos, y me lo estaba pasando en grande. Me sentí progresivamente atrapado por una especie de nostalgia por un período que no había conocido, el de las décadas de 1950 y 1960, hasta que la visita al museo de los Derechos Civiles me recordara brutalmente el lado oscuro de aquel tiempo. Está situado en el mismo motel en el que Martin Luther King fue asesinado, el 4 de abril de 1968.

El museo trazaba el combate universal del pastor por la igualdad de los derechos entre blancos y negros y por la paz, así como su historia personal trágica. Cuatro años después de la marcha hacia Washington, que había permitido el voto de la *Civil Rights Act*, el premio Nobel de la paz más joven había iniciado otra marcha, en favor de los marginados pero también contra la guerra del Vietnam. Así, a la hostilidad tradicional de buena parte de los blancos del sur se sumó la del gobierno demócrata por entonces en el poder. El doctor King estaba en Memphis para apoyar el derecho de los basureros negros a un salario y unas condiciones de vida decentes. La víspera de su asesinato, parecía como si supiera muy precisamente que su camino iba a detenerse allí. Una pantalla difundía su último discurso:

«Y entonces fui a Memphis. Y algunos comenzaron a amenazarme, o a hablarme de amenazas por todas partes. Lo que podría pasarme por parte de uno de nuestros hermanos blancos enfermos... Y bien, yo no sé lo que va a pasar ahora. Nos esperan días difíciles. Pero no me importa lo que va a suceder ahora, porque ya he ido hasta la cima de la montaña. Ya no me preocupo. Como todo el mundo, me gustaría vivir mucho tiempo. La longevidad es importante. Pero ahora no me inquieta demasiado. Simplemente quiero que se haga la voluntad de Dios. Y me ha permitido alcanzar la cima de la montaña. Y he mirado a mi alrededor. Y he visto... la Tierra Prometida.

Tal vez no os acompañe hasta ella. Pero quiero que sepáis, esta noche, que nuestro pueblo alcanzará la Tierra Prometida. Así que esta noche estoy feliz. No me preocupo por nada. No temo a ningún hombre. Mis ojos han visto la gloria de la llegada del Señor.»

Al día siguiente, a las seis y un minuto de la tarde, cuando salía al balcón de su habitación, en el primer y último piso del motel en el que yo me encontraba, para dirigirse a un evento, un francotirador lo abatió de una bala en el cuello. Martin Luther King fue declarado muerto en el hospital, una hora más tarde.

El reverendo Samuel Kyles, que estaba a su lado en el momento del drama, diría más tarde: «Pueden matar al soñador... pero no pueden matar el sueño.»

En cuanto a las ultimísimas palabras pronunciadas por Martin Luther King, un minuto antes de su muerte, iban dirigidas al músico Ben Branch, y decían: «Ben, piensa en tocar "Take my Hand, Precious Lord" esta noche. Tócala lo mejor que sepas».

13

En casa de Bruce.

«¡LAAAAAARGO DE AQUÍ, GILIPOLLAS!»

Esta vez sí, Bruce estaba allí. Un Cadillac Eldorado convertible rojo sangre estaba estacionado delante de su domicilio. Una auténtica chatarra. También observé que había un viejo pick-up Dodge Ram verde botella cerca de la caravana herrumbrosa.

La escalera de entrada estaba atestada de basuras que no estaban ahí la víspera. Me quedé allí, con el dedo en suspensión contra el timbre, cuando la escena doméstica estalló. No lo entendía todo, pero la señora no estaba contenta. Cayeron cosas pesadas, o alguien las lanzó, y se volvió a repetir la expresión «gilipollas». Estaba a punto de renunciar provisionalmente a mi visita cuando se abrió la puerta con violencia. Me encontré cara a cara con Bruce Pelvis Presley, con el torso desnudo y furioso.

—¿Pero qué...?

—Lo siento, llego en mal momento...

—¿Y tú quién eres?

—Estoy realmente desolado... Vengo de Francia para conocerlo, pero ya veo que...

—¿Qué?

La cara de Bruce estaba deformada por la ira; estábamos bastante lejos de la sonrisa deslumbrante y del encanto natural del Rey. El contorno de sus ojos, desde los pómulos hasta las cejas, tenía algo artificial que me incomodó. Aquella parte de la cara estaba inmóvil, mientras que el resto se plegaba por la rabia.

—No soy más que un fan suyo. Pasaba por Memphis y...

—¿Qué? ¿Un fan?

Bruce me miró de los pies a la cabeza. ¿Acaso no parecía un fan?

—Sí, tengo todo tu álbum... —dije, antes de morderme los labios por haber soltado una tontería semejante.

Bruce miró por encima de mi hombro, en busca de una cámara oculta...

—¿Es un chiste? —me preguntó.

—No, no. Incluso le traigo un regalito —dije sacando el EP de Elvis de la bolsa.

—¿Se puede saber qué estás haciendo, imbécil? —chilló una voz femenina en el primer piso.

Bruce se dio la vuelta y gritó:

—¡Un minuto, querida!

—Es para usted —le dije dándole el sobre de papel kraft.

Bruce lo cogió con desconfianza y lo abrió. Una expresión parecida a la satisfacción recorrió su cara.

—¡Joder, qué guay, tío! ¡Pero que muy guay!

—Gracias. Pensé que...

—Es realmente guay. ¿Qué quieres a cambio? ¿Un autógrafo?

—Oh, sí... —dije después de una vacilación.

—¿Pero qué pasa? —preguntó Shelby, que apareció detrás de Bruce, con aire suspicaz.

Llevaba un chaleco rosa sobre el que había una foto de Johnny Cash con el dedo corazón levantado. El pecho y la barriga desbordaban generosamente. Su cabello había sufrido una decoloración casera que viraba hacia el caqui, con algunos reflejos violetas, y sus brazos, más tatuados que los de Bruce, parecían particularmente aptos para golpear una batería. O cualquier otra cosa.

—Creo que tenemos un fan... —le explicó Bruce.

—¿Qué? ¿Un fan?

—Sí, dice que tiene todo nuestro álbum...

Se partieron de risa.

—¿De dónde vienes? —me preguntó ella.

—De Francia.

Shelby parecía a la expectativa. Así que añadí:

—De París.

—¿París? Qué guay...

—Sí, y esto también es guay —dijo Bruce mostrando el disco.

—¿Y tú? ¿Tú lo dejas ahí en la puerta como un trapo?

—No, yo...

—Pues, dile que entre... ¿Tiene usted cinco minutos?

Y así fue como entré, como un lobo en una... piara. La escalera situada enfrente de la puerta estaba atiborrada de detritos y de ropa sucia. En el salón, a la izquierda, Bruce me señaló un canapé destrozado y atestado y se hundió en un viejo sillón de mimbre que crujía por todas partes. Shelby entreabrió las cortinas para iluminar la habitación. Había una tele rota echada por ahí, restos de comida con moho y colillas por el suelo. En un rincón había una magnífica guitarra acústica Martin D28.

—¿Quieres una birra?

—Encantado.

—Sírvete, tienes una justo ahí.

—Ah, sí, no la había visto. Gracias, dije cogiendo en una bolsa estratégicamente colocada al alcance de la mano desde el sofá una lata... de cerca de un litro.

Bruce me preguntó por mi Mustang, que había visto estacionado delante de su casa. Confirmé que era mío y me apunté un tanto. Un tanto más por haber visitado los estudios Sun, y varios más todavía cuando le recordé que me encantaba *The Dark Side Of The King*. Y quizás otro cuando deslicé sutilmente que yo también era guitarrista. Por desgracia, perdí todo mi crédito cuando Bruce y Shelby se dieron cuenta de que, al cabo de tres días en Memphis todavía no había visitado Graceland, la propiedad de Elvis Presley que, como Bruce me señaló, era la residencia privada más visitada... de los Estados Unidos. «Después de la Casa Blanca», precisó Shelby. Bruce no estaba de acuerdo. Comenzó una discusión que interrumpí para aclarar que había previsto visitar Graceland al día siguiente.

Bruce me habló de Elvis, una pasión transmitida por su padre, de quien me mostró una foto. Él también había sido un *impersonator* de Elvis, un sosias a nivel profesional: un ETA, o sea, *Elvis Tribute Artist*. Cada año se celebraba en Graceland una competición para elegir al Ultimate Elvis Tribute Artist pero, según Bruce, el jurado estaba comprado. Sea como fuere, su padre había sido uno de los más grandes ETA, conocido en todo Tennessee e incluso más allá. A él le estaba costando más...

—¿Sabes? Parecerse a Elvis cuesta mucho trabajo. Tienes que cantar, bailar, tocar la guitarra, pensar, comer como él... Pero a veces, mi personalidad, pues bien... vuelve a aparecer.

—Es normal —osé decir.

—Sí, es lo que quiero hacer comprender: OK, venís a ver una historia hecha para recordar a Elvis, pero tenéis que aceptar que *no es Elvis*. Nuestra personalidad está detrás, y además está el hecho de que Elvis no solo tenía una personalidad, si uno se informa bien. No estaba tan limpio como quieren hacer creer en Graceland, y a veces me pregunto si no me acerco más a él cuando soy yo mismo. ¿Lo pillas?

—Desde luego. Y en tu música...

—Eso intento decirte... lo que me dije, en realidad era: «OK, todo el mundo hace lo que Elvis ya ha hecho. Yo voy a hacer lo que Elvis habría hecho, si no hubiera muerto en el 77».

—De acuerdo.

—Y 1977 es el fin del rock y el comienzo del punk. Así que...

—De acuerdo...

—Pero sobre todo debe ser porque me gusta el punk. A veces inteletc... inteligt... inlecte...

—Lo peor es que no sabías tocar la guitarra —dijo Shelby—. Al principio, claro.

Bruce hizo una mueca. Llegábamos al verdadero objeto de mi visita. Lo intenté:

—En todo caso, en *Dark Side*...

Justo en aquel momento se oyó un grito en la planta superior. Un grito de bebé.

—Mierda, ¡Garon se ha despertado! Os tengo que dejar —dijo Shelby.

Me levanté y Bruce también. Shelby me estrechó, o más bien me molió la mano. Pero logré mantener una sonrisa de devoción.

—¿Hasta cuándo te quedas en Memphis? —me preguntó Bruce.

—No sé, unos días —contesté, mientras me conducía lentamente, pero seguro, hacia la salida.

—No tenemos ningún concierto previsto antes de fin de mes, qué putada...

—¿Ah, no?

En efecto, era una putada. Sobre todo porque no veía realmente ningún pretexto para...

—Espera, se me ocurre algo... Mañana estarás en Graceland, pero seguro que vamos a ensayar el miércoles o el jueves —dijo Bruce.

—Miércoles —dijo Shelby, que bajaba las escaleras con un enorme bebé en los brazos e intentando no tropezar—. El jueves te vas a Lynchburg, te lo recuerdo.

—Ah, sí, es verdad. Y tú ya no estarás allí más tarde... Bueno, entonces el miércoles. ¿Crees que Norman podrá?

—Sí, podrá, yo me ocupo.

—Vale, pues el miércoles, ¿te va?

—Perfecto, realmente... me apetece muchísimo... —dije, con una interpretación digna del Óscar al mejor actor secundario—. ¿Pero dónde será?

—Aquí.

—Genial. ¿hacia qué hora?

—Oh, solemos comenzar hacia las tres o las cuatro de la tarde, hasta no se sabe qué hora. Ven cuando puedas.

—¡Muchas gracias, de verdad!

—¡Serás bienvenido! —gritó Shelby para imponerse a los gritos de Garon.

—¡Muchas gracias! ¡Hasta pronto!

—Nos vemos, pues —dijo Bruce rascándose el trasero antes de cerrar la puerta detrás de mí.

Los dejé allí con una especie de alivio.

A la mañana siguiente me dirigí a Graceland, la gigantesca propiedad de Elvis, transformada en museo y mausoleo. Se accedía a la misma por el Elvis Presley Boulevard, en el que se sucedían tiendas de coches de ocasión, Taco Bell y vertederos de neumáticos. La residencia en sí ofrecía más de lo que se podía esperar de ella, entre esplendor kitsch y decadencia americana. La planta superior, donde se encontraba la habitación de Elvis, no se podía visitar. Decían que no se había tocado nada desde el día de su muerte. Pero la planta baja, y sobre todo el sótano, reservaban suficientes sorpresas como para no sentirse frustrado. Elvis tenía una cierta inclinación por la moqueta verde bien gruesa, particularmente realzada en la habitación llamada «jungle room» con cascada interior, helechos de plástico, sofás de madera exótica y falsa piel. También había moqueta en el techo, para limitar la reverberación, ya que la pieza a veces servía de estudio. En el sótano se encontraba la «sala de televisión», negra y amarilla. Tres pantallas catódicas abombadas para seguir de forma simultánea las tres cadenas de la época. Con espejos en el techo. Qué clase. Pero lo más impresionante era la sala de trofeos: un pasillo de quince metros de longitud tapizado con discos de oro. Elvis vendió más de setecientos millones de discos en vida, más de mil millones desde su fallecimiento. Un récord absoluto.

La tumba de Elvis estaba situada en el exterior, cerca de una fuente. Elvis había sido enterrado en el cementerio de Forest Hill, a unos centenares de metros de allí, pero su cuerpo fue trasladado hasta Graceland unos años más tarde. Oficialmente por razones de seguridad. Una placa indicaba que había tenido un hermano gemelo, que nació sin vida y estaba enterrado en Tupelo, la población natal de Elvis. Lo sabía, pero me estremecí al descubrir su nombre: Jesse *Garon* Presley. No me atrevía a imaginar que Bruce y Shelby se hubieran inspirado en él para bautizar a su bebé...

La visita de Graceland proseguía en el museo de coches: Rolls, mercedes, un inquietante Stutz Blackhawk negro y, desde luego, varios Cadillac. El más emblemático era el Eldorado violeta de 1956, del que Bruce poseía un ejemplar rojo, en un estado menos flamante. También había una Harley-Davidson, karts, coches de golf, buggies y jeeps rosas. Como para creer que las piernas de Elvis solo le servían para bailar.

Y luego, en el exterior, la guinda del espectáculo: el jet privado *Lisa Marie*. Salón oval con sistema de cuadrafonía, habitación personal de suedine azul, dos minicuartos de baño con grifería y lavabo placado en oro.

Elvis utilizaba el avión para sus giras por los Estados Unidos. Nunca volvió a salir del país después de su servicio militar en Alemania, porque su agente, el coronel Parker, que no era coronel ni se llamaba Parker, sino Van Kuijk, en realidad era un inmigrante holandés que había entrado ilegalmente en los Estados Unidos. Por este motivo, el mánager de Elvis nunca había organizado una gira internacional: si lo hubieran desenmascarado en la aduana su vida se habría hundido. Y ni hablar de dejar a Elvis solo en la otra punta del mundo.

Además de las giras, el *Lisa Marie* también había servido para otros desplazamientos. Elvis lo había utilizado para matar el gusanillo y degustar uno de aquellos sándwiches de mantequilla de cacahuete que seguramente solo se encontraban en Denver... o para llevar de repente a su hija a Colorado, el día en que se dio cuenta de que la niña nunca había jugado con la nieve.

Sin lugar a dudas había excesos en la persona de Elvis, pero también una ingenuidad en su generosidad y una simplicidad testimoniada en ese apego sin matices a su madre, a sus orígenes modestos, a Memphis, que conmovían. Salí de Graceland con la imagen de un hombre atormentado con la voz de oro, que había llegado hasta el límite del concepto de éxito popular y de materialismo contemporáneo y que, mientras vivía y quizás incluso ahora, había sido más que un simple ídolo: un semidiós.

14

En casa de Bruce, segundo intento.

REGRESÉ A CASA DE BRUCE EL MIÉRCOLES, A LAS CUATRO DE LA tarde en punto. El ensayo ya había comenzado en el garaje contiguo a la casa. Mostré mi cabeza a través de la ventana y Bruce me indicó que entrara. El trío estaba al completo, con Shelby a la batería y Norman Langham, un joven tenebroso, muy alto y muy delgado, en el contrabajo. Tocaban su excelente versión de «Jailhouse Rock» y Bruce, armado con una soberbia Hagström Viking roja, atacó el solo. Era seco y *destroy* a más no poder, sostenido por un tándem rítmico irreprochable. Bruce forzaba mucho la voz y, a causa de la ausencia de piano el tema era menos melódico, pero más salvaje, que el original. Muy muy bueno. Al finalizar la pieza aplaudí con toda sinceridad.

Bruce liquidó una enorme lata de cerveza, la aplastó y la lanzó detrás de su ampli antes de tenderme una mano húmeda y calurosa: «¿Qué hay, *fanboy*?» Estreché también la de Norman, que esbozó una vaga sonrisa, y la de Shelby, que estaba en plena forma y me aplastó la mitad de los dedos.

Bruce cogió otra cerveza y propuso hacer una pausa.

—Acabamos de empezar —gimió Shelby.

—OK —dijo Bruce, antes de engullir un sorbo enorme y empalmar con «Good Rockin' Tonight».

Dos minutos y pico más tarde, Bruce se tomó su pausa sin preguntar nada a nadie. Shelby levantó los ojos al cielo, pero se calló. Norman puso el contrabajo contra la pared con aire resignado.

—¿Así, qué? ¿Contento de estar aquí? —me preguntó Bruce después de tragarse otro sorbo fenomenal de Budweiser y soltar un eructo gutural.

—Es un honor —contesté.

Bruce se sacó un porro enorme del bolsillo y lo encendió. Shelby se dirigió hacia la casa y Norman pasó tras de mí sin una palabra. Tenía un look completamente de los cincuenta: pantalón beige de pinzas, camisa blanca country con las mangas dobladas y grandes gafas de pasta que aumentaban los ojos. Parecía un tipo dulce, aunque asocial y taciturno. Se fue a estirar el esqueleto fuera del garaje, en el patio atiborrado, y me dejó solo con Bruce.

Después de dar tres o cuatro caladas, Bruce me propuso el porro. Decliné educadamente.

—Bueno, todo esto era el calentamiento. Ahora pasaremos a las cosas serias.

—¿Ah, sí?

—Sí, realmente tienes suerte. Estamos preparando nuestro segundo álbum y vas a oír cosas que todavía no hemos tocado nunca en público.

—¡Genial! ¿Y todo son versiones del Rey?

—No, son cosas nuestras.

—¡Guay!

En ese momento Shelby volvió al garaje con Garon en los brazos. Aquel bebé era realmente obeso. Llevaba un pañal y una camiseta negra en la que se podía leer, en letras blancas: «*¿Quién se ha cagado en mis pantalones?*». Tenía una marca en la mejilla, que el día anterior no había visto.

—Vaya, pobre —dije—. ¿Se ha hecho pupa?

—No es nada —dijo Bruce.

—Es Bruce —suspiró Shelby—. No ha pillado todavía que cuando se desmonta un cochecillo, primero se tiene que sacar al bebé.

—Vale, vale... —rumió Bruce.

—En cualquier caso, es muy mono —dije, dirigiéndole una débil sonrisa.

Garon se contentó con agitar ante mis ojos la enorme salchicha que llevaba en la mano, antes de darme ostensiblemente la espalda.

—Venga, di hola, cariñín —imploró Shelby.

Garon se volvió para examinarme de nuevo. Se parecía mucho a su madre. Pero su única respuesta fue escupir la salchicha medio masticada, que se quedó pegada a su doble papada.

Shelby le riñó y lo puso en el suelo. El chiquillo se dirigió con paso torpe directamente hacia la guitarra de Bruce.

—¡Eh! ¡Ni se te ocurra tocar esto, mamoncete! —gritó Bruce, agarrándolo por el brazo, con lo que el chaval se cayó de espaldas.

Garon se golpeó la cara sobre el suelo del garaje y se puso a chillar. Shelby lo cogió en sus brazos lanzando una mirada asesina a Bruce, quien no se dio cuenta.

—¡Al loro con esta guitarra!

—Gilipollas —murmuró Shelby.

—Sí, es magnífica —solté para intentar distraer el ambiente y aproximarme al tema que me interesaba.

—A ti qué te parece... De hecho, me dijiste que eres guitarrista, ¿no?

—Sí, y un apasionado de las guitarras antiguas. Yo diría que esta es una Hagström Viking II de 1968.

—Exacto, el mismo modelo que utilizó Elvis...

—En su *Comeback Special* en la tele, ese mismo año. Normalmente, el puente es dorado, he visto que el tuyo está cromado —añadí.

—Sí, lo sé. Me gustaría sustituirlo pero nunca lo encontré.

—Yo te puedo conseguir uno.

—¿En serio?

—Sí. De vez en cuando reparo guitarras en una tienda de París y sé que tienen puentes como este. Me refiero a uno original.

—Vaya, qué guay. Porque no soporto las copias, son una mierda.

—Efectivamente, desvaloriza la guitarra.

—Y no solo eso. Todo lo que se ha fabricado a partir de 1965 es una mierda. Tolero esta, de 1968, porque Elvis tenía una, porque es chula y porque no me da miedo a darle de curros en el escenario, pero de hecho mi rollo son más bien las guitarras de los cincuenta hasta 1964.

—La edad de oro, efectivamente.

—¿Quieres que te enseñe algo?

—¡Con mucho gusto!

—Bueno tíos, es hora de seguir con lo nuestro, ¿no? —dijo Shelby.

—Espera, voy a buscarle una guitarra que le va a gustar. ¿Quieres tocar un poco?

—¡Sería formidable! —dije con entusiasmo no fingido.

Seguí a Bruce por la casa, con el corazón a mil por hora. Tenía una ocasión inesperada de descubrir su Moderne. Pero Bruce me hizo entrar en su habitación, en la planta superior, donde reinaba un olor pestilente, para presentarme una Fender Telecaster de 1952 colgada encima de la cama. Era enteramente original, esto era lo que Bruce me quería enseñar. Lo felicité cuando Shelby nos chilló para que nos apresuráramos. Entonces Bruce volvió a dejar la guitarra a toda prisa, salió de la habitación y cogió un estuche en una puerta contigua. Apenas tuve tiempo de ver la habitación, que debía servir de trastero, estaba llena de estuches de guitarra, la mayoría muy antiguos.

Volvimos al garaje y Bruce me pasó la guitarra que había elegido para mí.

—Venga, date el gustazo.

Abrí el estuche y descubrí... una magnífica Gretsch Country Gentleman. De 1964, a primera vista.

—Genial —dije.

Habría preferido la Moderne, pero me encantaba esta guitarra, que habían utilizado Elvis, desde luego, pero sobre todo George Harrison y Lou Reed, dos de mis guitarristas fetiches.

Enchufé la Gretsch en el ampli de Bruce y este último comenzó «That's All Right Mama». Me la había aprendido justo antes de salir de París y, a pesar de algunos fallos, logré acoplarme bastante bien con el grupo, perfectamente rodado con esta canción. Tocamos dos otros temas de *The Dark Side Of The King* y parecían bastante satisfechos con mi contribución, en realidad bastante modesta.

Las cosas se complicaron cuando Bruce quiso ensayar temas nuevos que no estaban a punto en absoluto. Viendo que no tardarían en llegar los problemas, di las gracias calurosamente al grupo por haberme permitido tocar con ellos. Guardé la Gretsch con precaución en su estuche y el trío me dejó asistir al resto del ensayo, que de hecho ya no era tal. Bruce buscaba una cosa, un «sonido nuevo». Tenía trozos de frases, nada acabado. Estaba intentando otro estilo, pero Shelby y Norman no comprendían lo que tenían que hacer. Bruce fue encadenando cervezas y porros toda la tarde mientras yo impedía que Garon se comiera las colillas del suelo y alertaba a Shelby cuando tenía el pañal lleno. Aquel bebé era mono, en realidad, y me daba pena porque Bruce y Shelby pasaban la mayor parte del tiempo discutiéndose. Lo estuve observando bastante rato y de repente me di cuenta de lo que me molestaba en él: el chaval se parecía mucho a Shelby, pero en absoluto a Bruce. En cambio, tenía un pequeño parecido, e incluso más que pequeño a poco que uno mirara bien... con Norman. De hecho, Norman parecía más preocupado que Bruce por las tonterías que iba haciendo Garon, aunque tampoco intervenía.

Había un jueguecito entre Norman y Shelby, que se fue volviendo cada vez más claro a mis ojos en el curso de la tarde. Como si, en aquella relación entre tres, tanto en el plano humano como en el musical, Bruce representara una especie de «mal necesario».

Se veía por la manera con que Shelby y Norman toleraban el comportamiento de Bruce, cada vez más odioso a medida que su ebriedad aumentaba. Bruce era el líder oficial del grupo, porque nunca habría aceptado otro papel. Pero, musicalmente, el tándem rítmico Shelby/Norman era el que llevaba las riendas, y Bruce no hacía más que injertarse en él. Así que, forzosamente, en los temas nuevos, a pesar de la obediencia servil del tándem, la salsa no acababa de cuajar. Bruce terminó enfadándose con Norman de manera perfectamente injustificada. Shelby miró el reloj y me anunció.

—Bueno, vamos a comer. ¿Te quedas?

—Con mucho gusto, pero no quisiera...

—¡Quédate! —espetó Bruce.

—Yo me voy —dijo Norman.

—OK —dijo Bruce, sin insistir—. El próximo día lo harás mejor.

Norman no respondió, besó a Shelby y a Garon y me estrechó la mano. Me deseó una buena velada y se despidió de Bruce, quien soltó un pequeño eructo como respuesta.

Bruce salió del garaje, recogió trozos de tablones que había por todas partes y los amontonó en medio del jardín. Los roció con un líquido inflamable y echó una cerilla sobre el conjunto. Más tarde, vertió un saco de carbón sobre las brasas y empujó por encima un carrito de supermercado medio quemado cuyas ruedecillas se habían fundido. Finalmente echó enormes piezas de carne en el carro. La barbacoa había empezado...

La velada fue extraña, pero no desagradable. Era de noche y le íbamos dando al Jack Daniel's. Bruce se había ido a aliviar la vejiga cuando Shelby, echada en una silla de jardín inestable, fumando un cigarrillo con Garon durmiendo sobre su pecho, exclamó:

—¡Ay, con lo que me gustaría ir a París! Ver la torre de los Elfos y pasear por las calles con aquellas barquitas.

Estuve a punto de ahogarme, pero estaba de humor cachondo.

—¿Las góndolas?

—Sí, exacto, las góndolas. E iría a ver aquel reloj inmenso...

—¿El Big Ben? —pregunté, después de estar pensando un rato.

—Sí, exacto: el Big Ben.

—Y mientras que un sol púrpura iría descendiendo por detrás del Coliseo, oirías cantar una melodía de sirtaki: «*Oh, tus olas maravillosas. Oh, hermoso Danubio azul.*»

—Joder con los franceses, sois tan románticos...

No añadí nada.

—Y me llamarían «marquesa». Siempre he soñado con que me llamaran marquesa —prosiguió.

—La marquesa de Memphis...

—Sí, joder, ¡qué bien suena! La marquesa de Memphis...

—¿De qué? —dijo Bruce, que volvía rascándose las partes.

—No, nada. Me voy a sobar —dijo Shelby.

Se levantó, besó a Bruce y me saludó.

—Encantado de haberte conocido, tío —dijo.

—Igualmente. Ha sido un honor, *Madame la Marquise* —contesté en francés.

Se rió y entró en casa con Garon, dejándome solo con Bruce, que encendió en seguida un porro. Rechacé una vez más. Parecía muy relajado y decidí jugarme el todo por el todo.

—Dime, Bruce, me pareció ver una historia rara un día en un foro, sobre una guitarra que al parecer tú...

—¿La Moderne?

—¡Sí, exacto! La Moderne...

15

«Jardín» de Bruce.

—**ESTA HISTORIA ME PONE DE LOS NERVIOS. NO TENGO MUCHAS** ganas de hablar de ello.

—Te comprendo. Creo que te topaste con unos gilipollas que no tenían ni idea.

—¡Exactamente! —respondió Bruce, antes de dar una enorme calada y de hundirse en el silencio.

—Porque podría ser perfectamente que fuera una de verdad.

—*Es* de verdad. Pero ya te lo he dicho, prefiero no hablar del tema.

—Te entiendo. Si es de verdad, vale dinero. Mejor no hablar mucho en Internet.

—¡Exactamente! —dijo Bruce, dando otra calada y formando anillos de humo.

—¿Pero cómo puedes estar seguro de que es la de verdad? Después de todo, hay bastantes copias o timos con las viejas guitarras...

—Sí, pero a Bruce no se la dan con queso.

—Entonces, ¿cómo lo sabes? ¿Dónde encontraste esta maravilla?

Bruce dejó el porro, llenó su vaso de Jack Daniel's hasta el borde, se lo bebió de un tirón, se volvió a servir y se hundió en la tumbona, que crujía peligrosamente. Cerró los ojos. Lo distinguía mal en la penumbra, pero noté que iba a dormirse.

—Hace tres años, mis padres... en fin, tuvieron un accidente y... —comenzó—. Heredé la casa y también una buena suma de dinero. Compré bastantes guitarras en aquel momento, y un día, cuando pasaba por Dickson, un pueblucho cerca de Nashville, y donde estaba esa jodida Telecaster '52 en el escaparate... la que has visto en mi habitación, que recuerda bastante a la que utiliza Elvis en *Loco por las muchachas*... ¿Has visto *Loco por las muchachas*?

—No —confesé.

—Superpelícula, te la aconsejo. En resumen, estaba en el escaparate y tuve un flechazo. Costaba un pastón, pero la pagué al contado. Yo estaba bastante emocionado y charlé bastante con el vendedor, que era el propietario de la tienda. Debió acordarse de mí, porque un año más tarde llamó a la puerta de mi casa. Tenía tres o cuatro guitarras, todas ellas Gibby, en el maletero. Y me las quería enseñar, así, por si acaso. Todas eran jodidas maravillas de los años cincuenta o sesenta, pero en aquel momento yo estaba sin blanca. Y estaba también esa guitarra, espantosa, pero que de todos modos llevaba la marca Gibson. Me dijo que aquella era especial, y que valía un auténtico pastón, mucho más que las otras. Pregunté cuánto, y me dijo 40. Dije: «¿Qué? ¿40 dólares?» y me dijo «No, 40 de los grandes». Le dije que estaba de broma y me dijo que tal vez solo había una en el mundo, y que seguramente valía muchísimo más. Y comenzó a guardarla. «¿De dónde la has sacado?», le pregunté, y entonces me explicó que no solo vendía guitarras, sino que también había currado en Gibson, en Nashville, que era carpintero o algo así...

—¿Lutier?

—Sí, exacto. En resumen, que trabajaba con las guitarras acústicas que fabricaban en Nashville. Pero me dijo que con el diluvio que hubo, hace unos años, la fábrica había quedado inundada y que había remontado a la superficie mogollón de mierdas. Cuando llegó al curro, había ya un montón de tipos que sacaban chismes de las ruinas y llegó para ayudar. Pero se entretuvo sobre todo recuperando guitarras, tú ya me entiendes...

—Entiendo.

—Estaban bastante mojadas, y las acústicas estaban destrozadas, pero las eléctricas todavía estaban bastante bien. Según él, solo se tenían que desmontar y poner a secar. Preguntó a un jefe que estaba por allí qué se tenía que hacer con las guitarras, y el tipo contestó que Gibby no iba a vender guitarras que se habían mojado, así que podía más o menos tirarlas a la basura o hacer lo que quisiera. Me dijo que había vuelto a casa en seguida, que había desmontado las placas para vaciar el agua del interior y que se había pasado horas dándole con el secador de pelo. Tuvo que cambiar cables, pero el resto era de origen. 57 o 58, algo así.

—De acuerdo...

—Pero bueno, la guitarra era supercara y muy fea, y las otras eran bestiales y además no muy caras. Le dije que no tenía mucho dinero en aquel momento. Pero bueno, la fea me intrigaba y me dije que tal vez había una manera de revenderla y de paso quedarme con un pastón. Pero esto no se lo dije. Así que me respondió: «No hay problema, de todas maneras estaré en Memphis tres días, y ya tienes mi número. Infórmate, ya verás, esta guitarra no es cualquier cosa».

En este momento Bruce hizo una pausa, vació el vaso, lanzó un escupitajo y soltó un eructo.

—Mierda. Tengo la boca seca. ¿Quieres algo para beber?

—Desde luego.

Llenó mi vaso de whiskey y se sirvió de nuevo.

—Bueno, ¿por dónde íbamos?

—Que el tipo te había dejado su número y te había sugerido que te informaras.

—Ah, sí, exacto. Así que me informé en Internet y, joder... ¡lo que decía era verdad! Aquel horror era súper raro, hasta el punto de que no había la seguridad de que existiera de verdad, y podía valer algo así como un millón de dólares... Como te he dicho, en aquel momento no me quedaba mucho dinero, y me dije que un millón de dólares sería algo guay de tener, ya ves.

Bruce me guiñó un ojo con complicidad, a lo que no pude más que asentir. Y prosiguió:

—Hice mis cálculos y me di cuenta de que era exactamente lo que necesitaba. Así que me informé bien acerca de la guitarra, más que nada para que no me colaran un churro, ya ves, y, por lo que había visto, lo que me había enseñado se correspondía bastante. Pero la tenía que ver otra vez, y también debía comprender por qué quería solo 40.000 si podía valer un millón. Entonces lo llamé y volvió a mi casa al día siguiente.

—¿Y? —pregunté, impaciente.

—Entonces me dijo que necesitaba dinero rápidamente, porque tenía que comprar medicamentos para su madre que no tenía seguro médico.

—Mmm...

—Sí, esto me dije yo también. Porque Bruce Sharpe quizás no sabe situar Europa exactamente en un mapa y tal vez no lee a Shakespeare y todas estas cosas francesas, pero bueno, no es de la clase de tipos que pagaría doscientos dólares por un chocho apestoso, si ves lo que te quiero decir.

No, Bruce, no lo veo. Y no lo quiero ver.

—Entonces le dije: «¿Y por qué no la metes en eBay para ver lo que vale? eBay es muy rápido» y fue entonces cuando me dijo que los tipos de Gibson no querían revender guitarras que se hubieran mojado, pero que él tampoco estaba muy seguro de haber hecho bien cogiéndolas para sí. Le dije que sí, pero que no es como si las hubiera robado, las encontró y basta. Pero me dijo que no quería problemas, porque seguía trabajando en Gibson. Le dije, sí, pero si tienes un millón de dólares, te la suda tu trabajo en Gibby. Me dijo, sí, tienes razón, pero no quiero problemas porque, si me quieren joder y me envían al talego no habrá nadie para ayudar a mi madre, que no tiene seguro. Y por eso no quería ponerla en eBay y estaba dispuesto a malvenderla. Entonces le dije, sí, pero hay otro problema, no sé si esta guitarra es la verdadera de verdad, y lo que yo quería era poner una foto en una página web no muy conocida a ver si podía tener opiniones.

Mi corazón pareció detenerse. Me di cuenta de que Bruce tal vez no había comprado la guitarra, que se las había apañado para tomarla prestada y que le hicieran una foto para colgar las imágenes en Internet, que la cosa había ido mal y que hoy la guitarra no se sabía dónde estaba. Me mordí los labios.

—Mierda, está vacía, voy a buscar otra, dijo Bruce antes de estrellar la botella de Jack Daniel's contra un murete.

Esperé al menos diez minutos, solo en la oscuridad, antes de que regresara con otra.

—Ten —me dijo, alargándome la botella, después de haberse servido.

—¿Y?

—¿Eh?

—Querías colgar fotos de la Moderne en Internet...

—Ah, sí. Pero ese imbécil no quiso. Le pregunté por qué y me dijo que no quería problemas. Decía que de momento era mejor ser discreto con aquella guitarra pero que, más tarde, al cabo de unos años, se podría revender sin problemas. Y tal vez por más de un millón. Pero que él no tenía ese tiempo para esperar. Necesitaba dinero líquido y deprisa. Le dije, OK, pero ¿cómo sé que es de verdad?

—Esta es la cuestión...

—Me dijo: «Seré honesto contigo: mi rollo son las acústicas, pero también entiendo de eléctricas. Y lo que es seguro es que las pastillas son de verdad, son PAF y todo el rollo, y datan de 1957. Entonces, el resto también debe datar del 57 o el 58, y viene de la fábrica Gibby». También me dijo que no era una 82, porque, tal como había visto en Internet, Gibby había reeditado la guitarra en 1982, pero no vale 40.000 dólares. Le dije que, de todas formas, 1982 me la sudaba. Me dijo que tenía razón, y me mostró un montón de diferencias que probaban que no era como la de 1982.

En este momento, Bruce marcó una pausa que me pareció interminable. Iba a dormirse...

—¿Y entonces? —solté un poco fuerte.

—¿Eh? Ah, sí. Entonces me dije: Bueno, esta guitarra viene de Gibby, los micros son de 1957 y el resto parece también de época, la probaré para ver.

—¿Y?

—¡Joder, chutaba que te cagas!

Bruce se irguió en su silla, parecía muy excitado, como si una sustancia le hubiera vuelto a subir.

—Las pastillas eran tope. Y el mástil supergrueso, y a mí me gustan los mástiles gruesos. De hecho, Shelby a menudo me llama así: «mástil gordo», no sé si me entiendes —dijo guiñándome el ojo de nuevo.

Desde luego, Bruce, los hay que no ven más allá de su ombligo....

—En resumen —continuó— aquella guitarra era una auténtica pasada, y me gustaba cada vez más, aunque seguía siendo muy fea. Entonces le dije que de acuerdo, pero que había un último problema.

¿Por qué hablas de esta guitarra en pasado? ¿Y por qué, en tu caso, un *problema siempre acaba llamando a otro?*

—Resulta que los 40.000 dólares no los tengo, colega, le dije. Me dijo, mierda, esto sí que es un problema. Entonces le contesté: «Sí, colega, un problema serio», me acuerdo.

¡Acelera, acelera!

—Entonces le dije que tal vez tenía 5.000 dólares si buscaba bien, pero no 40.000.

Cinco mil dólares por la Moderne, ¿pero qué significa todo esto?

—Me dijo, ¿me tomas el pelo? Dije que no, en absoluto. Me dijo, OK, amigo, hay algo que se me escapa, no voy a molestarte más tiempo. Y se levantó. Le dije, eh, tío, tranqui, charlemos, está guay. Quizás tenga un poco más de 5.000 dólares si hurgo bien en los cajones. Y se volvió a sentar. Me dijo, vale, dime cuánto tienes en el fondo de los cajones, porque si son 6 o 7.000 no vale la pena que hablemos. Esta guitarra vale al menos 30.000. Le dije, vale, mejor para ti, pero yo no voy a pagar más de 10.000 dólares. Entonces dudó, se levantó y salió por la puerta.

¡Mierda!

—Se subió al coche y en aquel momento me dije que aquella guitarra me gustaba, y que no quería que la cosa terminara así.

¡Ah!

—Entonces fui hasta su ventanilla y le dije: «Diez mil dólares no es poca cosa, colega, piénsalo un poco.» Y se largó.

OK, Bruce, muchas gracias. Yo tampoco tardaré en irme...

Bruce comenzó a bostezar y a estirarse.

—Pero hay una cosa que no entiendo —proseguí—, que de todos modos están estas fotos en Internet.

—Sí, sí, claro, pero esto es después. No he terminado.

Estoy harto de todos estos giros estúpidos, Bruce. ¡Termina, por favor!

—Cinco minutos después de irse, me dije que quizás había hecho una tontería. Entonces lo llamé al móvil y le dije OK, de acuerdo por 15.000.

Me dijo 25. Le dije 15. Me dijo, no nos vamos a pasar tres horas: son 20 o nada. Dije 17. Él 19 o nada. Dije 18 o nada y me dijo OK.

Eres un genio, Bruce, el más indispensable de los imitadores de Elvis Presley...

—¿Y?

—Y fue más tarde cuando di aquel concierto y las fotos aparecieron en aquel foro de gilipollas.

OK, la compraste, vamos avanzando. ¿Y si pasamos directamente a la etapa final?

—Pero, al fin y al cabo, ¿la revendiste o te la quedaste?

—¿Por qué? ¿Te interesa?

—Pues sí... solo por saber, vamos.

—¿Y a ti qué te importa si todavía la tengo o no la tengo? —espetó Bruce, con aire amenazador.

—No, no me importa, no hay problema. En fin, sí, me gustaría saber. Solo me interesa tu historia, esto es todo.

—¿Lo que darías tú por saber, eh? —me dijo, con aire suspicaz.

No contesté nada, me sentía muy incómodo. Porque la pregunta era pertinente, ¿qué estaba dispuesto a dar para saber? No conocía la respuesta, pero sin duda era más de lo que Bruce imaginaba.

—Estoy bromeando, colega, es normal que te interese. Es una súper historia y va firmada por Bruce Sharpe. Debe ponerte esto de escuchar estas anécdotas sobre Bruce Sharpe y su guitarra única en el mundo...

—Pues, sí, la verdad...

—Bueno, pues me la quedé. Y de hecho está arriba, al lado de mi habitación.

¡Vamos bien! Un pequeño esfuerzo más y...

—Pero esta guitarra no se la muestro a nadie.

—Qué lástima, una guitarra tan guapa.

—No, es horrible. La compré únicamente para sacarme un dinero.

—Ya veo.

—Además, mejor que no se lo digas a nadie. Y cuando digo a nadie, es a nadie. Ni siquiera a Shelby o a Norman, si acaso vuelves a venir para despedirte antes de volver a tu país. ¡Ni siquiera a Garon!

—¿Shelby no está al tanto de que tienes la Moderne?

—La conozco, me diría: «¡Jodido Bruce, tenemos el tejado lleno de goteras, la habitación del crío llena de moho y tú te gastas 18.000 dólares en una guitarra! Eres realmente el Rey, pero el Rey de los gilipollas». Pero aunque hubiera pagado ochocientos dólares me lo diría. Y si la viera, chillaría, porque es fea de verdad. Entonces se lo explicaría y diría que me han timado, que seguro que no es de verdad, porque no soy más que un gilipollas.

—Sí... en fin, no. Quiero decir: comprendo.

—Además me tocaría los huevos porque no se creería que es de verdad y me obligaría a mostrársela a algún experto, tipo Gruhn en Nashville. Y ya lo he pensado, pero no quiero.

—¿Por qué?

—Porque si es la de verdad, se sabrá y es demasiado pronto, yo tampoco quiero problemas. Y si no es de verdad, en fin...

—Ya veo... ¿Pero no tienes ganas de saberlo? Y en fin, si es la de verdad, ¿no es un poco arriesgado guardarla así en tu casa?

—Eh, colega, de hecho, solo lo sabes tú. Entonces, si tengo algún problema, no te preocupes, sabré encontrarte.

Su tono no parecía siquiera amenazador, estaba seguro de lo que decía, y yo no podía dejar que las cosas quedaran así.

—No es mi estilo. Aunque valiera un millón de dólares no lo haría. Las guitarras de los colegas son como sus novias, se respetan, si no todo se va a la mierda.

—Sí, uno dice esto y luego... pero no lo digo por ti. Tú eres un fan, esto es otra cosa.

Había llegado el momento de insistir.

—¿Has comprobado la cabeza?

—¿Qué?

—La cabeza, ¿has comprobado si había un número de serie?

—¿Por qué?

—Porque dado que la Moderne de 1957 nunca se produjo en serie, no debería haber ningún número de serie.

—Qué listo... no lo había pensado.

—Y si hay un número de serie y ha sido borrado, también se puede ver, aunque hayan pintado encima.

—¿Ah, sí? ¿Tú sabrías verlo?

—Si supieras lo que he visto pasar por la tienda en la que trabajo...

—Mmm...

—Y además, no conozco particularmente la Moderne, pero soy capaz de decirte si una Gibson data de los años cincuenta, sesenta, setenta o más. Esto está más que chupado.

—¿Ah sí? OK, vamos a verlo. No te muevas.

Bruce se levantó con dificultades, volvió a entrar en casa, encendió la luz de la escalera y volvió al cabo de dos minutos, titubeando, con un gran estuche negro de guitarra en la mano.

16

Muy cerca del objetivo.

—**Sígueme, vamos al garaje. Aquí no se ve ni torta.**
Bajo la luz pálida de los neones, Bruce tenía verdaderamente mala cara. La mía no debía ser mejor. Me dolía la cabeza, pero ello no me impidió darme cuenta en seguida de que el estuche era recién estrenado...

—Sí, ya sé, el estuche no es original —soltó Bruce—. Pero es normal, la guitarra no tenía cuando la repescaron.

Puso el estuche a mis pies, abrió los cierres con habilidad y la guitarra apareció. Era exactamente como en las fotos, solo que las huellas de desgaste parecían más marcadas que lo que yo había visto.

—¿Puedo? —dije, acercándome para coger la guitarra.

—Al loro, amigo, no la estropees.

—No hay problema —dije, sacándola con todas las precauciones posibles—. Es... soberbia.

Y, de hecho, era magnífica. Era tan pesada como los prototipos que yo había probado. La cabeza era de mayor tamaño que la de la Moderne de 1982, y esto también era buena señal. En cambio, en las fotos no me había dado cuenta de que las partes metálicas eran doradas y no cromadas. El revestimiento de origen se había gastado con el tiempo, pero se veían todavía rastros de dorados en algunos lugares. Era lo que uno podía esperar de una Moderne ideal, pero al revés de lo que había observado en los prototipos. El mástil era grueso, como en las antiguas Gibson, pero no tanto como en los prototipos. Estaba dubitativo.

—¿Así, qué? —me lanzó Bruce.

—Parece como si fuera de verdad.

—«Parece...» ¿Y a mí qué me importa, señor lo-sé-todo-pero-de-hecho-no-sé-nada?

—Espera, no quiero decir ninguna tontería.

Proseguí mi investigación y un detalle atrajo mi atención: el desgaste de las incrustaciones no se correspondía perfectamente con el de los trastes. Los trastes habían podido ser sustituidos, pero la parte baja del mástil estaba desgastada en las cuerdas graves, mientras que era un lugar en el que nadie toca nunca, ya que es inaccesible. Muy raro...

De hecho, el mástil era de caoba y no de limba, como el cuerpo. Pero en un prototipo, este tipo de cosas era posible. Aparte de esto, todo parecía bueno. Examiné la parte trasera de la cabeza; ni número de serie, ni rastro de número de serie borrado. El logo Gibson y el cuerpo de la guitarra se correspondían a las especificaciones esperables de una Moderne de 1957. Al final, salvo el mástil, teníamos exactamente lo mismo que una Moderne de 1982, con el desgaste y la pátina del tiempo de más. De hecho era inquietante... Tuve entonces una intuición. ¿Y si esta guitarra la habían envejecido artificialmente? Era algo que se practicaba cada vez más, y ello podía explicar las cosas raras a la altura del desgaste del mástil... Keith Richards fue el primero que, cansado de ver cómo los *roadies* maltrataban en concierto su Telecaster fetiche, había pedido a Fender que le fabricaran una con las mismas especificaciones y huellas de desgaste que la original. Más tarde, la guitarra había sido expuesta y había causado sensación. No solo habían conseguido una imitación lograda y mucho menos cara que una original, sino que además se podía comprar una guitarra nueva que daba la impresión de que la habían tocado mucho, cosa que revalorizaba al guitarrista. Había también un aspecto más «auténtico», a imagen de los tejanos nuevos que ya se vendían desgastados o desgarrados. El concepto había funcionado tan bien que ciertos expertos en degradación de guitarras habían ganado una enorme reputación.

Conocía este tipo de técnicas y me puse a buscar rastros. Por ejemplo, aquel cordal, cuyo dorado había desaparecido en gran parte. Examinándolo de más cerca, me di cuenta de que había pequeñas aureolas a la altura de la unión entre el dorado y el cromado de debajo. Típicas de un ataque con ácido. Ídem con las mecánicas de la cabeza. Nadie habría hecho esto en una auténtica, jamás.

—¿Se puede saber qué haces? —me preguntó Bruce, lo cual me sacó violentamente de mi estado de hipnosis en el que había entrado.

—Estoy mirando, nada más.

Sobre todo no decírselo... no decirle que su guitarra tenía auténticas piezas de Gibson en el interior, quizás de la buena época en algunos casos, pero que era un montaje, lo que en la jerga de los lutieres se llama un «Frankenstein», y que no valía mucho... menos que el precio de las piezas originales al detalle, en cualquier caso. Y que había sido envejecida artificialmente para que pareciera auténtica.

Bruce me arrancó la guitarra de las manos y miró en el lugar que yo había observado.

—Joder. No veo nada —dijo volviendo a poner la guitarra en el estuche. ¿Qué piensas, pues?

—Es tope.

—¿Es de verdad?

—Sin lugar a dudas...

—¿Sin lugar a dudas?

—A ver. De hecho estoy desorientado. Es un modelo tan diferente a las Gibson que estoy acostumbrado a ver que no estoy seguro al cien por cien. Se tendría que desmontar para comprobarlo pero, si es de verdad, y ciertamente es de verdad, yo no me arriesgaría a hacerlo yo mismo.

—¿Pero por qué mirabas la cabeza así, y por qué ponías esa cara tan rara?

—¿Ah, sí? No lo sé. Porque es impresionante, es por eso.

—Espera, no te muevas.

Bruce se levantó, revolvió en el fondo del garaje y volvió con un destornillador de estrella.

—La desmontaremos para salir de dudas. Pero antes, me dirás qué es lo que teóricamente encontraríamos si es de verdad o no lo es.

—No, estás loco, estamos hechos polvo...

—No, no, yo estoy a tope.

—Corres el riesgo de estropearla. Que te lo haga un lutier con material adecuado, no lo hagas tú en tu garaje.

Pero Bruce ya estaba desenroscando la placa de las pastillas...

—¡Dime lo que deberíamos encontrar! Eres tú el que me das la lata desde hace dos horas para saber si es auténtica o no lo es. Entonces, ¿a qué juegas? —dijo apuntándome con el destornillador.

No me atreví a responder.

—Venga, señor experto, te escucho. Las pastillas Gibson de 1957 las conozco, tiene que haber la leyenda *Patent Applied For* en una placa de plástico negro por debajo. Y además suenan como otras que conozco, así que no tengo muchas dudas al respecto. Si los cables no son los de verdad, es normal, el tipo me dijo que los habían cambiado. Y todo esto lo sabes tan bien como yo. Así que, ¿qué es lo que querías comprobar?

—Bruce, yo...

—Escucha, *fanboy*, he sido legal contigo hasta ahora, ¿verdad?

—Sí, desde luego.

—Entonces, solo te pido algo. Un pequeño favor, no mucho. ¿Qué es lo que querías comprobar cuando has dicho que sería necesario desmontarla para estar seguro?

Ya no podía echarme atrás... y, después de todo, era necesario un diagnóstico definitivo.

—Escucha, para mí, es una Gibson Moderne. El mástil no es el de una Moderne 82, pero el cuerpo...

—¿De qué estás hablando? ¿82? Quieres decir...

Bruce comenzaba a comprender.

—Ya veo... Una auténtica Moderne de 1982 envejecida artificialmente para hacer creer que es de 1957... Esto es lo que mirabas, de hecho.

—Honestamente, no soy tan experto en este terreno como para estar seguro... El mástil no es de una Moderne 82, esto es seguro.

—Pero tampoco de una 57... si no ya me lo habrías dicho. OK. Y entonces, ¿qué querías comprobar desmontándola? ¿Qué debería encontrar según si era una 57 o una 82?

—Pues bien, por ejemplo, en la década de 1950 Gibson no indicaba el color del acabado en el fondo de las cavidades de las pastillas.

—¿Así que, si está indicado, es una 82?

—Sí —me vi obligado a confesar.

—¿Y cómo lo indicaban? ¿Con rotulador?

—Con un tampón.

—¿Y cuál es el nombre de este acabado?

—Antique natural...

—Muy largo para un tampón. ¿Lo escribían entero?

—No.

—¿Entonces cómo?

—ANT. NAT, en mayúsculas.

—Joder, qué bueno eres. Es increíble.

Bruce sacó el último tornillo de la placa, retiró las pastillas y miró en las cavidades.

—Ven a ver —me dijo, girando las pastillas—. Son de 1957.

Comprobé este punto y confirmé asintiendo con la cabeza. Luego miré en el fondo de las cavidades. Habían sido pulidas... pero bien pulidas. Y apenas se distinguían rastros ligeros muy al fondo. Esperaba que Bruce no lo hubiera visto. Por otra parte, el cableado estaba renovado, ciertamente, pero de manera similar a lo que había visto en los prototipos. Estábamos ante una copia de altísimo nivel.

—¡No hay nada! —dije, simulando un aire aliviado.

—Es normal, lo han pulido.

—¿Ah, sí? —contesté, fingiendo examinar de más cerca.

—Apártate —dijo Bruce.

Sacó una linterna de su pantalón e iluminó las cavidades a plena potencia. Se veía claramente la huella: ANT. NAT...

Bruce se irguió, apagó la linterna y se la volvió a poner en el bolsillo. Parecía extrañamente tranquilo.

—¿Así, qué? —dijo.

—Pues bien...

—¿Contento?

—No, es... es extraño... porque el mástil...

Bruce se puso a sacudir la cabeza, con los ojos perdidos. Sin parar de balancearse, comenzó a emitir un sonido ronco, continuo, que venía de muy lejos. Me alejé retrocediendo discretamente y solté:

—De todos modos es una auténtica Gibson Moderne... y las pastillas son de 1957. No es tan...

—De 1982.

—Es...

—Has olvidado precisar. Una auténtica Gibson Moderne de 1982... con un mástil no se sabe de qué. Todo ello envejecido exprés... Medio chapuceada, en definitiva. Una Moderne de 1982 chapuceada. Y bien, ¿sabes lo que hago yo con las Gibson de 1982 medio chapuceadas?

Bruce cogió la guitarra con las dos manos por el mástil. Apenas tuve tiempo de apartarme. La golpeó con todas sus fuerzas contra el suelo. «¡¡¡18.000 dólares por esta mierda!!!», gritó levantando de nuevo la guitarra. Se dio la vuelta y la golpeó contra la batería de Shelby, derribando timbales y platillos en un estruendo ensordecedor. Fragmentos de instrumentos volaban por todas partes, y a mí me dio uno debajo del ojo. Intentando llegar a la salida, tropecé con no sé qué y me encontré en el suelo, en el umbral de la puerta del garaje abierta. Oí cómo Garon se ponía a llorar y Shelby chillaba por la ventana: «¿¿¿Pero se puede saber qué haces, especie de gilipollas???» Me levanté. Bruce seguía con la guitarra en la mano, pero el mango estaba roto y el cuerpo ya solo se sostenía gracias a las cuerdas. Le hizo dar vueltas en el aire y la soltó en mi dirección, gritando: «¡¡¡LAAAARGO DE AQUÍÍÍ!!!» Logré salir del garaje en el momento en que la guitarra se estrellaba contra el marco de la puerta, y corrí hasta el Mustang bajo una oleada de insultos que sería inútil traducir.

Menuda pesadilla...

Arranqué en tromba para huir del barrio de Bruce. La última imagen que tuve de él fue su reflejo en mi retrovisor: titubeando y chillando en medio de la calle, hacía girar su guitarra destrozada por encima de su cabeza como Leatherface su sierra mecánica en *La matanza de Texas*.

De regreso al hotel, me di cuenta de que tenía una herida bajo el ojo. No era grave, pero aquel gilipollas me había hecho sangrar.

Mientras intentaba en vano conciliar el sueño, aquella historia de la guitarra rota me recordó la escena de otra película: *Blow-Up*, de Michelangelo Antonioni. 1966, en pleno Swinging London: el héroe, deambulando de noche por una calle desierta, se siente atraído por una música. Sigue el rastro del sonido y entra en una sala de conciertos. Los Yardbirds están en escena y tocan «Stroll On» ante un público amorfo. En un momento dado, el ampli de Jeff Beck se pone a crepitar y el sonido se vuelve intermitente. Jimmy Page prosigue tranquilamente su solo. Beck gira los botones, luego golpea el ampli con el mástil de su guitarra. Llega alguien al escenario para comprobar las conexiones, pero no se resuelve nada. Beck golpea el ampli cada vez más fuerte con su guitarra, luego se la descuelga y la estrella contra el suelo. Pisotea la caja a talonazos y arranca el mango, que lanza hacia el público. De repente, la multitud se desata... Todo el mundo se pelea para obtener la reliquia, que el héroe de la película consigue recuperar. Mientras los Yardbirds siguen tocando como si nada, el héroe, asaltado por una horda de celosos, logra salir de la sala. Unas calles más lejos lo volvemos a encontrar recobrando el aliento. Mira lo que tiene en las manos, un mástil roto de guitarra, y lo echa al suelo. Un tipo que pasa por allí lo recoge por curiosidad, lo inspecciona un instante y lo vuelve a tirar con indiferencia.

Es decir, que el valor de un objeto, y todavía más si es de colección, es muy relativo.

La guitarra de Bruce era excelente. Ciertamente no era lo mejor que uno se podía ofrecer con dieciocho mil dólares, pero de todos modos era una excelente guitarra. Y Bruce la había destruido únicamente porque su aura había desaparecido.

Yo también había creído en aquella guitarra. Era, de lejos, lo mejor que había visto en materia de Moderne, pero solo de lejos. Era una copia, una excelente copia. Una copia casi perfecta... Quien la había fabricado conocía muy bien su oficio porque, desde el punto de vista de la lutería y de las características, no había nada que decir. Donde había fallado un poco era en el maquillaje y el envejecimiento. En todo caso el tipo conocía los secretitos de la Moderne. Si pensaba bien, incluso debía saber más que yo sobre este tema, porque su interpretación era conceptualmente muy convincente. Y había trabajado para Gibson...

No estaba todo perdido. Y además, no podía llamar a lord Winsley y decirle que había hecho todo esto por nada... Al día siguiente, a primera hora, iría a conocer a aquel lutier cerca de Nashville. ¿Cómo había dicho Bruce que se llamaba aquel pueblucho? ¿Jackson? ¿Nixon?

17

Dickson, Tennessee.

EN DICKSON HABÍA UNA SOLA TIENDA DE GUITARRAS, Y LLEGUÉ hacia las once de la mañana, después de una buena ducha, un copioso desayuno a base de *porridge* y de gofres que se hacía uno mismo (el hotel disponía de una máquina en la que bastaba verter la preparación) y tres horas y media de Mustang en dirección a Nashville.

La tienda estaba situada en la periferia de la ciudad, cerca de una vía férrea. Era un pequeño edificio de planta baja de ladrillos, con el tejado rojo. Un cartel en forma de guitarra anunciaba «Dickson's Guitar Shop» y, en el escaparate, se podía leer «Compra-Venta-Fabricación-Reparación». El letrero de la puerta indicaba «Abierto» y entré, haciendo sonar una campanilla. Dado que nadie vino a atenderme, aproveché para echar un vistazo a las guitarras. Había algunos instrumentos caros, nuevos o antiguos, pero sobre todo guitarras de ocasión y/o vintage guays y no muy caras: Harmony, Silvertone, Höfner, Kay, Supro y, por tan solo setenta dólares, guitarras Stella, aquellas pequeñas acústicas en las que se habían interpretado algunos de los blues más hermosos de la preguerra.

Hacía unos cinco minutos que estaba en la tienda, sin intentar ser discreto, y seguía sin oírse ningún ruido. «Perdone, ¿hay alguien?», pregunté por primera vez, luego por segunda, más fuerte. Sin respuesta.

Me acerqué al despacho en desorden. Había una silla volcada y un cajón por el suelo. En el mostrador vi unas gotas de sangre. Justo detrás, había una puerta entreabierta. Volví a preguntar: «¿Hay alguien?» y, dado que nadie contestaba, fui a dar un vistazo a la habitación.

Rodeado de guitarras en curso de construcción, un hombre yacía en el pequeño taller, con un gran agujero en medio de la caja torácica. Sus ojos se salían de las órbitas, tenía la nariz rota, la boca y el mentón recubiertos de sangre coagulada, la cara hinchada y tumefacta. Algo metálico estaba incrustado en la carne de su cuello, una especie de hilo... ¡Una cuerda de guitarra!

Retrocedí bajo el efecto de la náusea. Imaginaba la escena, o más bien, una de las escenas posibles... Bruce entrando en la tienda como un loco furioso, con la Moderne hecha trizas en la mano:

—Me has tomado bien el pelo, ¿eh?

—¿Qué pasa...?

—¡No te burles de mí! ¡Te pagué 18.000 dólares por esta mierda!

—¿Qué?

—¿Y esto qué es, cabrón?

Bruce muestra la inscripción en el fondo de la guitarra, coge al vendedor por el cuello y le chilla con un aliento que apesta a Jack Daniel's:

—¡Devuélveme mis 18.000 dólares, pedazo de cabrón!

Entonces el tipo, avergonzado, abre el cajón, pero no hay más que unos pocos centenares de dólares. Intenta regatear, proponer otra de sus guitarras a cambio, pero la cosa degenera y Bruce le lanza un puñetazo en plena jeta. El lutier sangra por la nariz, mancha el mostrador y corre a refugiarse al taller. Pero Bruce logra entrar. Se pelean y Bruce termina estrangulándolo con las cuerdas que penden del mástil. A menos que, como parecen indicarlo los rastros de goma en el linóleo a la altura de los zapatos, el lutier pataleara mucho y Bruce le hundiera una herramienta, o quizás el mástil roto de la guitarra, en el corazón.

Bruce recupera el arma del crimen, vuelve a los cajones del despacho en busca de dinero oculto y se va, apenas calmado, al volante de su Eldorado.

Y todo, a causa... de mí. Esta venganza podría llegar un día u otro, o nunca. Pero había pasado hoy, y yo la había desencadenado. Un profundo sentimiento de asco y de culpabilidad me invadió. Con el lutier escocés, ya había dos muertos por una guitarra, que, en el fondo, ¿qué era? Un simple trozo de madera de los años cincuenta. Era una locura, mejor arrojar la toalla. Había llegado el momento de llamar a la policía, de contarlo todo y de detener mi búsqueda. De hecho, probablemente estaba dejando huellas por todas partes en aquella escena del crimen, huellas que podrían cruzarse con las que habían tomado los servicios de inmigración para dejarme entrar en los Estados Unidos...

En el mismo momento en que me planteaba estas reflexiones tan sensatas, mi mirada se vio atraída por un archivador de metal cuya puerta estaba abierta. Contenía grandes clasificadores en cuyo lomo habían escrito nombres de guitarras. Vi un espacio vacío, anormal... entre Flying V y Futura/Explorer.

Rodeé el cuerpo del lutier y cogí el clasificador Flying V estirando con las mangas de la chaqueta para no dejar huellas. Puse el dosier sobre la mesa de trabajo y giré las páginas con la llave del coche. Había fotos, antiguas o recientes, pero también dibujos de época con pormenores muy precisos y los esquemas de los circuitos eléctricos, que provenían directamente de Gibson. Imposible encontrar todo esto en Internet o incluso en libros, lo había intentado varias veces. Lo interesante no era tanto las informaciones, sino el hecho de que el lutier tuviera en su posesión documentos extremadamente raros y difíciles de obtener.

Volví a poner el clasificador en su lugar y cogí el de la Explorer/Futura. Ídem, el clasificador contenía cantidad de documentos de época inéditos, pero nada relativo a la Moderne. Miré por todas partes en el taller. El lutier estaba equipado con herramientas recientes, pero también con máquinas que parecían datar de los años cincuenta. Aquí debió fabricar la Moderne de Bruce, pero entonces, ¿por qué no estaba ese maldito dosier?

¿Acaso la escena se había desarrollado de forma diferente a cuanto había imaginado? El lutier tal vez había sacado este clasificador para intentar probar que su Moderne era real y a continuación Bruce lo había robado ante el temor de que su nombre, en tanto que comprador, estuviera inscrito en él... Sea como fuere, el espacio vacío marcaba el emplazamiento de un dosier desaparecido. Un dosier que quizás contenía lo que yo buscaba desde hacía meses: la prueba de que aquella guitarra había existido.

Iba a llamar a la policía para explicarlo todo. Cogerían el dosier, que se convertiría en una prueba. No podría volver a tocarlo... Lo pondrían en un sobre precintado, y luego lo perderían o quemarían al cabo de cierto tiempo... O bien se hablaría de esta historia en los medios de comunicación. Quizás un periodista más listo que yo tendría acceso al dosier y proporcionaría de forma inadvertida una prueba de la existencia de la Moderne de 1957, poniéndome fuera de juego... En este caso, ¿lord Winsley me recompensaría como había prometido?

Si lo pensaba bien, era preferible esperar antes de llamar a la policía. No representaría ningún cambio para aquel pobre hombre, su cadáver lo descubrirían al cabo de una o dos horas, hiciera lo que hiciera yo. Y, dado que estábamos muy lejos del crimen perfecto, Bruce sería detenido de todos modos. Pero el hecho de no hacer nada inmediatamente me daba tiempo antes de que lo fuera....

Salí de la tienda, me subí al Mustang y dejé la ciudad, en dirección a Memphis. Necesitaba encontrar un medio de consultar el contenido del clasificador. A continuación avisaría a la policía.

18

Memphis, Tennessee.

VOLVÍ AL HOTEL, TOMÉ UNA DUCHA, LAVÉ LA ROPA A MANO Y ME vestí de negro antes de volver a salir. Alquilé un pequeño Hyundai gris en la agencia más cercana y compré en una estación de servicio cinta adhesiva para «ahumar» las ventanillas. Un auténtico currazo... En una tienda de pesca compré un par de guantes, unos prismáticos y una linterna. A la hora de pagar, vi unos cuchillos militares en el mostrador de vidrio. Dudé... y compré uno.

Eran más o menos las cuatro de la tarde cuando pasé al ralentí por delante de casa de Bruce. Su Cadillac Eldorado estaba estacionado fuera, pero no había rastro del gran Dodge verde. Shelby había dicho que tenía que irse a alguna parte, creo que a pasar unos días...

Seguí circulando al paso por la calle y me estacioné en el último punto desde el que podía ver el Cadillac en el retrovisor. Esperé escuchando la radio de Memphis.

Mi plan era muy simple: cuando Bruce saliera en coche yo iría a consultar el dosier en su casa.

Pero Bruce no se movió en toda la tarde... Iba dando vueltas a aquella historia y cada vez me sentía peor. Y además radiaron aquel tema de Elmore James, «It Hurts Me Too», un blues magnífico, y mi estómago comenzaba a protestar. No había comido nada desde la mañana y, cuando sonaron las ocho, comencé a soñar con un buen y enorme *cheeseburger*. Una hora más tarde, con un buen y enorme doble *cheeseburger* y una pinta de cerveza artesanal. Mi GPS indicaba la presencia de siete restaurantes a menos de 0,3 millas. Salivaba ya imaginando el sabor exquisito de la carne jugosa, cuando un estruendo amenazante hizo vibrar mi Hyundai. Levanté la cabeza, y un Chevrolet de los años setenta pintado de color violeta metalizado, customizado con enormes llantas cromadas y como montado sobre muelles, pasó en sentido inverso en un diluvio sonoro de tubo de escape trucado e infrabajos de rap hardcore. Lo seguí con la mirada en el retrovisor hasta que se detuvo justo delante de casa de Bruce. Me situé en el asiento trasero para observar con los prismáticos lo que pasaba: Bruce se acercó al coche, se asomó a la ventana del lado del pasajero y volvió a entrar en su casa unos diez segundos más tarde. El Chevrolet volvió a arrancar y siguió su ruta en la misma dirección. Después de perderlo de vista, oí los infrabajos un minuto más.

Se parecía mucho a un trapicheo, y no precisamente de los más discretos.

Pero el Eldorado seguía desesperadamente en su lugar. Bruce iba a aprovechar la ausencia de Shelby para agarrarse una turca durante toda la noche... Menudo día... Ante todo mucha calma.

A menos que agarrara una turca y a continuación saliera a alguna parte...

Olvidé que tenía hambre y me quedé allí para saber.

Tres horas más tarde, poco antes de las doce de la noche, vi cómo los faros del Eldorado se encendían y el coche se iba. Esperé dos o tres minutos, más que nada para estar seguro de que Bruce no se hubiera olvidado las llaves o cualquier otra cosa que lo obligara a volver a su casa. Luego me puse los guantes, inspiré fuertemente y salí del coche. Subí la calle lo más rápidamente posible hasta la casa. Todas las luces estaban apagadas. Tenía que darme prisa.

La puerta de entrada estaba cerrada. Di la vuelta a la casa por la derecha. La portezuela de al lado, frente al garaje, no estaba cerrada; debía ser mi día de suerte. Encendí la linterna y entré en una cocina con papel pintado a base de flores de la década de 1950. El fregadero y los mármoles estaban atiborrados de vajilla sucia. En el suelo, restos de comida descomponiéndose, juguetes del bebé, botellas vacías y un montón de cosas que no me tomé el tiempo de identificar, incomodado por el olor. Apenas hube entreabierto la puerta de enfrente, que daba al recibidor, oí que alguien preguntaba: «¿Dónde estás?». Cerré la puerta, presa del pánico, aguantando la respiración.

—¿DÓNDE ESTÁS? —oí otra vez, más fuerte.

Volví sobre mis pasos y, girándome, rocé un objeto sobre la mesa. Una botella grande se estrelló contra el suelo. ¡Mierda!

—¡ESTÁS AQUÍ! ¡ESTÁS AQUÍ! —chillaba la voz, ahora—. ¡ESTÁS AQUÍ, SEÑOR! JUSTO EN MI CORAZÓN ¡ALELUYA!

Comprendí que era la radio... Bruce se debía haber ido sin apagarla. Salí de la cocina, atravesé el recibidor de puntillas y eché un vistazo al salón de donde procedía el sonido. Estaba vacío. Con un poco de suerte, Bruce había quedado seducido por la prédica de un «radio-evangelista» o como se llamara, y se había precipitado a la comisaría más cercana para confesar su crimen.

Subí la escalera atestada, el clasificador debía estar en la habitación en la que Bruce guardaba las guitarras. No... Abrí otras puertas, que daban a habitaciones medio vacías y cuyos tabiques exteriores dejaban pasar el viento y la luz de la calle. El cuarto de baño estaba hecho una guarrada. Había rastros rojos en el suelo... y un trozo de camisa ensangrentada sobresalía de la ventanilla entreabierta de la lavadora. Inspeccioné el interior a la luz de la linterna y encontré los vestidos que debía llevar Bruce en el momento del asesinato, incluidas botas de piel de serpiente, manchadas de sangre seca. Pero ningún clasificador...

Solo quedaba la habitación. Entré y el olor nauseabundo me taladró las narices. Al lado de la cama sobre la que dominaba la preciosa Telecaster había un cenicero volcado y dos o tres botellas vacías de Jack Daniel's. En medio de la habitación, una cama de bebé, cuya mosquitera estaba quemada en parte. Y siempre sin rastro del clasificador... ¡Joder! Tendría que explorar toda la planta baja y tal vez incluso el garaje, o hasta los escombros y las basuras... Estaba a punto de salir cuando un detalle atrajo mi atención. En el fondo de la habitación, una cabeza de guitarra sobresalía de uno de los armarios con puertas desencajadas. Si había algo a lo que Bruce prestara atención, eran sus guitarras, y aquella no tenía nada que hacer allí. Fui a comprobar. Era una magnífica Gretsch White Falcon, que llevaba todavía una etiqueta con el precio. Se podía leer el nombre de la tienda: Dickson's Guitar Shop. Bruce se había servido graciosamente para indemnizarse. Al lado había una enorme bolsa negra de plástico, y la abrí.

Contenía los restos de la Moderne, manchados de hemoglobina. Solo tenía cinco cuerdas y carne que había secado en el extremo del mástil. Había acertado... Y al fondo de la bolsa, un clasificador. *Por fin...*

El lomo llevaba la mención «Moderne», pero el dosier era muy delgado. Me senté en el suelo y lo consulté rápidamente con la linterna, con el corazón palpitando. No encontré nada interesante... Una reproducción del diseño original, pero ningún diseño de fábrica. Ningún documento de los años cincuenta, solo especificaciones técnicas de la Moderne de 1982. Aun así, había una foto de Billy Gibbons con su, digamos, Moderne original, en un sobre de plástico que contenía otros documentos. Pero, ya fuera porque el plástico se había fundido, o porque había entrado sangre en el interior, el conjunto estaba más o menos pegado y al estirar lo desgarré todo. Recuperé con más cuidado lo que había quedado al fondo del sobre y reconstituí los documentos sobre la moqueta polvorienta y quemada por los cigarrillos. Se trataba de fotos impresas sobre papel A4. Dos eran en color, relacionadas con la Moderne de 1982, la tercera era en blanco y negro. Los trozos formaban una cara. Frente a mí tenía el retrato sobreexpuesto de un joven que observaba fijamente el objetivo con una mirada a la vez dura y lejana. Abajo, en grandes letras blancas, el título: «HALF MOON BLUES». Y debajo, escrito más pequeño, un nombre: Li Grand Zombi Robertson. Era una carátula de disco con caligrafía de las décadas de 1950 o 1960, pero ¿qué relación tenía con la Moderne? A menos que... unos puntitos blancos alineados en diagonal parecían las incrustaciones de nácar de un mástil de guitarra. Llevaban a la parte superior derecha de la carátula, la parte que yo había roto. Rastreé entre los documentos y encontré el trozo que faltaba, pegado a otros. Lo despegué con precaución y lo puse de manera que reconstituyera la carátula completa. Era exactamente esto: una cabeza de guitarra con las clavijas tulipán blancas, típicas de Gibson. Era negra sobre fondo negro, no llevaba ningún logo, pero podía reconocer su contorno entre mil. Lo era: la cabeza de la Moderne.

Nunca había visto esa foto. ¿Estaba el año indicado en algún lugar de la carátula? Había unos caracteres pequeñitos, abajo a la izquierda...

De repente oí cómo la puerta de entrada de abajo se abría violentamente. Mi corazón se detuvo. Bruce, imitando a Elvis, tronó con su voz potente: «¡Bienvenida a Disgraceland!», y una chica se rió, cloqueando. Consulté febrilmente el reloj: las doce y seis. Bruce solo me había dejado diez minutos...

Estaba subiendo las escaleras.

19

Memphis, habitación de Bruce.

LUCHAR CONTRA EL PÁNICO.

Metí como pude los documentos desgarrados en el bolsillo de mi chaqueta, eché el clasificador dentro de la bolsa de basuras y esta bolsa en el armario. Oí que Bruce se acercaba, ya estaba en el rellano. No tenía tiempo de salir de la habitación...

¿Dónde podía esconderme? ¿En el armario, como en un vodevil? ¿Debajo de la cama? Estaba más cerca de la puerta y ofrecía más posibilidades de escaparme. Me eché boca abajo y me arrastré bajo el plumón, por el lado opuesto a la puerta. Apenas había podido esconder la cabeza y los hombros cuando Bruce abrió la luz.

—¡Qué olor más raro! —dijo la chica.

—¿Ah, sí? Yo no noto nada —respondió Bruce.

Me abrí camino entre las latas vacías, los calzoncillos sucios y otras porquerías. Tenía la nariz a veinte centímetros de las botas de Bruce y de los tacones de aguja de la chica, y estaba seguro de que mis piernas todavía sobresalían... Oí la respiración rápida de un Bruce que sin duda todavía resoplaba tras haber subido la escalera. Corté mi respiración y me di cuenta de que la linterna todavía estaba abierta. La apagué.

Luego llegó el impacto. El somier se aplastó sobre mi espalda y no pude reprimir un estertor de dolor, parcialmente cubierto por la melodía chirriante de los muelles.

—Bueno, qué, muñeca, ¿te vienes?

—Ji ji ji.

Vi cómo los pies de la chica se liberaban de los botines con un golpe de tobillo.

Luego hubo otro golpe en la espalda.

—Je je —dijo Bruce.

—Ji ji... —añadió la chica, oportunamente.

El centro del somier estaba demasiado aplastado y me desplacé, reptando, hacia los pies de la cama, cuando una bota cayó justo delante de mí, seguida rápidamente por la segunda. El somier no paraba de rebotar y, al girar la cabeza hacia un lado para ponerla a salvo, me encontré cara a cara con un pañal usado de Garon, abierto y copiosamente lleno. Había un montón más en aquel lugar, en diferentes estados de evolución, del más fresco al más antiguo. Un festival de matices para la nariz.

Al girar la mirada me di cuenta de que había olvidado recoger el sobre de plástico del clasificador, que estaba en el suelo, cerca del armario. ¿Era importante? En el peor de los casos, si Bruce iba a comprobar, tendría ocasión de escaparme. ¿Pero debía intentar escapar o, por el contrario, esperar tranquilamente a que todo pasara?

La cama se movía un poco. Distinguía ruidos de succión y los gruñidos de Bruce. Dos minutos más tarde, la chica dijo:

—Mierda, tengo que ir a mear.

Vi cómo sus pies desnudos se dirigían hacia la puerta.

—¿Por dónde es? —preguntó.

—Aquí a la derecha.

Bruce y yo esperamos impacientemente su regreso cuando se oyó cómo emitía un chillido. Bruce saltó de la cama y corrió hacia el cuarto de baño como un loco.

—¿Qué coño estás ha...?

—No he visto nada. ¡Te lo juro, no he visto nada! —dijo precipitadamente la chica, lo cual tal vez no era la idea del siglo.

Debió de haberse topado con la ropa ensangrentada y comprender que había algo que no cuadraba. Entonces oí cómo gritaba: «¡No! ¡No!», y cómo comenzaba una lucha ruidosa.

Salí de debajo de la cama, cogí la Telecaster colgada de la pared y me acerqué al cuarto de baño. Bruce, que solo llevaba los calcetines, estaba sentado sobre la joven, desnuda, estrangulándola. Cogí la guitarra por el mástil, la levanté por encima de la cabeza y la dejé caer con todas mis fuerzas sobre la de Bruce. Se oyó un ruido seco, espantoso. Bruce se derrumbó sobre la chica. Comenzó a salir sangre de la parte trasera del cráneo abierto. ¡Dios mío, lo había matado!

La chica se deshizo del cuerpo de Bruce y pude ver su cara. Era una drogadicta, sin duda muy joven, pero ya horriblemente estropeada por todas las porquerías que debía inyectarse. Me dio pena.

—¿Y tú quién eres?

—Tu ángel de la guarda —contesté.

Me miró con cara de pasmada.

—¿Estoy muerta?

—Claro que no.

—¿Está muerto?

—No lo sé.

Me agaché para comprobarlo, dándole la vuelta con dificultad. Todavía respiraba, pero la sangre fluía abundantemente de su cuero cabelludo. Cogí una toalla y la situé bajo su cabeza, en el lugar de la herida. Quizás aquello comprimiría la herida.

—Lárgate de aquí en seguida... y abandona la ciudad —dije a la chica.

—¿Que abandone la ciudad?

—Sí, vete de esta ciudad. No es buena para ti, mira en qué te has convertido.

—Pero... ¿Y Robby?

—Robby es un gilipollas. Para dejar a una chica tan bonita como tú en este estado, debe ser un jodido gilipollas. Así que, escúchame bien: sal de aquí y coge el primer autobús para cualquier otra parte. Una vez llegues allí, encuentra un curro de camarera o de lo que quieras, pero algo legal, y comienzas de cero, ¿OK? Porque si te quedas aquí, Bruce te encontrará, puedes estar segura. Y no es Robby quien lo va a detener.

La chica abría los ojos de par en par. Intentaba salir de su mal viaje.

—¿De verdad que eres mi ángel de la guarda?

—Sí, pero ahora me tengo que largar. Quiero decir, a salvar a otras personas. Ve con cuidado.

Salí del cuarto de baño, pero apenas había comenzado a bajar las escaleras, me di la vuelta.

—Ah, sí, la última cosa. Si por casualidad vas a ir a la poli o si, por una u otra razón, la poli te interroga, haz como si no me hubieras visto, ¿OK?

—OK.

Y entonces bajé la escalera de cuatro en cuatro. La puerta de entrada no estaba cerrada y salí a la calle. Ya respiraba mejor. Corrí hasta el Hyundai y me costó una barbaridad encontrar las llaves. Estaban en el fondo de la chaqueta, en el bolsillo en el que había metido los documentos rasgados.

Me senté en el interior, encendí el contacto y bajé el freno de mano. Entonces oí que alguien repiqueteaba en la ventanilla.

Había condensación. Lo único que veía era una mano ensangrentada que golpeaba con la mano abierta en el vidrio.

—¡Espera, espera!

Era la muchacha... hacía un estruendo impresionante. Bajé la ventanilla.

—No tengo ni un centavo, ni tengo coche. Ni siquiera sé dónde estoy.

—OK, sube.

La chica subió, con el pecho medio descubierto. Se había vuelto a vestir apenas. Arranqué rápidamente y circulé recto sin pensar.

—¿Dónde te dejo? —pregunté.

—¿Por qué has dicho que Robby era un gilipollas?

—¿Yo he dicho esto?

—Sí, lo has dicho. Y también has dicho que ni siquiera sería capaz de protegerme.

—Esto es verdad. ¿Conocías al tipo que te ha querido estrangular?

—No.

—Es peligroso, muy peligroso. Créeme.

—¡Pero si esto ya lo sé, ya lo he visto! Y desde luego que Robby no me puede proteger de él... si solo tiene un año. ¿Por qué has dicho que era un gilipollas?

—Escucha, hablemos claro: me he equivocado, perdona. No te conozco, no conozco a Robby, solo te quería ayudar. Y mi consejo es que nunca te vuelvas a topar con el tipo que te ha querido matar. Porque te iba a matar.

—¿De quién era la sangre de la lavadora?

No contesté.

—¿Y tú? ¿Qué hacías en su casa?

—Escucha... Yo...

—¡Mierda! ¡He perdido un pendiente! —dijo tirándose del lóbulo de la oreja.

—No pasa nada.

—Es de mi suegra, es de oro...

Me detuve en el arcén.

—OK. ¿Quieres bajar e ir a buscarlo?

—No... Yo... perdón.

—Vale. Ahora, ¿dónde te dejo?

—No lo sé... yo...

Se puso a llorar. Intenté consolarla y se derrumbó sobre mi hombro. Sollozaba, y luego terminó por calmarse. Entonces noté una mano en mi bragueta.

—¿Qué coño estás haciendo? —pregunté.

—No sé... Eres tan amable.

—Sí, vale, pero no es razón —dije retirándole vivamente la mano.

—¿Estás seguro? —preguntó, volviendo a poner la mano en el pantalón.

—Insisto —dije, retirándosela otra vez—. De todas maneras, los ángeles no tienen sexo —añadí, arrancando de nuevo.

No sabía a dónde iba. En un momento dado, la chica reconoció una calle y me pidió que la llevara a su casa, a unas manzanas de allí. Nos adentramos en un barrio sórdido.

—OK, párate aquí —dijo un minuto más tarde.

—¿Aquí?

—Sí, aquí va perfecto.

Detuve el coche y me giré hacia ella para despedirme.

—Nuestros caminos se separan aquí.

—Eres un tío legal, muchas gracias. De hecho, ¿cómo te llamas?

—Brian.

—Gracias, Brian —dijo dándome un beso en la mejilla.

¡Uf, por fin bajaba! Pero cuando acababa de cerrar la portezuela, la volvió a abrir.

—Siento pedirte esto, Brian, pero... mi noche se ha ido al garete... No digo que sea culpa tuya pero... ¿no tendrías un poco de pasta?

Abrí la cartera, solo tenía dos billetes, de cien dólares cada uno. Le di uno. Cuando lo tuvo en la mano, añadí:

—Pero no vayas a ver a la policía. Y si te encuentran, no les hables de mí.

—Trato hecho —dijo, entusiasta, arrancándome el billete.

—Espera. Este es para Robby —dije dándole el otro.

—Gracias, qué guay.

A través del retrovisor vi cómo se hundía, vacilando, en las tinieblas del gueto. «Qué guay»...

Abandonar el estado. Poner millas entre Bruce y yo, lo más rápidamente posible. Y no volver jamás por aquí.

Segunda estrofa

20

En la carretera.

DEVOLVÍ EL HYUNDAI A LA AGENCIA DE ALQUILER, CORRÍ COMO un poseso en medio de la noche hasta mi hotel, recuperé mis cosas, hice el *check-out* y arranqué el Mustang.

Experimenté un sentimiento de pánico mezclado con una extraña sensación de libertad. ¿A dónde iría? Cogí el mapa de los Estados Unidos de la guantera y lo desplegué sobre el volante. Dado que Memphis estaba situado en el extremo suroeste de Tennessee, podía elegir entre Arkansas, al oeste, y Mississippi, al sur. Con una ausencia de duda que sigo sin explicarme, opté por Mississippi. Highway 51, dirección sur.

Atravesé la frontera de Tennessee media hora más tarde con alivio, pero el cansancio, o más bien la descompresión, se abatió de golpe sobre mi pobre cerebro.

¿Cuántos cargos de acusación dejaba tras de mí? No denunciar un crimen, allanamiento de morada, agresión al propietario, no asistencia a persona en peligro y delito de fuga. Y esto si Bruce se despertaba... Un hematoma subcraneal o una porquería de este tipo y podían caerme cien años de prisión o... ¿En Tennessee se aplicaba todavía la pena de muerte? Pero no, era en legítima defensa, y hasta había impedido un asesinato, la chica podía testificar. Salvo que ni siquiera le había preguntado su nombre de pila e ignoraba su dirección exacta. Una yonqui con un hijo de un año que se llama Robby, ¿bastaría esto para encontrarla? ¿Y acaso se acordaba ella de algo? De todos modos, conocía a Bruce: era uno de aquellos psicópatas que siempre se despiertan, tipo Jason Voorhees o Michael Myers, incluso después de que los atraviesen con un tubo oxidado, proyectado desde el último piso de un edificio en ruinas y los aplasten con treinta y tres toneladas.

Me detuve en la primera estación de servicio para tomar un café. Volví a subir al coche con un vaso de 25 cl, el más pequeño disponible. Distaba mucho del expreso parisino, pero bueno, me calentaría un poco.

Encendí la luz interior del Mustang y saqué los documentos del bolsillo. No encontré nada interesante a parte de la fotocopia de la carátula del disco de Li Grand Zombi Robertson. Reconstituí la cara de nuevo sobre mis rodillas. Detrás de su mirada extraña e inquietante parecía mostrar seguridad, o tal vez desafío, mezclado con una profunda tristeza.

Saqué el ordenador portátil y tecleé «Li Grand Zombi Robertson» en Google. El PC se lo pensó unos segundos antes de proponerme varias coincidencias, una sola de las cuales, la primera, se correspondía exactamente con mi búsqueda.

Cliqué. Había una sola frase, truncada: «...lento e hipnótico, al sonido pesado a la vez primitivo y moderno, de Li Grand Zombi Robertson en su único disco: "Half Moon Blues/Song To Rest In Hell" (Cleftone Records, 1958)».

¡1958! ¡Bingo!

Muchas entradas sobre Li Grand Zombi, que designaba «el gran espíritu serpiente en el culto vudú de Nueva Orleans», pero nada más añadiendo «Robertson». Ni una foto, ni un sonido. Ningún rastro de la Moderne... ¡Mierda!

Pasé unos minutos más buscando. No había recibido ningún mensaje importante y... en Tennessee se seguía aplicando la pena de muerte.

Volví a arrancar el coche, en dirección hacia el sur, bordeando el Mississippi. Eran más de las tres de la mañana cuando llegué a Clarksdale.

Al atravesar la población, mi mirada se sintió atraída por tres enormes guitarras eléctricas falsas colgadas de un poste. Encima, dos letreros indicaban el cruce de la Highway 61 y la Highway 49 y, debajo, otro letrero: «The crossroads».

Allí estaba... Aquel famoso *crossroads*, el cruce de caminos en el que, según la leyenda, el *bluesman* desesperado pudo cambiar su destino. Te tienes que dirigir allí justo antes de medianoche con tu guitarra y entonces, aparecerá un hombretón negro, te la afinará y te la devolverá. A partir de aquel momento, sabrás tocar temas sin haberlos aprendido y el éxito estará asegurado. A cambio... habrás cedido tu alma al diablo, ignorando la fecha de finalización del contrato.

En resumen, allí estaba yo. Me estacioné en un parking invadido por las hierbas, detrás de una pequeña barraca, bajo un encabalgamiento de cables telefónicos y eléctricos. No se me podía ver desde la carretera. No tenía ni fuerzas ni ganas de buscar un motel. El asiento trasero me iría muy bien, y la idea de poderme largar en unos segundos no me desagradaba. Algo me hizo daño en los riñones cuando intenté acostarme. Una botella de Southern Comfort «*Special Reserve*». No recordaba cuándo la había comprado, pero era perfecta para conciliar un dulce sueño.

Apenas me estaba adormeciendo cuando sentí la vibración del móvil en el bolsillo de mi pantalón. Lo saqué y descolgué sin pensar. Oí la voz distante de lord Winsley que hablaba a su ama de llaves: «Sí, gracias, puede traerla». Entonces comenzó una conversación que no supe jamás quién había iniciado, ya que pude haber pulsado inadvertidamente la función de rellamada de mi teléfono.

—¿Sí? ¿Thomas? ¿Hola?

—Sí, lord Winsley.

—Contento de oírle por fin. ¿Cómo está?

—Bien —dije, tras un momento de vacilación.

—Perfecto. Pues ya que estamos hablando, dígame... Me ha parecido ver en la cuenta bancaria que he abierto para usted que se ha visto obligado a alquilar un coche de bajas prestaciones para sus desplazamientos. ¿Ha tenido algún problema con el Mustang?

—No, no, en absoluto. Solo que tuve que alquilar un vehículo más discreto para efectuar una vigilancia.

—¿Una vigilancia? Intrigante... ¿Y qué resultado ha reportado esta vigilancia, si no le parece que soy demasiado curioso?

Me senté en el asiento frotándome la cara. No había preparado aquella entrevista y no sabía muy bien qué era conveniente confesar de modo inmediato. Estaba confuso y, en aquel instante, era lo que me convenía más.

—Cosas interesantes.

—¿De verdad?

—Sí, de verdad.

—No sea tan misterioso, por favor. ¿De qué habla?

—Tengo la prueba de que la Moderne existía en 1957.

—¿En serio?

—Sí, en serio.

—Es una noticia excelente, Thomas, una noticia excelente. ¿Y qué es esta prueba?

—Pues bien, es decir, todavía la tengo que confirmar.

—¿Pero de qué se trata? Sin duda la puedo hacer autentificar.

—Es decir... quizás todavía es prematuro hablar de prueba.

—Thomas, en nuestro contrato no está previsto que pueda ocultarme informaciones potencialmente útiles. Le ruego que me diga cuál es esta prueba y dónde se encuentra.

—La tengo ante mis ojos, justo delante de mí —dije echando una mirada a los pedazos de papel diseminados por el asiento delantero.

—¿Y por qué no está ante los míos para que yo la examine? ¿Acaso no le pago por esto? ¿Desde cuándo posee esta prueba sin que me haya hablado de ella?

—Escuche, la acabo de obtener. He tenido que abandonar Tennessee a causa de esto. Ha habido follón... hace casi dos días que no duermo. Se la envío lo más pronto posible.

—¿Podría ser más preciso? No entiendo nada. ¿De qué tipo de prueba estamos hablando?

—Hubo un disco, en 1958, en cuya carátula se ve claramente la cabeza de la Moderne. Ted McCarty decía la verdad, su compañía la había fabricado en la época, al menos en forma de prototipo. Y este terminó en las manos de un intérprete de blues.

—¿Tiene usted este disco?

—No...

—No lo entiendo: ¿ha tenido este disco en las manos y no lo ha cogido?

—No, no —contesté, confuso—. No he tenido el disco entre las manos, solo una fotocopia de la carátula.

—¿Nunca ha visto el disco? ¿Solo una fotocopia de la carátula?

—Exacto.

—¿Y tiene esta fotocopia?

—Sí.

—¿Es de buena calidad?

—No... es... en blanco y negro.

Arrugada y desgarrada.

—¿Pero ha podido comprobar si el disco existía?

—Sí.

—¿Y?

—Existe.

—¿Puedo tener la referencia de este disco, el nombre del cantante o del grupo, así como el título?

—Se lo voy a enviar, pero no tengo el material a mano. Se lo repito, acabo de...

—Perdón, ¿pero su teléfono no permite tomar una foto y enviármela ahora?

—Sí, desde luego, sí puede.

—Entonces, ¿a qué espera?

Me puse a pensar... mi cabeza daba vueltas, como si las olas se estrellaran unas tras otras en mi caja craneal. Tenía la mente en blanco, ni siquiera sabía si estaba despierto.

—¿Qué le parece? —dije, para ganar tiempo.

—Ni idea. Hemos cerrado un pacto basado en una suma de dinero, un millón de dólares si no recuerdo mal, que le entregaré si llega a echar el guante a una guitarra o, a falta de esta, a la prueba de su existencia. Simplemente espero esta prueba. ¿Está intentando renegociar el acuerdo? ¿Debo sentirme responsable de sus extravíos?

—¿Perdón? ¿De qué estamos hablando en concreto?

—¡Es lo que le estoy preguntando! Y le pregunto también: ¿por qué seguimos hablando si ni siquiera he recibido esta prueba?

—Se la enviaré mañana por la mañana, estoy realmente agotado y la luz no es favorable.

—¿La luz?

Y colgué, apagué el móvil, desmonté la batería y la tarjeta SIM y lo eché todo sobre el asiento del copiloto. Una serie de flashes luminosos irradiaban mis párpados cerrados, sin que yo supiera si venían del exterior o del interior. Imágenes de Li Grand Zombi Robertson, de lord Winsley, de Bruce y del lutier estrangulado daban vueltas en mi cabeza, superponiéndose para formar una nueva cara, vaga y terrorífica. Que sonreía.

21

ME DESPERTÉ CON LA PRIMERA LUZ DEL ALBA, BAJO EL EFECTO conjugado de la humedad que impregnaba el habitáculo y de la circulación de camiones que hacían temblar el suelo del parking miserable al que había ido a parar.

Necesitaba un café de verdad, concentrado, para volver a tener las ideas claras. Si había exhumado una prueba de la existencia de la Moderne, podría encontrar también un buen café. Incluso en Clarksdale, Mississippi.

Clarksdale parecía abandonado. Una ciudad fantasma, baja y triste, pero extrañamente conmovedora. Me dirigí hacia el barrio que se presentaba como el centro de la población. Tiendas vacías con escaparates clausurados, fachadas decrépitas, viejos automóviles destartalados que daban la impresión de que el tiempo había quedado fijado en los años setenta. Era muy temprano y no había nadie en las calles. Absolutamente nadie...

Había un bar que parecía abierto. Estaba vacío, con la excepción de la persona que lavaba los platos detrás del mostrador. Pedí un café y puse el ordenador sobre una mesa de fórmica. La tele difundía un debate cuyo tema se indicaba en letras grandes en la pantalla: «¿Qué hay *realmente* en nuestros platos?» Preferí concentrarme en lo esencial, a saber, salir del berenjenal en el que me había metido. Esto pasaba por terminar el trabajo limpiamente. En teoría tenía que enviar a lord Winsley la prueba de la que le había hablado. Una prueba de... un millón de dólares. Una fotocopia rasgada y una sola fuente en Internet que facilitaba su fecha... ¿podían valer un millón de dólares? Mmm... El disco en sí sería más adecuado como prueba. La foto sería más nítida y, con un poco de suerte, aparecería el año escrito. Mejor dicho: no solo se podría ver la Moderne, sino también escucharla. Más o menos debía parecerse al sonido de la Flying V de Albert King en los temas que había grabado a partir de 1959. Y si el sonido coincidía con la imagen, tendríamos una prueba irrefutable de la existencia de la Moderne. Una prueba de un millón de dólares, sin ninguna duda.

Tenía que encontrar este disco. ¿De dónde venía la frase que había leído ayer? Volví a teclear «Li Grand Zombi Robertson» en Internet y volví a dar con el enlace. Se trataba de un artículo universitario titulado: *Tradición y creatividad del blues de Chicago de la posguerra: visión de conjunto*, por Williams L., publicado en la revista *Southern Cultures*.

Era de acceso gratuito y me lo descargué inmediatamente. Constaba de una quincena de páginas y encontré la frase, esta vez completa en su contexto: «La originalidad formal del blues de Chicago aparece asimismo en grabaciones menos célebres, surgidas de artistas que, o bien *intentaron adaptar su estilo precedente al blues eléctrico, o bien crearon un estilo personal que no recabó el éxito esperado. Entre ellos, cada uno ensanchando a su manera el espectro del blues de Chicago en materia de tempo y de sonoridades, citemos a Washboard Sam y a Li Grand Zombi Robertson. Así, en "Diggin' My Potatoes" (Chess, 1953), Washboard Sam interpreta un estilo de blues eléctrico particularmente ligero y frenético, de sonoridades agudas casi country, diametralmente opuesto al lento e hipnótico, de sonido pesado, a la vez primitivo y moderno, de Li Grand Zombi Robertson en su único disco: "Half Moon Blues"/"Song To Rest In Hell" (Cleftone Records, 1958).*»

Bebí un sorbo de café, notablemente inmundo, y leí el artículo en busca de nuevos elementos. Evocaba las particularidades de los estilos de Muddy Waters y de Howlin' Wolf, así como de artistas desconocidos. Pero no había nada más relativo a Li Grand Zombi Robertson.

Comencé una búsqueda sobre la compañía discográfica, Cleftone Records. No tenía página oficial, y no era de extrañar: solo había estado activa tres años, de 1956 a 1959, según Wikipedia. Li Grand Zombi Robertson no aparecía mencionado en la minúscula ficha, y no encontré casi nada sobre el grupo catalogado como el de mayor éxito de Cleftone Records. En todo caso, aquello confirmaba que el disco databa de finales de la década de 1950. Una excelente noti...

En la pantalla del televisor, un policía barrigudo de unos sesenta años, a quien presentaban como el sheriff de Dickson, hablaba ante un micro que le tendían. Siguieron imágenes de otros agentes atareados en torno a la Dickson's Guitar Shop, precintada con tiras amarillas. Un logo, «Breaking News» aparecía incrustado bajo la pantalla, pero no tuve tiempo de leer la información que iba desfilando, la presentadora ya estaba encadenando con otro tema.

Sentí una impresión extraña, una mezcla de miedo y de incredulidad. Paradójicamente, aquellas imágenes, tan codificadas, parecían presentar el asesinato del lutier como algo casi ficticio. Y sin embargo... aquel pobre hombre estaba bien muerto. ¿Qué sabían los policías? ¿Habían recogido mis huellas dactilares? ¿Iban buscando un viejo Ford Mustang negro que se había visto a la hora aproximada del crimen? ¿Iban a detener a Bruce?

Había algo seguro: el cuerpo había sido descubierto y yo no tenía ya por qué avisar a la policía. ¿La investigación remontaría hasta mí? Si tuviera este maldito single en las manos, ya lo habría explicado todo.

Encontrar este disco.

Volví al artículo sobre el blues de Chicago a fin de saber más acerca de su autor, Williams L. En tres clics encontré su nombre de pila, Lorraine, la lista de sus publicaciones, todas sobre el blues y el rock'n'roll, y un lugar: Oxford.

Oxford... Mississippi.

Encontré su rastro en la página de la universidad de Mississippi, apodada «Ole Miss» y con sede en Oxford. Lorraine Williams trabajaba en el Centro para el Estudio de las Culturas del Sur, tenía su mail y su número de teléfono.

Pagué mi consumición y salí a la calle, que seguía desierta, para llamar al número indicado en la página web. Nadie descolgó.

Volví a subir al coche y tecleé en el teléfono la dirección de la universidad para simular el trayecto. Una hora y media por la Highway 6, hacia el este. Con un poco de suerte...

Me adentré en Mississippi y, cuando más me acercaba a mi destino, más apacible y verde era el paisaje.

Llegué poco después de las diez de la mañana a Oxford, «Ciudad de hoy, encanto de ayer». Llamé al número de Lorraine Williams y, esta vez, descolgó. Me presenté con mi verdadera identidad: un periodista francés, fanático del blues y del rock'n'roll, de paso por Oxford y muy intrigado por Li Grand Zombi Robertson.

Todo lo que necesitaba para que nos citáramos.

22

Universidad Ole Miss,
Oxford, Mississippi.

Estaba ahí, delante de mí. No la carátula, no. La persona
que había escrito el artículo: Lorraine Williams.

Me había citado en la cafetería de la librería Barnes & Noble, en el Student Union, un espacio de encuentro y de restauración en el corazón de la universidad, que comprendía media docena de snacks. Yo había llegado con antelación, había engullido una quiche de brécol y cheddar (540 calorías) y degustaba un auténtico doble expreso (10 calorías) cuando una afroamericana joven y menudita se presentó ante mí, con su bonita cara disimulada en parte por unas gafas demasiado gruesas.

—¿Eres Thomas Dupré?

—Sí.

—Lorraine Williams. Encantado de conocerte —dijo tendiéndome la mano.

—Mucho gusto —contesté, levantándome para estrechársela—. ¿Quieres beber algo?

—No, gracias. ¿Así que te interesa Li Grand Zombi Robertson? —me preguntó al sentarse.

—En efecto. Tengo que escribir un artículo para una revista francesa, y la historia de un *bluesman* olvidado me parece un buen tema.

—Oh, podría citarte un centenar sobre los que hay cosas apasionantes que contar. Pero Li Grand Zombi Robertson no es un *bluesman* olvidado, es un *bluesman* casi desconocido. No sé si tendrías realmente una historia que contar.

—Lo intentaré. ¿Qué sabes de él?

—¿Honestamente? Nada. Lo conozco solo por su disco, y aun así no me he dedicado mucho tiempo a conocerlo. Hice alguna búsqueda bibliográfica, pero su nombre no aparece en ninguna parte. Un auténtico fantasma.

—Ah...

—Forma parte de las pistas que todavía tengo que profundizar para mi tesis.

—¿Haces una tesis sobre los bluesmen olvidados?

—No —contestó, riendo.

—¿De qué trata, si no es mucha indiscreción?

—Oh, está... en la intersección entre la música y la teología. Estudio la influencia de la religión en el blues, para simplificar.

—Es muy interesante.

—Muy rico, en efecto, quizás demasiado. Y tú, ¿por qué te interesas por Li Grand Zombi Robertson en particular? No es el único *bluesman* casi desconocido.

—Creo que lo que me intriga es su nombre. Y el hecho de que no se escribiera nada sobre él. Aparte de tu artículo.

—OK...

—Ni siquiera he oído «Half Moon Blues».

—¿Ah, no? Esto es una pega, si quieres escribir un artículo sobre él...

—¿Tú crees? —contesté sonriendo como un tonto.

—Supongo que has venido aquí para escucharlo.

—Exactamente. Sería un placer inmenso...

—Es posible, pero no en seguida. Tengo una cita con mi director de tesis en... ahora, de hecho. El disco está en mi casa, tengo que ir a buscarlo antes de dejártelo escuchar. No he anotado tu número, ¿me lo puedes volver a dar?

—Aquí está —dije, garabateándolo sobre el ticket de caja.

—OK, te llamo a la que pueda. ¿Estarás mucho tiempo en Oxford?

—Todavía no lo sé... Dependerá de los elementos que encuentre para mi artículo.

—Si tienes tiempo, date una vuelta por la biblioteca de la universidad. Encontrarás archivos muy bien provistos sobre el blues. J.D. Williams Library, 3ª planta.

—Muchas gracias. ¡Hasta luego!

Lorraine se levantó y se fue rápidamente.

Me dirigí a los archivos, con la esperanza de encontrar algo sobre Li Grand Zombi que hubiera podido escapársele a Lorraine.

Quizás estuve allí dos horas, contemplando las carátulas de músicos y de grupos oscuros. Todos aquellos pioneros del blues, del country y del rock'n'roll a quien se debía tanto, pero que eran absolutamente ignorados. Medí hasta qué punto la música, el rock'n'roll en particular, había desempeñado un papel determinante en la cultura y la sociedad norteamericanas, y había revelado sus enormes fracturas. Lo testimoniaban los avisos del Ku Klux Klan pegados en algunas carátulas de discos: «*KKK Notice Stop: "Los gritos, las palabras idiotas y la música salvaje de estos discos minan la moral de nuestra juventud blanca en América"*».

No encontré nada sobre Li Grand Zombi. En cambio, me topé con el ejemplar de un disco producido por Cleftone Records. El año, 1957, estaba inscrito en el reverso de la carátula.

Una de las salas de los archivos, la sala Faulkner (el escritor había vivido en Oxford y su casa todavía podía visitarse) contenía documentos particularmente raros, sobre todo uno que me deprimió: la copia del certificado del fallecimiento de Robert Johnson, el *bluesman* legendario, sobre el que se podía leer, frente a la causa de su muerte: «No doctor». Aquello no significaba que Robert Johnson hubiera muerto porque no había consultado a un médico sino, todavía peor, que ningún médico había ido a constatar su muerte. Solo hasta el fin, y más allá... Estaba sumergido en aquel siniestro documento cuando oí una voz detrás de mí.

—¿Va todo bien?

Era Lorraine, que me gratificaba con una bonita sonrisa.

—Sí. Es apasionante.

—Es un estupendo trabajo de archivo por parte de la universidad, aunque la mayor parte de los estudiantes de Ole Miss nunca ponen los pies aquí.

—Qué lástima...

—Lo que pasa en el estadio es *muchísimo* más interesante.

—¿Hay un estadio en la universidad?

—Cincuenta mil asientos. Para quince mil estudiantes. ¡Fútbol americano! Es la religión, aquí. Hay seis partidos universitarios por año, ¡y nuestros Rebels pronto se enfrentarán a los Lobos de Nuevo México! —dijo cruzando irónicamente los dedos.

—Impresionante...

—También tenemos otro estadio para el béisbol, un tercero para el softball, una pista de baloncesto, otra de balón volea, pistas de tenis y un golf a dos pasos.

—¿Y tienes tiempo de estudiar con todo esto?

—De vez en cuando. Tengo el disco —dijo, mostrándome una bolsa de plástico negro de forma cuadrada—. Lo podemos escuchar aquí si lo deseas.

—¡Con mucho gusto!

Acompañé a Lorraine a una pequeña cabina de audición. Sacó el disco de la bolsa, pero comprendí inmediatamente que había un problema: en la carátula aparecía representado Little Richard.

—No tengo la carátula original, pero te lo garantizo, es el disco de Li Grand Zombi Robertson —me precisó, enseñándome el vinilo. Pude constatar que los títulos de las canciones, el nombre del artista y el de la compañía discográfica aparecían indicados, pero no el año de producción.

—¿Por qué no tienes la carátula? —pregunté, esperando disimular mi decepción.

—Recuperé este disco, así como unos treinta más, en una vieja *jukebox* comprada por el Departamento de Música de la universidad. Todos están bastante maltrechos, y ninguno tiene carátula. Pero hay rarezas como esta —dijo, colocando el disco en una pletina Thorens—. ¿Listo? —preguntó posando delicadamente el diamante del tocadiscos sobre el borde del single.

—¡Listo!

La intro de «Half Moon Blues» era un simple acorde en La mayor, con sonido sucio y rugoso, atacado con convicción y mantenido hasta que se instalara una especie de ligero buzz. Lo seguía otro acorde potente, un Re, tocado rápidamente dieciséis veces seguidas, luego un riff compuesto por una pequeña llamada de la cuerda de La al aire y una sucesión de acordes potentes: Do-Do-La-Mi-Sol-La, tocados regularmente, lentamente e intensamente, cuatro veces seguidas. Aquel encadenamiento del acorde de Re y del riff aparecía una segunda vez antes de llegar a un estribillo muy simple: ocho compases en Mi y ocho en Re un tono más abajo, seguido de nuevo por el riff. La alternancia estrofa/estribillo se repetía tres veces en total, con un break muy corto y bastante violento en medio de la pieza y un final breve y sin florituras.

Lo que retenía la atención era claramente el riff principal, y más todavía su manera de interpretarlo... Simple, pesado, amenazador, eficaz. «Lento e hipnótico», como había resumido muy bien Lorraine. Por la gama utilizada era ciertamente blues puro y duro, pero la interpretación pertenecía a una sensibilidad totalmente diferente. Aquellos acordes de potencia, con un sonido voluntariamente sucio, al límite de la distorsión, tendían hacia una especie de hard-rock, aunque el sonido no estuviera a la altura. La voz en ligero falsete reforzaba esta impresión. Estaba sorprendido y dubitativo.

—¿Y bien? —me preguntó Lorraine.

—Me hace pensar en... (tenía miedo a parecer ridículo) Black Sabbath. En cuanto a su espíritu.

—¿Black Sabbath?

—Este riff... para mí es más que blues.

—Sí, el riff es muy extraño, inquietante.

Lorraine se puso a canturrearlo.

—Espera, me suena de algo... —dijo, antes de volverlo a canturrear—. No, no lo sé. Pero hay una especie de mala vibración en él. Las palabras hielan la sangre.

—¿Ah, sí? No he intentado comprenderlas. ¿De qué habla?

—De un hombre que se pregunta si está muerto o vivo, en una fase ascendente o descendente, como la media luna a la que mira fija y desesperadamente.

—¿Muerto o vivo? ¿Como un... zombi?

—Sí, exacto. Solo que dice que no es su cerebro el que está muerto, sino su corazón.

No sabía qué responder a esta triste idea. La fatiga se abatía sobre mí.

—Te dejo cinco minutos, ahora vuelvo —dijo Lorraine, saliendo de la sala de audición.

No quería sumergirme otra vez en «Half Moon Blues» inmediatamente, y dado que tampoco tenía ganas de esperar en silencio, di la vuelta al disco para escuchar la cara B. El título era evocador, pero no mucho más alegre: «Song To Rest In Hell» («Canción para descansar en el infierno»).

Era un ruido de guitarra, bastante desagradable, tocado de manera repetitiva, sin matices. Me levanté para comprobar el disco y me di cuenta de que giraba sobre un solo surco. Una mota de polvo debía impedirle que avanzara. Lo limpié y lo puse de nuevo, con el mismo resultado. El disco estaba rayado y giraba en bucle, indefinidamente. «Song To Rest In Hell»...

Coloqué la aguja un poco más lejos y fue así como descubrí... la cara B más sorprendente, experimental e insospechada de la historia de las caras B. Era mucho más que un título sorprendente, era... un acta de nacimiento olvidada. En 1958, un artista llamado Li Grand Zombi Robertson había operado la fusión entre el blues en lo que tiene de más visceral y la electricidad usada como arma de destrucción masiva. El disco que giraba en aquella vieja pletina era, nada más y nada menos, que el primer título grabado de metal, casi diez años antes de la invención del género por los ingleses de los Yardbirds, Led Zeppelin, Black Sabbath, Cream o Deep Purple. Con un matiz importantísimo: la ausencia de grandilocuencia o de virtuosismo generalmente asociado a esta música. A decir verdad, el dominio era bastante inferior. Pero ahí estaban la saturación, la pesadez rítmica y la influencia oculta, aquí en versión vudú, y «Song To Rest In Hell» iba mucho más lejos que lo que «Half Moon Blues» permitía sospechar. El blues, tendencia Delta profundo, había mutado en algo monstruoso, un sonido depresivo y lúgubre, una energía negativa que lo aspiraba todo. Un agujero negro. Aquel tema ofrecía una visión que habría podido ser simplemente terrorífica, si no se oía aquella risa final, en medio del larsen que cerraba el tema, y que parecía decir: «¡Lo he hecho!». No solo en el sentido de «He escupido a la cara del mundo y me siento orgulloso de ello», aunque yo tenía la impresión que había algo de esto, sino más bien en el de «Mira, colega, donde estamos hoy, aunque no hayas entendido nada.» El título poseía una dimensión asombrosa, visionaria, como en... Hendrix. Desde luego, no era tan sutil, sofisticado, ni siquiera tan melódico. A nivel de musicalidad, era más bien el rayo abatiéndose sobre el cuerpo de la criatura de Frankenstein, el descubrimiento científico de una nueva sonoridad, a priori desagradable pero modulable, y el intento de gestionar las consecuencias de aquel hallazgo que superaba a su creador. El artista había llevado su material hasta sus últimas posibilidades expresivas para expresar lo que salía de su alma torturada. Y el resultado, sobrecogedor, había sido posible gracias a este instrumento único, también avanzado a su tiempo, y que yo había olvidado del todo a causa de aquel tema que me había subyugado: la Moderne.

Porque aquel sonido provenía de una Moderne, innegablemente. A la vez potente y cortante, denso y nervioso, salvaje e inédito. Como Lonnie Mack con su Flying V, Li Grand Zombi Robertson había integrado las nuevas posibilidades de su instrumento, la originalidad de su timbre, y lo había utilizado a su manera. Pero ahí donde Lonnie Mack era a la vez cálido, luminoso y virtuoso, Li Grand Zombi Robertson había seguido el camino inverso, porque nada en su música, ni su sonido ni su voz, era agradable al oído. Había torpezas evidentes, excesos que no producían el efecto que sin duda se esperaba (en todo caso, para un oyente de nuestra época) y la producción parecía artesanal. Pero lo esencial no estaba ahí. Discerní una intención más oscura detrás de todo aquello: una voluntad de *desagradar*. De molestar. Y lo había conseguido.

Con su larsen a la vez prehistórico y de vanguardia, Li Grand Zombi Robertson me había hechizado y proyectado desde el corazón del Mississippi hasta regiones sonoras desconocidas y misteriosas. ¿Cómo era posible que semejante pionero hubiera podido permanecer ignorado durante tanto tiempo?

23

Universidad Ole Miss, Oxford.

—«**Ground Control to Major Tom**» —dijo una voz tras de mí.

Salí de mi ensueño. Lorraine había vuelto a la cabina y me miraba extrañamente.

—¿Todo va bien?

—Sí, sí. Estaba pensando.

—Escucha esto —dijo sacando un disco de una carátula arañada—. Hanbone Willie Newburn, «Roll And Tumble Blues», 1929.

Seleccionó la velocidad adecuada sobre la pletina y depositó el disco, algo ondulado, a 78 rpm. Era un blues, simplemente una guitarra acústica y una voz, y comprendí en seguida por qué Lorraine había querido que lo escuchara. El riff en el que se basaba este título era el mismo que el de «Half Moon Blues», y esta versión, rústica, parecía mucho más antigua. Escuchamos religiosamente el tema hasta el final. Evocaba hasta tal punto un mundo lejano, auténtico e intrigante que era difícil no hacerlo. Era la fuerza de aquella música, la música del Delta, del Sur profundo.

Pero estaba muy lejos de la de «Half Moon Blues», y todavía más de la de «Song To Rest In Hell»

—Esta canción la han versionado muchos grupos, generalmente bajo el título «Rollin' And Tumblin'». Muddy Waters hizo una versión eléctrica. Li Grand Zombi Robertson quizás se inspiró en ella, aunque cambió la letra y el arreglo.

—¿Has escuchado la cara B, «Song To Rest In Hell»?

—Sí, pero creo que el disco está rayado.

—Más o menos. De hecho, el principio del disco suena como un bucle. Pero hay un fragmento completo más tarde —le dije mostrando la pista.

—Ah. ¿Y bien?

—Para mí, todavía es más original que «Half Moon Blues», más... potente... ¿Lo quieres escuchar?

—No, ahora no. Lo escucharé esta noche. Tenemos que dejar libre la cabina —dijo señalando a un estudiante que esperaba detrás de la puerta, con un disco bajo el brazo.

Salimos y Lorraine volvió a poner «Roll And Tumble Blues» en su emplazamiento idóneo. Aquello me dio la idea de comprobar si el nombre de Li Grand Zombi Robertson aparecía en otros discos de Cleftone Records, aunque fuera tan solo como simple músico.

—¿Qué música publicaban, los de Cleftone Records?

—Era una etiqueta muy pequeña de Chicago que se creó en 1956, para competir con Chess y Delmark Records, o para recuperar a artistas que no habían podido firmar con ellos. ¿El tipo de música? Blues, jazz, gospel, doo-wop. Un poco de rock'n'roll, también y... esto —dijo señalando el disco de Li Grand Zombi Robertson—. Pero nada muy excitante o que hubiera funcionado realmente. La compañía cerró sus puertas muy rápidamente, en 1958 o 1959. Se conoce sobre todo por haber sacado el primerísimo disco de los Pelicans, un éxito relativo.

—¿Y este disco de los Pelicans, lo tienen aquí?

—Creo que sí. Ven.

Seguí a Lorraine y encontró el single fácilmente. El año, 1957, estaba bien escrito en la carátula y, contrariamente al disco que había encontrado solo por la tarde, tenía una foto completa del grupo con sus instrumentos a la espalda. Si era costumbre de la compañía, podía esperar otra foto de Li Grand Zombi con su Moderne, vista del todo y, en consecuencia, identificable...

—¿Hay otros discos de Cleftone Records en los archivos?

—Sin duda —contestó Lorraine.

Pero no me propuso que fuéramos a buscarlos. «¿Para qué», debía preguntarse. De todos modos, lo que yo quería era encontrar la carátula del disco de Li Grand Zombi, no otra. Pero ¿cómo lo haría? Un artista desconocido, un disco único, una modesta etiqueta antigua que había desaparecido rápidamente... A pesar de todo, estaba recorriendo una pista buena, lo notaba, y Lorraine era claramente la persona ideal para ayudarme a seguirla. No quería abusar de su tiempo ni de su amabilidad, solo obtener el medio de volar de nuevo con mis propias alas, si es que era capaz de deshacerme del fango que las cubría.

—¿Estás seguro de que te encuentras bien? —me volvió a preguntar Lorraine—. Pareces agotado.

—Estoy bien, gracias. Es el cansancio. Me estaba preguntando: ¿dónde podría tener alguna posibilidad de encontrar la carátula de «Half Moon Blues»? ¿Cómo saber más sobre Li Grand Zombi Robertson? ¿Por dónde empezar?

Lorraine me miró y sonrió. En su mirada no había piedad, sino empatía. En aquel instante tuve la impresión de que sabía más sobre mí que lo que yo mismo sabía, y que veía cosas que yo no veía.

—Para empezar —respondió—, te propongo que demos una vuelta, que tomemos un poco de aire fresco.

Salimos del edificio de los archivos y pasamos al lado de la estatua de bronce de un joven en traje, que caminaba con paso decidido en dirección a un pequeño porche neogriego de cuatro columnas, en cuyo frontón habían inscrito la palabra «Coraje».

—Simboliza la puerta de la universidad Ole Miss —me precisó Lorraine.

—Y este joven, ¿quién es?

—Es James Meredith, ¿lo conoces?

—No —confesé.

—Tal como está representado, es un joven negro de veintinueve años. Acaba de pasar nueve años en el ejército, pero se apresta a afrontar el combate de su vida: ingresar en la universidad, reservada entonces a los blancos.

Lorraine intentaba hablar con un tono distante, pero la emoción despuntaba en su voz. Continuó:

—A principios de la década de 1960, la universidad Ole Miss, como todo el Sur, seguía practicando la segregación racial. James Meredith presentó una demanda de inscripción que fue rechazada. Presentó otra, con el mismo resultado. Con la ayuda de la NAACP, la asociación nacional para el avance de la gente de color, denunció al estado de Mississippi. Y ganó... Se convirtió en el primer negro en obtener el derecho a entrar en Ole Miss. Pero la historia no se detiene aquí.

Lorraine se ajustó las gafas y me miró directamente a los ojos.

—Adivina cuántos oficiales tuvo que enviar el presidente Kennedy para permitir que Meredith entrara, quiero decir físicamente, en Ole Miss, el 30 de septiembre de 1962.

—No lo sé...

—Dieciséis mil.

—¿Dieciséis mil?

—Dieciséis mil US Marshalls y militares para que se aplicara la ley federal... Es preciso decir que hubo un precedente, cinco años antes, justo al lado, en Arkansas. El tribunal supremo de los Estados Unidos había autorizado a seis chicas y a tres chicos afroamericanos, que se convirtieron en los «nueve de Little Rock», a que ingresaran en el instituto central de la ciudad. Se sucedieron días y días de disturbios y linchamientos. Al cabo de tres semanas de manifestaciones segregacionistas, el presidente Eisenhower tuvo que enviar a la guardia nacional. Por este motivo Kennedy envió a tantos hombres más tarde, para prevenir este tipo de excesos.

—¿Y James Meredith pudo entrar en la universidad?

—Hubo disturbios. Doscientos heridos entre las fuerzas del orden y dos muertos, entre los cuales un periodista francés —me precisó Lorraine con desafortunado tono malicioso.

—¿Un periodista francés?

—Abatido por la espalda, a quemarropa. En el lugar de los hechos hay una placa conmemorativa. Meredith terminó por entrar en la universidad, pero la tensión era tal que tuvo que cursar aquel año de estudios bajo protección policial.

—Es... increíble.

—Más tarde, Meredith dijo que lo había hecho «por su país, su raza, su familia y finalmente por él mismo». Su combate no se detuvo allí. En 1966 inició una marcha por los derechos civiles, y sin protección, salvo «la ayuda de Dios». Un francotirador blanco le disparó, pero Meredith salió con vida. A continuación ingresó en el partido republicano —dijo Lorraine, riendo.

—¿En serio? —pregunté, asombrado.

—Sí, pero si acaso ya te lo contaré la próxima vez. Ahora... ahora tengo que dejarte.

—Desde luego. Gracias. Gracias por todo.

—Gracias a ti. Has despertado mi curiosidad por este Li Grand Zombi Robertson. Había liquidado demasiado deprisa el tema, y ahora veo que hay... materia. Si no tienes demasiada prisa, quizás pueda ayudarte en tu artículo.

—No tengo demasiada prisa. De hecho, tengo bastante tiempo.

—Cosa que se aprecia en Mississippi —me dijo Lorraine, sonriendo—. ¿Te quedarás por aquí?

—Sí.

—Entonces, hasta pronto. Descansa.

—¡Hasta pronto! Y muchísimas gracias.

Pasé por delante de un bonito hotel y me dije que, después de los dos días durísimos que había vivido, más una noche en el Mustang, me lo merecía. Por desgracia, el recepcionista me anunció que mi tarjeta de crédito, la que estaba vinculada a la cuenta que lord Winsley había abierto para cubrir mis gastos de investigación, estaba bloqueada. Tenía la de mi cuenta personal, pero el precio de la habitación sin duda provocaría una llamada de Jean-Pierre Pichon, mi asesor en la Caja de Ahorros. Así que volví al Mustang y me derrumbé.

Debían ser las cinco de la tarde.

24

Oxford, Mississippi.

ME DESPERTÉ HACIA LAS DIEZ DE LA MAÑANA. A PESAR DEL CALOR, en realidad se dormía muy bien en aquel Mustang. El único problema de verdad era que no tenía ducha...

Me dirigí a la estación de servicio más cercana para llenar el depósito, asearme un poco y cambiarme. Luego regresé al centro de Oxford para tomarme un buen desayuno. Después de una orgía de pancakes y un café correcto, mientras me decía que tal vez había llegado el momento de retomar el contacto con lord Winsley para arreglar el problema de la tarjeta de crédito, mi teléfono se puso a vibrar. Era Lorraine. Había escuchado «Song To Rest In Hell» la noche anterior y pensaba que el tema era... sorprendente. Lo había hecho escuchar a Vince Browning, su profesor de antropología y director de tesis, especializado en la cultura del blues, y me propuso ir a verlo a su despacho.

Quince minutos más tarde, entraba en el edificio de estilo colonial cuyo número me había dado. Los dos investigadores estaban en plena discusión.

—*Bonjour!* —dijo Vince, en francés. Lorraine nos presentó. Vince había vivido unos años en Francia, en París y en Toulouse, y hablaba muy bien mi lengua. Provenía de Nueva Orleans, donde el francés todavía se practica, como en la música cajun.

El despacho de Vince estaba decorado con sencillez. Una gran librería, una alfombra, un escritorio y una instalación de alta fidelidad. Reconocí la carátula de Little Richard en la que Lorraine transportaba el disco de Li Grand Zombi.

—No hemos parado de escucharlo durante una hora esta mañana. La cara A y la cara B. *Sobre todo* la cara B —dijo Vince.

—¿Ah, sí?

—Sí. Está esta manera de tocar, tan personal, pero sobre todo este sonido de guitarra tan particular.

No me atrevía a decir nada, estaba completamente de acuerdo. Y el sonido en gran parte se debía a la Moderne. ¿Acaso Vince sabía algo al respecto?

Prosiguió:

—En «Half Moon Blues» el sonido es sucio, pero sigue siendo bastante convencional para la época. En cambio, en «Song To Rest In Hell», el grado de saturación y el empleo del larsen son inéditos. Pero pasa algo todavía más sorprendente —dijo Vince, dirigiéndose hacia la pletina—. Se tiene que escuchar fuerte para darse cuenta.

Los primeros crujidos del vinilo se dejaron oír. Vince había subido el volumen y el resultado era muy diferente al de mi primera audición, o tal vez era gracias a su sistema de alta fidelidad, de bastante mejor calidad. El caso es que, desde las primeras notas, se oía el frotamiento del plectro sobre las cuerdas, así como la ganancia elevada del ampli que producía distorsiones y sombras larsen, sin ocultar nada de los errores y torpezas que trufaban el tema. Se podía oír literalmente a Li Grand Zombi peleándose con su instrumento, intentando dominarlo o, por el contrario, torturarlo para extraer sonidos extraños. Había una mezcla de amateurismo y de motivación extrema, que habría resultado tan solo conmovedora si no hubiera, de vez en cuando, relámpagos desgarradores de genio. Era preciso concentrarse no en la melodía, sino en el sonido o, más exactamente, en el ruido. En la segunda estrofa, me di cuenta de que el riff de guitarra había engrosado ligeramente, como si hubieran añadido un bajo al unísono, ligeramente por detrás. Y, en la tercera estrofa, el sonido todavía se hizo más denso, como si se hubiera añadido una segunda guitarra, pero que solo tocara en modo percusión. La impresión era extraña: el sonido ganaba en pesadez lo que iba perdiendo en claridad. Al final de la canción aparecía una nueva capa, una guitarra que tocaba únicamente en la zona aguda y muy claramente con el tono que se podía esperar de una Moderne. No me había dado cuenta con ocasión de mi primera audición, porque se superponía casi por completo a la voz, que a su vez ascendía en una sucesión de gemidos espantosos.

Luego se produjo la nota final, aquel acorde potente que me pareció más penetrante que nunca, y que derivaba en larsen, acompañado de aquella carcajada de ultratumba.

Me sentí petrificado de nuevo. Aquella música contenía un desamparo contagioso que se insinuaba en lo más profundo de mí. Como si Li Grand Zombi enviara *realmente* un mensaje desde el fondo del infierno.

—¿Y bien? ¿Lo has oído? —me preguntó Vince con curiosidad, cosa que me condujo de manera violenta al presente.

—Hay varias guitarras, que se van sumando poco a poco —contesté.

—Exacto dijo Vince con una gran sonrisa—. Pero lo que es interesante es: ¿cómo lo han hecho?

Pensé. Para mí, aquellos sonidos de guitarra superpuestos venían todos de una Moderne. Así que, o bien Li Grand Zombi tocaba al menos con dos personas más que poseían también guitarras Moderne, cosa que me parecía poco probable, o...

—¿Es un multipistas? —propuse.

—¡Casi! —contestó Vince, visiblemente encantado—. Salvo que data de 1958, quizás de 1959, y que en esta época muy pocos estudios estaban equipados con multipistas. Y, sin duda, no lo estaba el pequeño estudio de Cleftone Records. De hecho, no hay ningún rastro en los otros discos. La cosa es más sencilla: este disco se grabó con la técnica del Sound On Sound inventado en los años treinta por Lester William Polsfuss, más conocido bajo el nombre de...

—Les Paul —dije, antes de darme cuenta de que acababa de cortar a Vince en plena lección magistral.

—Exactamente —prosiguió Vince, entusiasta—. El inventor de la célebre guitarra para Gibson, en 1954, si no me equivoco.

—1952. Y no la inventó realmente, más bien le pidieron que prestara su nombre —precisé, recordando que si en este momento me encontraba en Mississippi escuchando a Vince era porque había llevado una de aquellas primeras Les Paul a lord Winsley.

—En resumen —continuó—, además de haber contribuido a una de las guitarras eléctricas más célebres del mundo y de haber sido él mismo un guitarrista virtuoso, Les Paul fue sobre todo el inventor de una técnica de grabación que cambió de manera radical la manera de producir la música: la grabación fraccionada. El hecho de poder grabar pistas, una y otra vez, y a continuación mezclarlas a voluntad. La idea que tuvo Les Paul en la década de 1930, en la época en que las grabaciones se hacían directamente sobre discos de acetato, era tocar y grabar una primera vez la pieza en un disco, luego hacer sonar el disco mientras tocaba una segunda parte que grababa en un segundo disco, y así sucesivamente. Cuando tuvo su primer Ampex en 1949, añadió un cuarto cabezal y volvió a hacer lo mismo, esta vez con cintas magnéticas. De esta manera grabó una pieza en la que se oye doce veces su guitarra y doce veces su voz. Es el principio que Li Grand Zombi aplicó para «Song To Rest In Hell». He contado cinco pistas de guitarra al final, y dos pistas con su voz.

—Es lo que he contado yo también. En la última estrofa, añade percusiones pero, de hecho, creo que golpea sobre su guitarra.

—En efecto. Y lo que es divertido, es que ha ralentizado la cinta para grabar la primera pista de guitarra, lo cual da como resultado un ritmo más lento, pero sobre todo un sonido más pesado y grave que el que habría tenido que obtener normalmente. Por desgracia, esto se produce en detrimento de la calidad de la grabación, ya que cuantas más pistas se graban, más se degrada la señal. Pero hay algo genial en todo esto.

—Quizás significa también que lo ha grabado solo, o que quería grabarlo solo —propuso Lorraine.

Vince se giró hacia ella, asintiendo.

—Sí, es posible. En aquella época, cuando se quería doblar o triplicar las partes de guitarra, se llamaba a tantos guitarristas como fuera necesario y se grababa en una sola vez. Ahora bien, no es este el método empleado aquí. La técnica de Li Grand Zombi tenía la ventaja de costar menos dinero, ya que no había músicos suplementarios que remunerar, pero comparto también esta impresión de que nos enfrentamos a una especie de... genio solitario.

—Y desconocido. De hecho, absolutamente desconocido —añadió Lorraine, después de un momento de reflexión.

Lo había dicho con un tono despechado, mientras que Vince parecía entusiasmado por este descubrimiento.

—Y... terrorífico —añadí, a boleo.

—Sí, lúgubre —dijo Lorraine.

—Y moderno —añadí una vez más— hay veces que...

—Un genio, solitario, desconocido, lúgubre, terrorífico y moderno —resumió Vince—. Gracias por este descubrimiento, Thomas —me espetó con una gran sonrisa—. Thomas, no sé cuáles son tus compromisos para hoy, pero me encantaría presentar a un periodista francés lo que hacemos aquí, en Ole Miss.

—Estoy libre —contesté.

—Perfecto. Creo que Lorraine no nos puede acompañar esta tarde, ya que tiene trabajo —dijo, volviéndose hacia ella.

—Es culpa tuya —contestó, lo cual nos hizo reír a todos.

—Pero nos encontraremos los tres esta noche para cenar, si te va bien —siguió Vince.

—Me va de maravilla —contesté.

—Bien, ahora, es la hora de almorzar.

Más tarde, por la tarde, visité la universidad y descubrí sus arcanos. Ole Miss disponía de un departamento de música de una riqueza insospechada y comencé a lamentar no haber estudiado allí. Vince era un apasionado. Además de su trabajo puramente académico, daba clases *online* de cultura afroamericana, editaba una revista mensual sobre el blues y presentaba un programa de radio. Hablamos mucho de París y me contó sus recuerdos. También me habló muy bien de Lorraine: «Es mi mejor estudiante. Quizás algo seria, pero ha nacido para la investigación». No hablamos ni una sola vez de Li Grand Zombi.

Por la noche, Vince me condujo al Taylor Grocery & Restaurant, a unos diez minutos en coche de Oxford. Lorraine nos esperaba allí. El lugar estaba pintarrajeado con grafitis de arriba abajo, incluidas las mesas. El grupo que tocaba aquella noche era un trío genial de hillbilly/honky tonk.

Nos sentamos y Vince encargó la especialidad de la casa: *catfish*. Luego sacó de su bolsa una botella de vino. Tal como me explicó, en el establecimiento no vendían alcohol, pero autorizaban el *brown-bagging*, es decir, el cliente podía venir con su propia botella, púdicamente recubierta con una bolsa de papel kraft. Mississippi no había autorizado la venta de alcohol hasta 1966, treinta y tres años después de finalizar la prohibición..., y aún así, el cuarenta por ciento de los condados del estado seguían siendo «secos».

Charlamos sobre las extrañas costumbres de Mississippi, pero rápidamente la conversación se desvió hacia Li Grand Zombi, por una pregunta de Vince que me cogió desprevenido.

—¿Cómo descubriste esta joya?

Dado que no podía contestar «en la habitación de un psicópata, dentro de un clasificador empapado de sangre de su víctima», me salí por la tangente.

—Oh, yo no he descubierto nada. Fue Lorraine quien encontró este disco.

—Cierto, ella es quien te lo ha hecho escuchar —prosiguió Vince—. Pero ¿cómo llegaste a interesarte por este enigmático Li Grand Zombi Robertson?

—Pues bien, creo que lo que me atrajo fue justamente el nombre —contesté, ruborizado—. Y el hecho de que nadie más, aparte de Lorraine, hablara de él.

—Y viniste a verla a Oxford, Mississippi...

—Exactamente —respondí, incómodo.

Para evitar que se instalara un silencio pesado, propuse, con enormes reservas, mi teoría según la cual «Song To Rest In Hell» era, de algún modo, bajo ciertos aspectos, una especie de...

—¿Cómo podría decirlo? ¿Protometal?

—Sí, bastante acertado —dijo Vince—. Hay algo potente y tenebroso, que aniquila la consciencia. Por momentos me hace pensar en Black Sabbath.

Me sentí contento, no era el único que había establecido aquella relación. Y sin embargo, Lorraine no parecía estar de acuerdo con nosotros:

—Para mí, sigue siendo blues. Como decía Bo Diddley: «El blues son las raíces, el resto no son más que los frutos». Y, tanto por la voz como por el texto, me ha hecho pensar más bien en Robert Johnson. Encuentras en él aquella especie de extrañeza crepuscular, aquella sensibilidad exacerbada que parece incompatible con la vida real y empuja a la desesperación. Pero allí donde Johnson es ardiente y sutil, Li Grand Zombi es torpe y casi caricaturesco, como con esos aullidos finales al estilo de Screamin' Jay Hawkins. De todos modos, confieso que el sonido, o más bien el espíritu de ese sonido, es perturbador. Posee algo que es... fundamentalmente hostil. Algo que no atrae, sino que repele.

Veía cómo Vince asentía con convicción. La chica prosiguió:

—El rock de los años cincuenta era la celebración de la juventud, de la vida, del sexo, de la emancipación en todas sus formas. Un potente sentimiento de libertad, un derroche de energía positiva, con el ritmo que se correspondía con ello. Aquí, todo es al revés: la celebración, con un ritmo lento y abrumador, de la muerte y del infierno, del sufrimiento y de la desesperación. Es más: la renuncia incluso a la esperanza. ¿Habéis oído este verso al final de «Song To Rest In Hell»?: «Y espero que ya no habrá esperanza» ¿Lo dice refiriéndose a él mismo? No lo creo. Tengo la impresión de que se dirige a nosotros. Que quiere el fin de todo. O tal vez peor: creo que piensa que todo está ya acabado, que todos estamos en el infierno, que nos quedaremos en él para siempre y que lo tenemos que aceptar. Y creo que, aunque la forma es dubitativa, el fondo es totalmente sincero.

Su voz era temblorosa. Lorraine estaba profundamente conmovida.

—Quiero decir: este tipo de mensaje nihilista es común hoy en día, aparte de que siempre te puedas preguntar hasta qué punto es sincero o simulado. Y si nos planteamos esta pregunta, no es porque la gente sufriría menos que antes o tendría menos derecho a sufrir que en la época, no. Es porque sabemos que este género, *eventualmente*, tiene posibilidades de venderse. Y por esto es sospechoso. Pero este mismo mensaje, en la música popular norteamericana de la década de 1950 no tenía *ninguna* posibilidad de venderse, ni siquiera de ser oído. Era inaudible, a todos los niveles. En aquella época, el rock estaba hecho sobre todo para bailar, no para pensar. ¿Imagináis a Li Grand Zombi diciendo: «Venid, colegas, nos lo pasaremos en grande con "Song To Rest In Hell"»? —preguntó Lorraine con un tono tan serio que resultaba divertido.

Vince esbozó unos movimientos de baile sobre la silla, con el índice levantado y la mirada apuntando hacia el cielo, canturreando fragmentos de textos de la canción, antes de adoptar un aire abatido:

—Ciertamente, no resulta fácil —dijo, lo cual me provocó una carcajada.

Lorraine sonrió antes de retomar el hilo de la discusión.

—Esta historia es más que una cosa extraña. Es una anomalía.

Era cierto, una vez más, pero el veredicto era un poco definitivo para mi gusto. Hasta más tarde no comprendí lo que Lorraine estaba expresando, contrariamente a Vince, que le respondió, mirándola a los ojos.

—Precisamente *por esto* te tienes que meter a fondo.

No era una proposición, sino más bien una orden de buena voluntad.

—Lo sé —contestó ella.

Y, tal como me confesaría más tarde, lo sabía desde hacía mucho tiempo. No solo desde aquella mañana, desde su primera audición de «Song To Rest In Hell», sino desde que había encontrado en una vieja *juke-box* aquel disco fantasmagórico con su carátula perdida y había escuchado «Half Moon Blues» y el principio de «Song To Rest In Hell», sin atreverse a ir más allá por el temor a confirmar lo que presentía. Dos años antes se había limitado a escribir aquellas breves palabras: «un blues lento e hipnótico» para liquidar a toda prisa algo que habría preferido no haber oído.

25

En casa de Lorraine.

ERA LORRAINE QUIEN HABÍA DESCUBIERTO EL CADÁVER DE LI Grand Zombi, pero yo lo había reanimado. Antes de salir precipitadamente hacia su programa de radio, Vince había comenzado a considerar que una colaboración entre ella y yo *quizás* sería una buena idea. Había pagado la cuenta, el concierto había terminado y el ambiente era propicio para charlar seriamente. Pero a la que abrí la boca, Lorraine me hizo un signo para que me callara. Me señaló la mirada de reojo de un joven que cenaba solo a unas mesas de nosotros y que nos habría podido oír.

Lorraine se levantó, lo saludó rápidamente y salimos del restaurante.

—Creo que tenemos que hablar —me dijo.

—Sí.

—No salgo muy a menudo, no conozco muchos sitios interesantes abiertos a esta hora. Me parece que lo mejor sería ir a mi casa. Para *hablar* —dijo, insistiendo bien en esta palabra.

—Estupendo.

Subimos a su pequeño Chevrolet y atravesamos un bosque de olmos y de cipreses para regresar a Ole Miss. Lorraine estaba concentrada en la conducción, poco segura, y preferí callarme. Se estacionó en el parking de la universidad y la acompañé hasta el alojamiento de estudiante que ocupaba.

—En Mississippi, los alojamientos para estudiantes están separados entre chicos y chicas —me explicó—. Bueno, a veces solo por un piso, pero de todos modos sé discreto.

—OK.

Llegamos a su habitación, más bien espaciosa y bien ordenada, a pesar de la multitud de libros y de discos que iba almacenando.

—Siéntate, por favor —dijo señalándome el sofá.

—Gracias.

Se sentó ante su escritorio, echó un vistazo a la carátula del disco de Little Richard que contenía el de Li Grand Zombi, antes de girarse hacia mí, preocupada.

—Veamos. Esta mañana, antes de que tú llegaras, Vince me ha dicho que quiere que yo escriba un artículo universitario sobre Li Grand Zombi Robertson. Y también que lo integre, de una u otra manera, en mi tesis. El problema es que no tengo mucho tiempo. Ya me he retrasado mucho y... en fin. La otra cosa que me preocupa es que tú también quieres escribir un artículo sobre Li Grand Zombi. Incluso lo dijiste tú primero y...

—Entiendo, Lorraine.

Había llegado el momento de poner las cartas sobre la mesa. No quería dejar que se imaginara que yo era un competidor serio para un artículo, y ya no quería desempeñar un papel que me obligaría a mentir si teníamos que colaborar. Entonces le dije la verdad. En fin... una verdad. En fin... una parte de una verdad. En resumen, que ciertamente era un periodista francés apasionado por el rock'n'roll, pero que la cuestión era que un coleccionista riquísimo me había encargado que encontrara una guitarra de dudosa existencia, que tenía todos los visos de haber pertenecido, al menos durante un tiempo, a Li Grand Zombi Robertson. En esta versión de la verdad, pasé del coleccionista a Li Grand Zombi sin pasar por la casilla del doble asesinato. Era más sencillo para todo el mundo.

Lorraine me preguntó más cosas sobre la guitarra, y yo la veía cada vez más sorprendida a medida que le explicaba lo que se sabía y lo que no se sabía de la Moderne. No solo sorprendida, escéptica. De hecho, observé que lo último que le importaba eran las marcas de las guitarras de los músicos que admiraba o estudiaba. Así que se sintió aliviada al ver que estábamos en dos planos diferentes. La tensión que había sentido cuando me había llevado a su casa se desvaneció y el tono de nuestra conversación se hizo más familiar, más sincero, incluso demasiado cuando me preguntó:

—¿Pero estás seguro de que este rollo no es una leyenda urbana?

—Sí, estoy seguro —contesté con cierta sequedad.

Lorraine comprendió que me había herido y prosiguió, muy seria:

—¿Pero qué elementos tienes para pensar que Li Grand Zombi poseía esta famosa guitarra?

—Una foto.

—¿Una foto? ¿Tienes una foto de Li Grand Zombi Robertson?

—Sí.

—¡Haber comenzado por aquí!

—No es de muy buena calidad —dije, sacando del bolsillo interior de mi chaqueta la fotocopia remendada y doblada en cuatro.

—¿De dónde la has sacado?

—Me la entregó el coleccionista.

—¿Y cómo la obtuvo?

—No lo sé...

Lorraine hizo una mueca. Sin duda no había sido muy convincente, pero comprendió que no era el momento de preguntar más sobre el tema. Desplegó la fotografía suavemente, como si se tratara de una reliquia preciosa. Cuando vio la cara de Li Grand Zombi, pareció sorprendida.

—No lo imaginaba tan joven —dijo.

—¿Qué edad le pones?

—Veinte años, apenas.

—¿Ah, sí? Yo habría dicho veinticinco.

—No, es más joven. Pero está muy delgado, esto lo hace parecer mayor.

Siguió su inspección meticulosa.

—Tiene un aspecto determinado, pero su mirada no es clara. Debía tener problemas de visión. Ya sé... Es un negro blanco de piel. Un albino.

La observación me sorprendió y me incliné para examinar de nuevo la foto. El retrato estaba sobreexpuesto, no era tan sencillo determinarlo. Pero algunos rasgos de la cara podían dejar suponer que era un albino.

—Creo que tienes razón.

—Estoy casi segura. Imagino que esto le acarreó problemas en su infancia, no pertenecía a ninguna categoría. Fíjate que no sería el primer *bluesman* en este caso: también estaba Tampa Red, Piano Red, o su hermano mayor Speckled Red.

—No los conozco.

—Qué fallo. Speckled Red, «The Dirty Dozen». Escucha.

Lorraine se giró y clicó en su ordenador. Unos segundos más tarde comenzó un boogie-woogie al piano. Globalmente era viejo rock, pero en realidad el canto se acercaba al rap.

—¿De qué fecha es? —pregunté.

—1929.

—¿Qué?

Lorraine se puso a reír.

—¿Te dijeron que el rock'n'roll comenzaba con Elvis Presley? ¿O con Bill Haley y su «Rock Around The Clock», en 1954?

—Sí... en fin, no. Antes estuvo Ike Turner, con «Rocket 88».

—«Rocket 88» es de 1951. Es verdad que el rock se democratizó en los años cincuenta, cuando los blancos comenzaron a apreciarlo masivamente y a tocarlo. Entonces tuvo lugar una auténtica fusión cultural entre las comunidades. Pero el rock existía desde mucho antes. Escucha esto, justamente es Tampa Red. «It's Tight Like That», 1928.

Escuché la canción y... a parte de la batería, todo estaba allí, aunque...

—Ante todo es un boogie-woogie —observé.

—Desde luego. También está el «Pinetop's Boogie Woogie», de Clarence Smith, del mismo año. Pero el rock'n'roll se desarrolla a partir de ahí, en los años treinta y cuarenta. Big Joe Turner, Louis Jordan, Arthur Crudup, Wynonie Harris, John Lee Hooker, Fats Domino... Los hay a centenares. Y mujeres : Sister Rosetta Tharpe o Albinia Johns. Y también blancos: Hartman's Heartbreakers, Will Bradley, Bill Monroe...

—Y Hank Williams —añadí.

—Sí. Todo esto se fusionó en el curso de casi tres décadas para dar como resultado el rock'n'roll de la década de 1950.

Me alegraba perfeccionar mi cultura musical pero, en aquel momento, lo que me interesaba era otro pionero del rock'n'roll, más misterioso y salvaje... Como si leyera mis pensamientos, Lorraine volvió a la foto.

—¿Y esta es su guitarra? Lo que se ve tiene un aspecto extraño. ¿Estás seguro de que es una guitarra de verdad? ¿Sabes? Muchos bluesmen no tenían dinero para comprarse una y se las fabricaban ellos mismos, con cualquier cosa. Una caja de cigarros, un bidón de metal...

—Lo sé. Pero la forma de la cabeza corresponde muy exactamente a lo que busco.

—En realidad es poca cosa...

—Sí. Por esto me gustaría al menos encontrar la carátula original. La imagen se vería mejor y, quien sabe, quizás habría otra más completa en el dorso.

—La encontraremos —dijo Lorraine, segura de sí misma.

—Si Li Grand Zombi tenía unos veinte años en 1959, esto significa que nació hacia 1939. ¿Crees que todavía está vivo?

—Me gustaría —dijo, antes de hacer una pausa—. Pero pienso que está muerto, y desde hace mucho tiempo. Por lo que veo, es un ser devorado por su arte. Si superó la treintena ya sería un milagro. Pero quizás me equivoco.

De hecho, yo compartía su opinión. Aquella mirada era la de un hombre que *ya* estaba muerto. En realidad era lo que Li Grand Zombi contaba explícitamente en «Half Moon Blues»: que su corazón estaba muerto. Para mí, «Song To Rest In Hell» era un mensaje desesperado y desesperante procedente del más allá. En el rock'n'roll abundaban los rostros eternamente jóvenes, porque habían quedado fulminados por sus excesos vitales, vinculados en realidad a pulsiones de muerte y de autodestrucción. Era como si, contrariamente a los demás, Li Grand Zombi fuera plenamente consciente de ello. Lorraine continuó:

—Lo que me sorprende es... semejante potencial y nada detrás. Aunque se hubiera dedicado a otra cosa, habría hecho hablar de él. El mundo habría terminado por concederle un lugar. Creo que la cosa debió detenerse en seco. Pero tengo muchas ganas de equivocarme.

—¿Así, pues, cómo lo hacemos?

—Nos centraremos en lo que sabemos con seguridad. Uno: encontré su disco en una *juke-box* que venía de Greenwood, Mississippi. Forzosamente debe haber otros ejemplares distribuidos en la zona, y algunos quizás han sobrevivido. Dado que no hay nada en Internet, esto significa que no hay ninguna gran tienda de discos que tenga este disco entre sus referencias. Pero hay otras tiendas. Podrías comenzar por aquí: surcar

Mississippi para visitar todas las tiendas pequeñas. Todavía quedan algunas, y tengo todas las direcciones.

Asentí. Lorraine prosiguió:

—Dos: Li Grand Zombi grabó un disco hacia 1958 o 1959 en Cleftone Records. Me he pasado la tarde informándome, y lo único que he encontrado es que el fundador de Cleftone Records murió en 1980. Pero voy a intentar encontrar a su familia o a empleados de la discográfica.

—Sincronicemos los relojes —propuse a Lorraine, riendo.

Todavía pensaba que el tiempo fluía con normalidad en Mississippi...

Me despedí de Lorraine y fui a probar en un cajero automático si la tarjeta de crédito vinculada a la cuenta de lord Winsley funcionaba. Fue rechazada inmediatamente. Estaba demasiado cansado para ocuparme del problema, así que pasé una noche suplementaria en el Mustang.

Al día siguiente me dirigí a un café y me conecté para hacer un balance de la situación, de *mi* situación. La página web de The Bruce Pelvis Presley Band no indicaba nada particular, pero era difícil deducir algo a partir de ello. Me informé acerca del asesinato del lutier de Dickson y fui a parar a las intervenciones del sheriff encargado del caso, Robert MacGuffin. No aceptaba que la reputación de su encantadora y apacible población se viera mancillada por un asesinato tan sórdido, y prometía a los habitantes que echaría rápidamente el guante sobre el asesino. No existían testigos directos de la agresión, aunque varias personas señalaron la presencia de un hombre merodeando en torno a la tienda a la hora supuesta del asesinato. Se había difundido un retrato-robot... el de un joven afroamericano. Era el único elemento que el sheriff MacGuffin aceptaba comunicar de momento. Aquello me dejaba aparentemente un poco de tiempo.

Decidí llamar a lord Winsley para excusarme más o menos por mi silencio, pero no contestó. Unos minutos más tarde, recibí una llamada desde un número oculto y descolgué. Era él. Le expliqué que la prueba de que disponía no era de suficiente calidad y que necesitaba más tiempo antes de presentársela. Le pedí un mes para lograrlo, solo un mes. Me reclamó de nuevo el nombre y el título del disco, pero no cedí. O un mes o nada. Y si al final no obtenía ningún nuevo elemento, se lo proporcionaría, por lo que pudiera valer.

El lord quiso saber entonces qué había pasado con Bruce, por qué había tenido que abandonar precipitadamente Tennessee, qué era este «follón» del que le había hablado en mi anterior llamada... Me sentí obligado a ceder en estos puntos y se lo conté todo: la copia de la Moderne, el lutier de Dickson asesinado, mi visita nocturna en casa de Bruce, la chica y cómo había terminado todo. Volví a sentir toda la presión.

—Es algo molesto, pero no se preocupe en exceso —dijo lord Winsley— Usted no es responsable de este asesinato. Este Bruce se habría dado cuenta de la superchería tarde o temprano y sin duda habría actuado de la misma manera.

—Pero no deja de ser horrible. Tengo que llamar a la policía.

—¡No, no lo haga! Se buscaría complicaciones inútiles. Perdería tiempo y se vería obligado a hablar de la Moderne. Prefiero que seamos discretos.

—Pero ¿y si alguien es acusado por error?

—En ese momento ya veremos.

—También allané la casa de Bruce... y quizás lo he...

—En cualquier caso, no lo denunciará. En su situación, no tiene ningún interés en hacerlo.

—Pero ¿y si está muerto y su mujer llama a la policía?

—Esto ya son muchos «si». No pierda el tiempo con este caso, concéntrese en lo esencial: probar la existencia de la Moderne original. Si la situación se envenena, llámeme. Tengo contactos en los Estados Unidos, le enviaré uno de los mejores abogados del país, lo arreglará fácilmente. Usted impidió que un asesino reincidiera, la chica podría testificar. Desde cierto punto de vista, usted es un héroe.

—¿De verdad?

—Olvide esta historia. *Del todo.*

Me sentí más tranquilo. Sin duda lord Winsley tenía razón.

—OK —contesté.

—Perfecto. A partir de ahora, dedique toda su energía a seguir la pista de esta carátula de... mmm, he olvidado el nombre —intentó lord Winsley.

—Sus deseos son órdenes —contesté antes de poner fin a la comunicación.

Una hora más tarde, la tarjeta de crédito estaba desbloqueada.

26

En el Sur profundo.

Surqué sin descanso el estado de Mississippi, encadenando milla tras milla y moteles cochambrosos, para mostrar a lord Winsley que no abusaba de su generosidad. Pero de Southaven a Corinth, de Tupelo a Hattiesburg y de Jackson a Greenville, no había nada. Ningún ejemplar de «Half Moon Blues»/«Song To Rest In Hell» en ninguna tienda de discos. En Vicksburg, uno de ellos me dijo que tenía el disco... Lo buscó durante unos minutos antes de presentarme otro que todavía era mejor según él y que me vendía con un descuento del veinte por ciento.

Pasaron dos semanas enteras antes de que encontrara... a Willie Leroy, desengañado propietario de una tienda de «antigüedades», en realidad un siniestro comercio de segunda mano. Se encontraba en Clarksdale, la ciudad fantasma en la que me había detenido la noche de mi llegada a Mississippi, la del crossroads y de Robert Johnson.

Willie Leroy era un anciano huesudo, que llevaba una camisa demasiado ancha y una gorra de béisbol de otra época. Como me diría más tarde: «La antigüedad más antigua de la tienda soy yo. Pero nadie me quiere comprar. De todos modos, ya nadie compra nada en estos días».

Aquello resumía bien la situación de Clarksdale. Las tiendas cerradas «provisionalmente» alternaban con las que lo estaban por quiebra. Había algunos 4 x 4 nuevos, perdidos en medio de reliquias automovilísticas de los años setenta de color beige, crema o marrón, abolladas y cubiertas de polvo, al menos con un neumático pinchado o un parabrisas roto.

Había visitado las tres tiendas de discos de Clarksdale referenciadas por Lorraine y me iba a ir de vacío, cuando vi aquella tienda, la Delta Antique Shop, y «vinilos» en la lista de los artículos que proponía. Había un cartel, «vuelvo a las 14 h» pegado detrás del escaparate sucio. Eran las 14.30 h y la tienda estaba cerrada. No tenía ganas de volver a Clarksdale por tercera vez y quería poder decirme que había explorado enteramente la población. Así que me fui a almorzar en Abe's Bar-B-Q, un *drive-in* voluntariamente desvencijado con paredes de pino y muebles de fórmica. Al parecer lo frecuentaba Robert Johnson, y había réplicas de los letreros de las autopistas 49 y 61, así como fotos de estrellas o de grupos que habían pasado por aquí, como ZZ Top. Encargué la especialidad, el Bar BQ Pork: cerdo cocido a fuego lento acompañado de pan, repollo, alubias rojas y arroz integral. También estaba, lo recuerdo perfectamente, la salsa «de la casa» que justificaba la reputación del establecimiento. Para poder tragarme todo esto, ya que no servían alcohol, una *root beer*, bebida gaseosa y vagamente dulce que, gracias a Dios, jamás ha atravesado el Atlántico. Para gustos, colores, pero al menos la música que ponían era excelente.

A las tres y cuarto la tienda seguía cerrada. Decidí visitar el museo del Delta Blues, por si... Me enteré de que Charley Patton, uno de los *bluesman* más antiguos en ser grabados, «prefería las guitarras Stella», que a veces tocaba con una navaja, y que James «Son» Thomas, un cantante y guitarrista de Leland, Mississippi, era sepulturero. También se le conocía por realizar esculturas de cráneos provistos de dientes humanos auténticos. Con la sonrisa en los labios medité esta cita de Muddy Waters: «Se podía decir que yo no sabía cantar o tocar la guitarra, pero no que no era un gentleman».

Una cartela explicaba que Robert Johnson tenía al menos tres tumbas en Greenwood, y la que con mayor probabilidad contenía sus restos estaba situada cerca de la Little Zion Church. No había absolutamente nada sobre Li Grand Zombi Robertson.

A las cuatro y media volví a la tienda. Esta vez, la puerta estaba abierta. Sin duda para hacer circular el aire, ya que los clientes no abundaban precisamente. Al entrar vi montones de discos de ocasión apilados a la izquierda, pero solo con ver los colores de las carátulas supe que no encontraría la felicidad: demasiado recientes. De todos modos comprobé, y acerté. Como si tal cosa, me acerqué al tipo que dormitaba detrás del escritorio, con los ojos entrecerrados. Imposible decir si dormía o no. Por mi parte, yo estaba empapado de sudor. El calor era sofocante. Me planté delante de él y seguía sin reaccionar. Entonces, tendiendo la fotocopia de la carátula, lo intenté: «Buenos días, señor. Dispense, busco este disco». Cogió el documento sin despegar la espalda de la silla, luego lo miró a duras penas, inspeccionándolo únicamente con el ojo izquierdo, con la cabeza inclinada. No veía nada. Puso el papel sobre el escritorio, pasó una mano por encima y estiró débilmente el pomo de un cajón. Lo intentó con más fuerza, en vano. Entonces, con un esfuerzo sobrehumano, arrastró su silla hacia atrás para tener más espacio y estirar nuevamente el cajón, que cedió. Husmeó en el interior y sacó varios objetos, entre ellos un par de gafas. Se las puso y miró la fotocopia.

Algo pasó por su cara, algo que, según toda apariencia, podía considerarse como una especie de reacción. Arrastró de nuevo la silla e intentó levantarse. No creo exagerar si digo que le costó dos minutos lograrlo. Una vez de pie, orientó una lámpara de oficina que daba una luz anémica hacia la fotocopia, entrecerró los ojos con fuerza y exclamó:

—¡Vaya por Dios! ¡Si parece que es ese viejo fantasma!

—¿Lo reconoce? —pregunté, pasando en un segundo del torpor hipnótico en el que me había sumergido Willie Leroy a la sobreexcitación.

—Diría que sí. ¡Tiene toda la pinta de ser el Fantasma! No hay muchos como él por las calles...

—¿Dónde? ¿Cuándo? ¿Cómo? —pregunté más o menos, en este orden o en otro.

Pero la memoria de Willie Leroy era pareja a su visión: fundamentalmente decadente, y solo funcionaba por relámpagos súbitos. En sus recuerdos, Li Grand Zombi era más joven que él, apenas un año o dos, cosa que en efecto situaba el nacimiento hacia 1939, visto que Leroy «databa» de 1937, como yo le pedí que precisara. Habían ido a la escuela juntos, en Greenwood, Mississippi, de los ocho a los doce años aproximadamente. Leroy procedía de Jonestown, no lejos de Clarksdale, pero no sabía de dónde venía exactamente Li Grand Zombi. ¿De Greenwood? No lo sabía, pero probablemente de Mississippi. ¿Tenía parientes? Sí, su madre, o una tía. ¿No tenía padre? No, que él recordara. ¿Hermanos, hermanas? Misterio. ¿El apellido? Mmm... Lo llamaban «el Fantasma» porque era todo blanco. ¿El nombre de pila? Pfff... eso sí que...

Por lo que Leroy me decía, Li Grand Zombi había sido un chaval solitario, vagamente rechazado, pero que no hacía muchos esfuerzos para que lo aceptaran. No era un mal tipo, pero tampoco era divertido. Y además, era una nulidad en baloncesto. «Claro que no veía muy bien, que digamos.» Aparentemente, tenía una «enfermedad en los ojos». Leroy me describió un niño asocial, del que parecía emanar un aura negativa. Seguí profundizando y Leroy comenzó a hablarme de «cosas que habían pasado». Insistí:

—¿Qué tipo de cosas?

—No digo que fuera él pero... cuando sucedió todos pensamos en el Fantasma.

—¿Qué sucedió?

—Oh, nada, una historia de críos. Pero el Big Boy Spencer todavía se debe acordar, si sigue entre nosotros.

—¿Big Boy Spencer?

—Sí, así lo llamábamos. Porque tenía brazos como jamones. Era cachondo, el Big Boy, pero bueno... era mejor no buscarle las pulgas. Era en cierto modo el jefe de nuestra panda. Sabía hacerse respetar. Por decirlo así, mejor respetarlo, al Big Boy, porque si no...

—Ya veo... ¿y entonces?

—Vale, pues no sé exactamente cómo empezó, si fue el Fantasma que hizo algo que no le gustó o qué, pero más de una vez el Big Boy ponía a todos en su lugar. Y el Fantasma recibía una pequeña tunda de vez en cuando, ¿ves? Nada muy grave. ¿Sabes cómo somos a esa edad, no? En resumen, el Fantasma había aprendido a ser discreto cuando el Big Boy Spencer estaba cerca, pero el Big Boy siempre encontraba algo que decirle. El Fantasma nunca decía nada a nadie, así que era normal que la cosa siguiera. Iba recibiendo, y recibiendo, pero nunca decía nada.

Y un día nos fuimos de excursión a Lake View. Ese día, el Big Boy provocó un poco al Fantasma. Oh, no más que de costumbre. Incluso menos, porque estaba la señora Vaughan que nos vigilaba. Y por la tarde fuimos a descansar a la sombra de los cipreses. Ella debía estar sobando también, porque no vio nada. En resumen, el Fantasma no estaba muy cerca del Big Boy Spencer, pero tampoco muy lejos. En todo caso no estaba a su lado, para que me entiendas. En resumen, el Big Boy se despertó berreando. Se aguantaba la oreja así —dijo Willie Leroy... sujetándose la oreja, antes de continuar:

Y salía sangre. Y luego quitó la mano y tenía una cosa que sobresalía de la oreja, como hundida dentro. Entonces no sé quién se lo sacó y el Big Boy berreó como si le arrancaran los dientes. No era más que una ramita. A lo mejor estaba ahí por casualidad y el Big Boy, durmiendo, giró la cabeza al lugar equivocado. La cosa es que tuvo que ir al médico, pero al final no tuvo solución. Nunca pudo oír con aquella oreja. Pero en resumen, lo que nos sorprendió es que, cuando el Big Boy se puso a berrear, todo el mundo se despertó. Todo el mundo, menos el Fantasma. Y el Big Boy dijo que era él, que había visto cómo se movía. La señora Vaughan lo despertó y él contestó que no sabía nada, que estaba durmiendo. El Big Boy tampoco estaba del todo seguro... y quizá sí que, a fin de cuentas, fue el Fantasma. La cuestión es que después de esto era el Big Boy quien no se atrevía a acercarse al Fantasma —concluyó Leroy.

—¿Hay otras historias con el Fantasma?

—Sí, bastantes, creo. Pero así, ahora, no me acuerdo mucho.

—¿Tocaba música, en aquella época?

Willie Leroy estaba dubitativo.

—A lo mejor era esto lo que hacía, cuando daba golpes por todas partes.

—¿Daba golpes por todas partes?

—A menudo cogía chismes y daba golpes a otros chismes con ellos. Pero no para hacer un ritmo o una cosa precisa. Solo golpeaba para meter ruido. «Para ver cómo resuena», solía decir, si lo recuerdo bien.

—¿Eso es todo? ¿Tenía guitarra u otra cosa?

—No que yo sepa.

Dejé que Willie Leroy meditara un instante aquella pregunta. Había observado que daba lo mejor de sí mismo cuando no lo presionaban mucho.

—¡Ah, sí! ¡Ahora recuerdo! Estaba la historia esa en la iglesia.

—¿Una historia en la iglesia?

—Sí. El Fantasma cantaba en la iglesia todos los domingos. Pero un día que no era domingo el Fantasma estaba ahí igualmente, y tocó el órgano. Y esto no gustó nada al reverendo Franklin, y después de esto el reverendo Franklin nunca más quiso que tocara en la iglesia.

—Qué duro.

—Sí. Pero la cosa no es que el Fantasma hubiera estropeado o roto un chisme o algo, porque el órgano funcionaba perfectamente el siguiente domingo. Así que le preguntamos al fantasma qué había hecho, y el Fantasma nos dijo que el reverendo Franklin había entrado como un loco mientras él tocaba tranquilo. Paró de tocar y se disculpó en seguida, pero al reverendo Franklin no le bastó. Entonces el Fantasma le preguntó por qué era tan grave que hubiera tocado el órgano, ya que no había roto nada, y el reverendo Franklin le contestó que lo que era grave no era que hubiera tocado el órgano, sino que lo hubiera tocado como lo había hecho. El Fantasma no comprendía nada de lo que había querido decir. Según parece, el reverendo Franklin dijo que no había parado de tocar unas notas que no estaban permitidas en la iglesia, y que si no lo había hecho a propósito, sino que solo tocaba así, es que había algo que no iba bien. Algo que no era bueno. Y que tendría que ir a la iglesia a menudo para pedir perdón, pero mientras tanto, no podía volver a cantar. Pero el Fantasma no volvió a poner los pies en la iglesia.

—¿Notas que no podían tocarse en la iglesia?

—Sí, es lo que contó el Fantasma, me acuerdo. Me había impactado.

Justo en aquel momento recibí un mensaje en el móvil. Me disculpé y lo consulté. Era Lorraine: «Tengo la carátula».

Estaba muy eufórico. Pregunté a Willie Leroy si se acordaba de algo más. «No, que yo recuerde.» Anoté su número de teléfono. Había visto una vieja guitarra Stella hecha un asco en la tienda. Se la compré, por 100 dólares, sin discutir. No valía más de 40, si llegaba, pero en fin, sin duda en aquel momento yo era millonario.

Volví a Ole Miss inmediatamente. La carátula estaba ahí, en efecto, con el disco dentro.

—La viuda de Bob Gordon, el productor de Cleftone Records, fallecido en 1980, me la ha enviado desde Chicago —me contó Lorraine—. Conservó un ejemplar de cada disco producido por su difunto marido.

—¿Llegó a conocer a Li Grand Zombi?

—Por desgracia, no. Es muy mayor y no tenía mucho que contar. Pero estaba contenta de que nos interesáramos por lo que había hecho su marido, y muy feliz de ofrecerme este ejemplar. Es para ti.

—Gracias, muchas gracias, Lorraine —dije, con sincera gratitud.

La carátula era en blanco y negro y no había imagen en el dorso. Pero la foto frontal era muy nítida y se reconocía bien la cabeza de la Moderne, pintada en negro o en un color muy oscuro. Las incrustaciones del mástil eran muy parecidas a las de la Flying V de la época. No había ninguna duda: era la cabeza de la Moderne, y el año del disco, 1958, estaba escrito en la misma carátula.

Lorraine me acompañó a la biblioteca para escanearla en alta resolución. Adjunté la foto escaneada a un mail dirigido a lord Winsley, y lo titulé «Para servirle»... Y sentí un inmenso alivio cuando cliqué en «Enviar».

Había cumplido mi parte del contrato: me merecía el reconocimiento eterno de mi cliente... ¡y la recompensa que iba con él!

Estribillo

27

—**No**.

—Sí.

—Lo siento, pero no.

—Sí.

De hecho, era que no... La carátula del disco de Li Grand Zombi con su cabeza de Moderne negra sobre fondo negro no podía considerarse una prueba, según el abogado de lord Winsley. O más en concreto, solo podía ser considerada una prueba para alguien convencido ya de que la Moderne de 1957 existía. Lo cual equivalía a decir que no convencería a la aseguradora: sin imagen completa de la guitarra, sin el logo Gibson en la cabeza... Y aunque la forma de la cabeza se correspondiera exactamente con el diseño registrado en la época, cualquiera habría podido inspirarse en él para fabricar una copia. Y ni siquiera sabíamos si la guitarra tenía un cuerpo de Moderne...

Así que no, no era una prueba; y no, lord Winsley no tenía previsto abonarme de forma inmediata la suma prevista.

—Pero esto confirma que está siguiendo usted la pista correcta. He visto en Internet que este Li Grand Zombi Robertson aparecía citado en un estudio de la universidad de Mississippi. Quizás...

—Ahí es donde estoy, y donde me he hecho con la carátula.

—Ah... bien. Muy bien. En este caso, prosiga las investigaciones. Le envío un pequeño anticipo como prenda de buena voluntad. Encuentre otras fotos de Li Grand Zombi Robertson con su Moderne o, mejor todavía, directamente su Moderne. Y en ese momento estará todo en orden y será usted totalmente recompensado.

—Eso espero...

—Sin duda no le tomará mucho tiempo, está llegando al final, lo presiento. Es preciso creer para ver. Espero sus noticias —dijo antes de colgar.

Para ser honesto, en el fondo de mí mismo sabía cómo iría la cosa, que no podría lograrlo tan fácilmente. Li Grand Zombi merodeaba por las tinieblas del pasado y yo tendría que sumergirme entero en él para sacarlo de ahí.

Tercera estrofa

28

Ole Miss, Mississippi.

«**Buenas noches y bienvenidos a Radio Highway 61. Esta**
noche vamos a oír blues, blues y más blues, pero os reservamos una sorpresa, un tema que sin duda jamás habéis oído. Es un programa especial...»

Había tenido la idea yo: intentar atraer las informaciones hasta nosotros removiendo en el ambiente de los amantes del blues y del rock. Y
para ello, el programa nocturno de Vince era perfecto. Le había encantado la propuesta y nos había invitado, a Lorraine y a mí, para el directo.
Lorraine había insistido de todos modos para que evitáramos hablar de
«Song To Rest In Hell», porque quería guardarse la exclusiva para su futuro artículo. Por mi parte, había pedido a Lorraine (Vince ignoraba el
tema del todo) que no habláramos de la Moderne.

Vince nos presentó y anunció que a medianoche se difundiría un
tema inédito: «Half Moon Blues», de Li Grand Zombi Robertson, de
1958. Y lanzó de inmediato una llamada a los oyentes: «Si deseáis opinar
sobre este título o este artista desconocido, llamadnos. Hay lotes de discos como premio».

Luego Vince emitió su programa habitual, recordando cada cuarto de
hora que a medianoche, etc., etc.

A las doce de la noche, nadie había contactado con el telefonista. Di-
fundimos «Half Moon Blues» sin mayor reacción. Entonces Vince inició
una charla entre nosotros:

—Thomas, ¿qué es lo que te llama más la atención en este tema?

—Honestamente, el sonido de la guitarra. No sé qué material se utilizó, pero este sonido es muy intrigante. Hay una saturación muy importante para la época, recuerdo que data de 1958, algo muy... moderno.

—Ciertamente el sonido es increíble.

—No está tan saturado como en Hendrix, pero lo está más que en «You Really Got Me», de los Kinks, de 1964. E incluso más que en «Stroll On», de los Yardbirds, que se puede oír en *Blow-Up*, dos años más tarde.

—«Stroll On» es un cover de la versión de «The Train Kept A-Rollin'», por The Johnny Burnette Trio —cortó Lorraine—. Era en 1956 y la guitarra ya tenía un sonido bastante saturado en esta canción.

—También se tiene que hablar de Link Wray, que había hecho agujeros con un bolígrafo en la membrana de su altavoz para obtener el sonido del magnífico «Rumble», en 1958, y otros títulos como «Aces Of Spades», «Raw Hide» y, desde luego, «The Fuzz» —precisó Vince.

—El sonido de Link Wray es muy particular, pero hubo precedentes —añadió Lorraine—. «Who Do You Love», de Bo Diddley, por ejemplo, en 1955. O «Johnny B. Goode», de Chuck Berry, al año siguiente. O incluso antes, con «Rollin' Stone», de Muddy Waters, en 1950. De hecho, se encuentran sonidos saturados a partir de 1948: Pee Wee Crayton con «Bounce Pee Wee» o, en ese mismo año, «Muddy Jumps One», también de Muddy Waters. ¡Son títulos fabulosos!

—¡El gran Muddy Waters! Ciertamente, sin él, su manera de tocar y su sonido, quizás no habría habido Jimi Hendrix —dijo Vince.

—La otra influencia principal de Hendrix es Albert King, que tocaba con una Flying V, una guitarra muy original para 1958 —precisé yo.

—Volviendo a estos sonidos saturados, mencionemos asimismo «Rocket 88», de Ike Turner, aparecido en 1951 y considerado por algunos como el primer disco de rock'n'roll —añadió Vince.

—El ampli del guitarrista, Willie Kizart, se había caído en la Highway 61 cuando el grupo se dirigía hacia el estudio. El altavoz había quedado perforado y el guitarrista lo reparó con papel. Esto fue lo que dio este sonido distorsionado —dije, recordando lo que había leído en el museo de Clarksdale—. Pero para mí, «Half Moon Blues» va mucho más allá de todo esto. Posee un aspecto salvaje y tenebroso, una intensidad en la distorsión y una densidad de los timbres que no se volverán a encontrar hasta bastante más tarde.

—Es cierto —concluyó Vince—. Venga, volvamos a los orígenes: «Muddy Jumps One», Muddy Waters, 1948.

Hacia la una de la mañana, el telefonista recibió finalmente una llamada. Vince habló un minuto al teléfono antes de anunciar:

—Tenemos un oyente que desea decirnos algo sobre Li Grand Zombi Robertson.

Mi corazón comenzó a latir. Vince continuó:

—Alan, estás en directo. ¿Desde dónde nos llamas?

—Houston, Texas.

—Houston, Texas. ¿Y qué deseas decirnos, Alan? ¿Conocías a Li Grand Zombi Robertson? ¿Habías oído ya «Half Moon Blues»?

—Li Grand Zombi Robertson es uno de los artistas más infravalorados del rock'n'roll. No sabemos mucho de él, y sin embargo hay mucho que decir.

—Adelante, Alan...

—De entrada, no eligió su seudónimo al azar. En la tradición vudú, Li Grand Zombi, o Damballah Wedo, es un loa, un espíritu, de gran importancia. Designa el culto de la Gran Serpiente, y la serpiente no se considera un ser maléfico, sino el guardián del conocimiento intuitivo, el saber que no puede ser verbalizado. Al mismo tiempo, simboliza el cordón umbilical, la transmisión entre la madre y su hijo. Se trata, pues, de una transmisión sin palabras. Aprender a aprender.

Los tres nos miramos intrigados. El oyente prosiguió:

—Pero hay algo más sorprendente todavía. Li Grand Zombi nunca conoció el éxito, y sin embargo ejerció una gran influencia en muchos artistas. Quiero decir... grandes artistas.

—¿Ah, sí? ¿Cuáles?

—Cuando Hendrix murió, su colección de discos se subastó. Contenía un disco de Li Grand Zombi Robertson.

El estupor reinaba en el estudio.

—¿Cómo lo sabes? —preguntó Vince.

—Esto... se sabe.

—Muy bien. ¿Y qué otros artistas recibieron la influencia de Li Grand Zombi Robertson?

—Black Sabbath, por supuesto, es una evidencia cuando se escucha «Half Moon Blues». Pero no solo ellos... los Stones también.

—¿Los Stones? ¿En serio? ¿Por qué lo crees?

—Li Grand Zombi no grabó solamente «Half Moon Blues», también grabó otras canciones.

—¿Ah, sí?

—Sí.

—¿Cuáles, por ejemplo? —preguntó Vince.

—«Song To Rest In Hell», por ejemplo. No la habéis mencionado. ¿Por qué?

Vince, Lorraine y yo estábamos desconcertados. Nuestro oyente realmente sabía cosas. Vince, incomodado por la pregunta, contestó con tono natural:

—Íbamos a hacerlo, Alan. Era una sorpresa.

—Ya veo. Siento mucho haberla fastidiado, pues.

—¿Qué sabes de este título, Alan? Es muy interesante.

—Pues, bien. Sé que contiene un mensaje codificado.

—¿La canción contiene un mensaje codificado?

—No, el título. El título de la canción es un mensaje codificado. Es un anagrama.

—¿En serio? ¿Podrías ser más preciso?

—Si cogéis todas las letras del título y cambiáis el orden obtenéis otra cosa. Un mensaje codificado.

—Gracias, Alan, pero ¿de qué anagrama se trata?

—Pues bien, si combinamos las letras de «Song To Rest In Hell» obtenemos... «The Rolling Stones».

—¿«Song To Rest In Hell» y «The Rolling Stones» son anagramas? Muy divertido... —dijo Vince.

Cogí una hoja de papel para comprobarlo.

—No, no es *divertido*. No tiene nada de casualidad —contestó Alan.

—Quieres decir que...

—Que los Stones eligieron llamarse así como homenaje a Li Grand Zombi Robertson, sí.

—Pero, a ver —cortó Lorraine—, sabemos bien que los Stones se inspiraron en «Rollin' Stone» de Muddy Waters. ¡Les encantaba el Chicago Blues!

—Esta es la versión oficial. Pero os acabo de revelar el verdadero origen del nombre de los Rolling Stones.

Me sentía en estado de shock. Las letras se correspondían, el anagrama era válido. Estaba a punto de concluir que nos las veíamos con un genio, o al menos con un iniciado, cuando Lorraine soltó:

—¿Joey? ¿Eres tú, Joey?

—¿Qué? Yo no soy Joey.

Lorraine cortó su micro y le pidió en voz baja a Vince que le mostrara el número que estaba llamando a la radio. Volvió en antena mientras tecleaba en su teléfono, sin duda en busca del famoso «Joey» en su directorio.

—Lo siento, me he equivocado. ¿Pero cómo sabe todo esto, *Alan*?

—No lo puedo revelar todo. Algunas cosas... deben permanecer secretas.

«No es el móvil de Joey —nos dijo en un aparte—. Esperad.» Intervine yo:

—¿Y sabe cómo obtenía Li Grand Zombi Robertson este sonido?

—Pues bien, creo que era a causa de... a causa de su ampli. Que tenía un problema. Quizás.

Estaba decepcionado. Justo en este momento se oyeron los parásitos típicos de los teléfonos móviles. Así como un tono de móvil en el otro extremo de la línea, en casa de nuestro oyente. Lorraine se reía, estaba llamando a su «Joey». Se oía cómo este último manipulaba su móvil para apagarlo.

—Venga, Joey, déjalo ya —dijo Lorraine en antena.

—¡NO SOY JOEY! ¡Y VOY A COLGAR SI SEGUÍS ASÍ!

Esta irritación desmesurada hizo morirse de risa a Lorraine. Me molestaba ver cómo se arriesgaba a perder a nuestro único interviniente y a pasar por alto informaciones potencialmente útiles, y... entonces, una voz femenina detrás de nuestro oyente se puso a gritar:

—¡YA BASTA, JOEY! CUELGA ESE TELÉFONO INMEDIATAMENTE. ¡DEJA DE CHILLAR ASÍ POR TODA LA CASA!

Hubo ruidos de manipulación y un vago «Pero...» antes de que la comunicación se interrumpiera.

Nos estábamos carcajeando tanto que a Vince le costó radiar correctamente un disco. Una vez tuvimos los micrófonos cortados, nos cogió un ataque de risa loca. Fue con las mayores dificultades que logré articular la pregunta: «¿Quién es Joey?».

Joey era el joven junto al cual habíamos comido el *catfish*, Vince, Lorraine y yo, en el Taylor Grocery & Restaurant. Su presencia había conducido a Lorraine a invitarme a su casa, *para hablar*.

Según ella, todo lo que había dicho Joey en antena no eran más que elucubraciones elaboradas a partir de lo poco que había oído sobre Li Grand Zombi. Aparentemente, Joey era especialista en dar a cualquier tema un color esotérico o para combinarlo con una buena teoría del complot. Era de Texas, pero de Austin, no de Houston, como había declarado. No había logrado ingresar en la excelente universidad de su ciudad, y se había orientado hacia Ole Miss, que de todos modos era uno de los campus más hermosos de los Estados Unidos. Sobre todo, había oído decir que se cultivaba marihuana, lo cual era cierto. En cambio, ignoraba que era puramente con finalidades de investigación médica. No se podía acceder a las plantas más que después de al menos tres años de estudios de farmacología, y los controles eran tan drásticos que era prácticamente imposible que saliera la menor brizna de hierba. Joey también estudiaba música y le costaba todo el trabajo del mundo encontrar un tema de tesis coherente.

En resumen, el joven había descubierto un anagrama sorprendente, pero no conocía nada más sobre Li Grand Zombi que lo que había oído de nuestras propias bocas. El programa no nos había aportado informaciones suplementarias.

Así que al día siguiente contacté con la viuda de Bob Gordon, quien nos había enviado generosamente la carátula del disco de Li Grand Zombi. La mujer aceptó mi petición de encuentro y ese mismo día cogí el Mustang en dirección a Chicago.

29

Chicago, Illinois.

HABÍAMOS QUEDADO QUE NOS VERÍAMOS EN SU CASA, A LA HORA del té. Llegué delante de una casa de estilo neogótico después de dos días de carretera, poco antes de las cuatro de la tarde. La señora Gordon me esperaba en compañía de su hija, Eleanor.

Le había llevado una caja de galletas compradas en una de las mejores pastelerías de la ciudad, y nos instalamos en el salón.

Comencé agradeciéndole calurosamente que nos hubiera enviado el disco.

—Oh, no es mucho. Si puede alegrar a alguien... —dijo.

—¿Conoció usted a este artista, Li Grand Zombi Robertson? —pregunté.

—No intervenía en los negocios de mi marido, cambiaba constantemente y yo lo dejaba hacer. Lo que recuerdo es que este no duró mucho tiempo y nos costó mucho dinero. Más bien son malos recuerdos.

—Lo siento.

—No pasa nada, no es su culpa.

—¿Los discos se vendían mal?

—No muy bien, creo. Pero sobre todo, el estudio se quemó, y el seguro no pagó tanto como nos había costado la construcción.

—¿Cleftone Records se quemó?

—Sí, el estudio se quemó, se lo puedo confirmar.

—Entonces, ¿no queda nada, ningún papel, ningún archivo?

192

—No, no queda nada. Aparte de los ejemplares de discos que mi marido se guardaba en casa y algunas fotos.

—¿Sería posible ver estas fotos?

—Se las he preparado a propósito, después de su llamada —dijo, mientras me daba un sobre de papel kraft.

Saqué las fotos, una decena. Su marido, de pie delante de los locales de Cleftone Records, o posando con personas que yo no conocía. Las pasé una a una rápidamente hasta que me topé... con una foto de él en compañía de Li Grand Zombi. Éste llevaba gafas negras y estaba sentado detrás de un órgano electrónico, con el productor a su lado. Por desgracia la Moderne no estaba en esta imagen. Era difícil interpretar la expresión de la cara de Li Grand Zombi, que contrastaba con la sonriente y confiada de Bob Gordon. El productor posaba con una mano paternal sobre el hombro del artista, como diciendo: «¡Es mi pupilo!».

La foto iba firmada: Li Grand Zombi Robertson. Y en el dorso ninguna inscripción.

La última fotografía mostraba los locales de Cleftone Records después del incendio. El tejado, la puerta y las ventanas habían desaparecido, consumidos, y una parte de la fachada se había hundido, dejando ver el mobiliario y material calcinado.

Volví a la foto anterior y se la mostré a la señora Gordon:

—Es Li Grand Zombi Robertson. ¿Su cara le suena ?

—En absoluto, joven.

Eleanor echó un vistazo.

—¡Es él ! —dijo—. Fue él quien hizo arder el estudio, me acuerdo.

—¿Ah, sí? —dijo su madre—. ¿Cómo lo sabes?

—Porque me lo dijo papá. Un día fui al estudio, cuando era pequeña. Y recuerdo a este hombre con sus grandes gafas. Era albino, esto me había marcado. Me dio miedo.

—Es él, en efecto —confirmé.

—Cuando salimos del estudio, le pregunté a papá quién era y me explicó que era un genio de la música, que lo que hacía era revolucionario y que gracias a él íbamos a ganar mucho dinero.

—¿Ah, sí? —dijo la madre.

—Sí. Y luego, cuando el estudio se quemó, papá me dijo que había sido a causa de él. Porque se había quedado solo toda la noche y enchufaba cosas raras para hacer música. Y me dijo que también él se había quemado.

—¿Li Grand Zombi murió en el incendio? —pregunté, horrorizado.

—No, no, pero sufrió quemaduras. Por este motivo mi padre sabía que había sido culpa suya.

—¿Ah, sí? —repitió la madre—. No recuerdo nada de todo esto.

—¿Y qué sucedió a continuación? —pregunté a Eleanor.

—No lo sé —me contestó—. Nunca más oí hablar de él.

—¿No conocía su verdadero nombre?

—No. Mi padre lo llamaba «el Zombi».

—¿Recuerda algo más sobre él?

—No, no creo.

—Vaya, pues, muchas gracias. Sabemos muy poco sobre Li Grand Zombi Robertson y, gracias a usted, un poco más. Su padre tenía razón cuando hablaba de un genio de la música, y dice mucho del señor Gordon que le dejara la libertad de utilizar su estudio para componer. Aunque...

—No comparto su opinión, joven. Este asunto nos costó muy caro.

—Evidentemente, señora Gordon, no es lo que quería decir.

—Ya lo sé. Pero ante todo fue culpa de Bob, esto hay que decirlo. ¡Siempre con sus ideas fantasiosas! Él era así...

—Señora Gordon, Eleanor, infinitas gracias. Tengo una última pregunta antes de irme. ¿Su marido firmaba contratos con sus artistas? Y si es el caso, ¿los tiene todavía? Porque, por sorprendente que pueda parecer, ignoramos el auténtico nombre de Li Grand Zombi Robertson.

—No tengo nada más que lo que le he dado —contestó la señora Gordon—. Quizás el notario... Le daré sus señas —dijo, mientras intentaba levantarse de la silla.

—No te muevas, mamá —dijo Eleanor, saliendo del salón.

—Gracias, cariño.

Esperé en silencio el retorno de Eleanor cuando la señora Gordon me preguntó:

—¿Piensa usted que este hombre, «el Zombi», en fin, su disco, todavía tiene posibilidades de venderse hoy en día?

—No lo sé... De momento solo se interesa por él la Universidad de Mississippi. Tiene un interés histórico seguro, pero de ahí a venderse bien... no lo sé, la verdad.

La señora Gordon parecía decepcionada, luego su cara se iluminó de nuevo.

—Me alegra mucho que se interesen por lo que hizo mi marido. De hecho, gracias a él...

—Sí, gracias a él.

En ese momento Eleanor volvió al salón.

—He llamado al notario. En sus archivos posee los contratos que mi padre firmó con los artistas, pero pide tiempo para enviarme una copia del que le interesa. ¿Tiene usted una dirección de mail?

Se la di y de nuevo le di las gracias, así como a la señora Gordon, por su amabilidad y su valiosa ayuda.

Volví a subir al coche, satisfecho con la visita —la señora Gordon incluso había tenido la amabilidad de darme la foto dedicada de Li Grand Zombi—, antes de que una pregunta turbadora brotara en mi espíritu:

¿Y si la Moderne se había quemado en el incendio?

30

Chicago, Illinois.

HAROLD CLAY.

El auténtico nombre de Li Grand Zombi era Harold Clay. Nacido el 4 de mayo de 1939 en Greenwood, Mississippi. Había firmado un contrato con Bob Gordon el 18 de noviembre de 1958. Tenía, pues, diecinueve años en el momento de grabar «Half Moon Blues»/«Song To Rest In Hell».

Observé que Robertson no era su auténtico apellido, y que había creído conveniente añadirlo a su seudónimo, que ya era largo. Curiosa elección. Pensé que «Li Grand Zombi» era más eficaz y fácil de recordar que con el Robertson en la cola. Quizás un tema de derechos...

Había recibido la copia del contrato al día siguiente de mi visita mientras seguía en Chicago, donde había decidido pasar la noche. Llamé inmediatamente a Lorraine para transmitirle esta nueva información que nos abría las puertas a investigaciones mucho más seguras. Estaba muy entusiasmada. Le hablé también de la foto de Li Grand Zombi detrás de un órgano.

Dado que el contrato mencionaba la dirección exacta del estudio de Cleftone Records, decidí ir hasta allí, solo por ver... Había sido sustituido por un inmenso edificio de vidrio.

No tenía nada más que hacer en Chicago. A menos que...

Tuve la idea de llamar a Eleanor Gordon. Le di las gracias por el contrato y le pregunté si ella o su madre recordaban el nombre de algún empleado de Cleftone Records. Su madre se acordó de un tal Maurice, un muy buen amigo de su marido, con el que había montado otro negocio después del incendio. Pregunté si Maurice seguía vivo. Hacía mucho tiempo que ella no lo había visto, pero pensaba que sí. La señora Gordon encontró su número en una vieja agenda y su hija me precisó que, según las últimas noticias, Maurice seguía viviendo en Chicago.

Llamé por teléfono y me contestó su hijo. Me preguntó el motivo de la llamada y me informó de que Maurice estaba desde hacía poco en una residencia geriátrica, en el sur de la ciudad. Aceptó darme la dirección y avisar a su padre de mi visita.

Cincuenta minutos más tarde me encontraba frente a la cama de Maurice Foster, de noventa y cinco años, sordo como una tapia pero con mucho que contar, sobre muchas cosas.

Me presenté explicándole que me había dado su nombre la señora Gordon, lo cual me valió un cuarto de hora como mínimo de monólogo sobre Bob Gordon sin que ni una sola vez se mencionara el nombre de Cleftone Records.

Aprovechando una pausa corta durante la cual ajustó su aparato auditivo (había perdido el contacto consigo mismo), retomé la palabra para preguntarle qué actividad ejercía en Cleftone Records, junto a Bob Gordon.

—Ingeniero de sonido, muchacho. Es lo que era en aquella época, cuando todavía oía algo.

—¿Recuerda a los artistas con los que trabajó? —pregunté con voz alta e inteligible.

Maurice Foster me citó prácticamente todo el catálogo de Cleftone Records, evocando un montón de anécdotas de las sesiones, sin hablarme de Li Grand Zombi.

—¿Y Li Grand Zombi Robertson? ¿Trabajó usted con él?

—¿Con quién?

—¡ÉL! —le dije, mostrándole la foto dedicada.

—Ah, sí, desde luego que conocí a este tipo. Fue quien hizo arder el estudio. «El Zombi», ¿verdad?

—¡SÍ!

—No, no trabajé con él.

—¿Por qué?

—¿Qué?

—¿POR QUÉ? —volví a preguntar más fuerte.

—Ah, ¿por qué? No pude...

—¿Por qué? —volví a preguntar.

Vi que Maurice Foster se incorporaba en la cama y ajustaba de nuevo el aparato. Parecía estar reuniendo recuerdos en su cabeza...

—¿Qué? —volvió a preguntar.

—¿POR QUÉ NO PUDO GRABAR CON EL ZOMBI? —grité.

—¡Ah! Pues porque no quiso, simplemente. Lo intenté, pero la cosa no funcionó. ¿Quiere que se lo cuente?

—Sí, por favor.

—Pues bien. Un día, ese tipo llega al estudio y le dice a Bob: «Me gustaría que escuchara mi música». Estábamos en plena grabación con los Pelicans y, habitualmente, le habríamos pedido que volviera al día siguiente. Pero en ese momento, no sé por qué, Bob le dijo que esperara. Se tiene que decir que el Zombi, a primera vista, daba miedo. Entonces se instaló detrás de mí y no le miento si le digo que se pasó toda la sesión de los Pelicans tapándose los oídos. En un momento dado, le pregunté si estaba bien, si quizás estaba demasiado fuerte o..., pero me dijo que todo iba bien. Y siguió tapándose las orejas. Solo retiró las manos en el momento en que los Pelicans dejaron los instrumentos. Entonces le dijimos que teníamos cinco minutos para escuchar lo que hacía. Había traído consigo una guitarra y un pequeño ampli. Un Silverstone, lo recuerdo. El que había en el estudio era mucho mejor, pero no lo quería. Enchufó el ampli y sacó la guitarra, en fin, si se podía llamar guitarra. ¡Si la hubiera visto, qué horror! Tenía una forma totalmente estrafalaria. Se la debió hacer él mismo, pero no era muy bueno que digamos. En resumen, se colgó su chisme y comenzó a tocar los botones del ampli. Los puso a fondo, ¡con la guitarra justo delante del altavoz! Evidentemente, soltó un larsen terrible, pero él no se movió... Entonces le dije que parara, porque me sangraban los oídos, pero siguió con lo suyo. Y luego, comenzó a hacer cosas raras, sonidos horribles que no tenían nada que ver con la música. Me levanté para decirle de nuevo que se detuviera, pero Bob me dijo que esperara. A continuación, el Zombi tocó algo más bien triste, que se repetía sin cesar, y cantó con su voz de falsete. Cuando al fin se detuvo, le dije a Bob: «Es lo peor que he oído en mi vida». Y me contestó: «Lo fichamos».

—Creí que era una broma... Y una semana más tarde, Bob me dice que tengo que grabar con él. Le pregunto: «¿Qué? ¿Vamos a poner en un disco esto que ha hecho? Y me dice: «No, esto será para la cara B. Tocará un blues clásico para la cara A.» Un blues clásico, qué te parece... —dijo Maurice levantando los ojos al cielo.

Estaba fascinado por la descripción truculenta que me hacía de este primer encuentro con Li Grand Zombi y su Moderne...

—Siga, se lo ruego.

—O sea que volvió a poner los botones del ampli a fondo y a tocar con aquel sonido horrible. Estaba a punto de echarlo del estudio, pero Bob me dijo que lo dejara hacer, que había hablado con el Zombi, que le había dicho que lo que hacía, podía gustar o no gustar, pero que no cambiaría el sonido, porque tenía aquel sonido en la cabeza o no sé qué. Entonces Bob me dijo que lo dejara hacer y grabara lo más limpio que pudiera. Y, por Dios, ¡es lo que hice! Una grabación clara como el cristal de su música espantosa. Pero cuando el Zombi vino a escuchar en la cabina, se puso hecho una furia, me dijo que yo era un completo inútil y que no tenía oído, cosa que en aquella época no era verdad. ¡Vio la cinta que giraba y la arrancó del Ampex! La arrugó y la aplastó en el suelo pisándola con los talones. Bob y yo estábamos estupefactos porque, por lo que habíamos visto, era tímido, raro, pero no era un mal tipo. Pero ahora es como si estuviera loco. Me dijo: «Quiero que sea más denso, ¡ponga todos estos botones a fondo!». Entonces le dije que si metía todo a fondo se iba a saturar, que no era lo que queríamos, y que debía pagarme la cinta que había estropeado. Se calmó y dijo que podíamos coger lo que quisiéramos del dinero que iba a conseguir con el disco, pero que en cuanto al sonido quería que estuviera a fondo. Es más, decía que era mejor que taladrar los oídos, porque es lo que él quería oír y que es lo que la gente querría oír al cabo de no mucho tiempo. Entonces le dije que, si sabía hacerlo tan bien, que se las apañara él solito. Y es lo que acabó haciendo... con la bendición de Bob.

—¿Grabó «Half Moon Blues» él mismo?

—Lo grabó *todo* él mismo. Pero era rápido. A mí me daba igual, porque yo no estaba allí. Grabó de noche, solo. Debió pasarse un mes grabando el disco. Y creo que lo aprendió todo por sí mismo, porque al principio no sabía nada y jamás me pidió consejo ni nada.

—¿Le dejaba usted tocar todas las máquinas, en su estudio?

—Era el estudio de Bob, no había nada que me perteneciera. Y Bob estaba de acuerdo, así que... Solo pedí que volviera a dejarme todos los ajustes como los había encontrado el día antes, y tengo que reconocer que el Zombi lo hizo siempre. Se los debía apuntar, porque por la mañana no podía decirse qué había tocado.

—En esta foto se le ve con un órgano. ¿Tocaba el órgano?

—Ah, sí, el B-3. El mejor órgano que fabricó Hammond. Teníamos la cabina Leslie que iba con él.

—Pero no se oye en el disco...

—Exactamente, lo utilizó más tarde. Para su álbum.

—¿Su álbum?

—Después de que saliera el single, el zombi quería hacer un álbum. Y según Bob iba a ser un gran álbum. Pero en vista de que había necesitado un mes para sacar dos títulos, al cabo de seis meses Bob todavía no había oído la menor nota del resto. Fue entonces cuando el Zombi incendió el estudio. Yo ya suponía que esto podía pasar, porque veía el material que traía consigo y que dejaba por ahí. Todo estaba abierto, no había ni un ampli con tapa, creo que manipulaba el material sin cesar.

—¿Se pasó seis meses grabando solo de noche en el estudio?

—Exactamente. *Caaaaaaaaaaada* noche. Los vecinos se quejaban.

—¿Y qué fue del álbum?

—Ni idea. Nunca lo oí. Cuando el estudio se incendió lo abandonamos todo y con Bob decidimos dedicarnos a vender aspiradores.

—Según creo, el Zombi se quemó en el momento del incendio...

—Sí, en la cara y en las manos, me acuerdo. Porque quiso recuperar las cintas.

—¿Las cintas de su álbum?

—Esto no lo sé. Pero cuando vio que el fuego prendía en el estudio y que no lograba apagarlo, en lugar de salir directamente y llamar a los bomberos, quiso recuperar las cintas. Nos entregó todos los másters que habíamos grabado, salvo los suyos.

—¿O sea que se debió guardar las grabaciones?

—Es posible. En aquel momento, lo último que nos interesaba eran sus grabaciones. Pero, dentro de la desgracia, estábamos contentos de que hubiera salvado las otras cintas.

—¿Lo vio usted alguna vez más?

—Yo no. Bob, no lo sé.

—¿Y tuvo noticas de él más tarde?

—No, que yo recuerde.

—¿Posee usted alguna foto de él?

—No, ninguna.

—¿Conoce a otras personas que lo hubieran visto?

—Mmm... Solo estábamos Bob y yo en el estudio y jamás lo vi con amigos. Era realmente un solitario. Ah, sí. Ya recuerdo, una vez Bob me dijo que había traído a un tipo de Chess al estudio.

—¿Un tipo de Chess?

—Sí, otro ingeniero de sonido.

—¿Recuerda el nombre?

—Desde luego, era Jerry Ramone. Era asistente en Chess en aquella época, estaba empezando. No habría apostado ni un centavo por él, pero finalmente se convirtió en lo que se convirtió. Al fin y al cabo, quizás el Zombi necesitaba consejos.

—¿La guitarra del zombi se parecía a esta? —le pregunté, mostrándole una foto de Moderne con el móvil.

—Era en efecto de este estilo. Salvo que era negra.

—¿Sabe si la salvó en el momento del incendio?

—De esto, joven, no tengo ni puñetera idea.

31

SoHo, Nueva York.

—¿Se refiere a Harold?

—Sí, Harold.

Había logrado encontrar a Jerry Ramone. Se acordaba muy bien de Li Grand Zombi Robertson, a quien llamaba por su verdadero nombre de pila. No quería perderme detalles importantes si hablaba con él por teléfono, así que hice el trayecto, el largo trayecto, para conocerle en su vasto apartamento, situado en el último piso de un edificio de la década de 1930, en pleno corazón del SoHo. Jerry Ramone había trabajado como ingeniero de sonido con John Lee Hooker, Bo Diddley y Chuck Berry en Chess, y luego había creado su propio estudio en Nueva York. Sobre el aparador dominaban fotos de él en compañía de David Bowie, Patti Smith, Michael Jackson o Lou Reed, así como varias recompensas, entre ellas un Grammy.

Tenía ochenta y dos años. Su carrera profesional había terminado desde hacía mucho tiempo, pero hablaba de ella como si datara de ayer:

—Harold era un fenómeno. El músico más... no diré más excéntrico... el más... *extraño* que jamás conocí.

—¿En qué circunstancias lo conoció?

—Estaba presente en su audición en Chess, debía ser en 1957 o 1958. Lo que tocó aquel día no convenció a Leonard, y era él quien decidía. Pero a mí lo que Harold hacía me pareció interesante... artísticamente hablando. La audición se hizo a media tarde y, cuando salí del estudio unas horas más tarde, me topé con él en la parada del autobús. Llegó el autobús y lo dejó pasar. Fui a verlo. Parecía aturdido, no lo entendía. Le dije que me había gustado lo que había hecho y comenzamos a hablar de su música. Tenía una concepción del sonido particularmente original. Hablaba de texturas, de resonancias, de ruido. Tenía su propio vocabulario, que de todos modos logré seguir. Me hablaba de un álbum que estaba concibiendo, pero que todavía no podía tocar. Y cuanto más me hablaba de él, más intrigado me sentía.

—¿Qué le intrigaba?

—Recuerdo que quería grabar los ruidos de la ciudad, los de los trenes, de campanas de iglesias, o el estruendo de los camiones en la carretera, para integrarlos en su música. Era insólito. O aun más... era ambicioso. Todo el álbum tenía un tema. Quería hacer una obra global. En aquella época un álbum era una sucesión de canciones de la que se esperaba obtener el máximo de éxitos. Él no hablaba de canciones, sino de pasajes.

—¿Como en una sinfonía?

—Exactamente. En cierto modo una ópera rock. Un álbum conceptual. Nadie pensaba así en aquellos tiempos. Iba unos diez años avanzado respecto a todo el mundo.

—¿Y cuál era el tema del álbum?

—Ya no me acuerdo exactamente. Era complejo. Creo que era su interpretación del bien, del mal, de la vida, de la muerte. Pero diría que, a grandes rasgos, el tema era él. Una especie de introspección metafísica. También me había hablado de la música de las películas que iba a ver en el cine burlando la vigilancia de la taquillera: *El enigma de otro mundo*, *Ultimatum a la Tierra* y otras películas de horror o de ciencia ficción cuyo nombre he olvidado, y que tenían sonoridades extrañas que quería incorporar en su álbum. Yo mismo era un fan de la ciencia ficción además de ser un fan del rock'n'roll, y pensé que era una gran idea combinar los dos. Sabía que la mayoría de sonoridades que evocaba se obtenían con un theremín. ¿Sabe usted lo que es?

—¿Es lo que Jimmy Page utiliza sin tocar nada en el puente de «Whole Lotta Love»?

—Exactamente. Es una especie de arco eléctrico que crea oscilaciones que se pueden controlar a distancia con las manos. Este instrumento fue utilizado por primera vez en el rock en «Good Vibrations» de los Beach Boys, en 1966, pero ante todo se empleaba en las películas de serie B, ya sabe...

Jerry Ramone imitó las modulaciones inquietantes y pasadas de moda de un theremín, canturreando una melodía digna de una película de Ed Wood. Luego prosiguió:

—Harold me preguntó cómo habían hecho la música de *Planeta prohibido*. Le encantaba la banda sonora de *Planeta prohibido*; hablaba de ella como de una obra maestra absoluta, una puerta abierta al futuro de la música. Yo no tenía respuesta a su pregunta... Me dijo que necesitaba reproducir este tipo de sonidos para una canción, que era más que una canción, una especie de «película sin imágenes», y pensé que la idea era fascinante. Le dije que me informaría y me dio un número de teléfono para contactar con él.

—¿Y encontró la respuesta?

—Unas semanas más tarde, me enteré de que los compositores eran una pareja de ingenieros que vivían en Greenwich Village: Bebe y Louis Barron. Llamé a Harold para decirle que intentaría visitarlos tan pronto fuera a Nueva York por mi trabajo. Me dijo que estaba grabando la cara B de su primer disco en...

—Cleftone Records.

—Eso es, Cleftone Records. Me dijo que le interesaría enormemente conocer a los Barron y que vendría conmigo. También me propuso pasar a verlo, mientras tanto, por su estudio. Tenía algunos problemas de grabación...

—¿Y fue a verlo?

—Sí, una noche. Con toda discreción porque, desde un punto de vista estrictamente personal, resultaba un poco... incómodo. Me mostró cómo trabajaba. Lo hacía todo con su guitarra, mediante capas sucesivas. Por ejemplo, comenzaba grabando una parte puramente rítmica, golpeando las cuerdas o haciendo que chirriaran con un plectro con el que rascaba en ellas, arriba y abajo. Luego escuchaba y solo conservaba la parte del espectro sonoro que le interesaba, igualándolo. A continuación añadía otras capas rítmicas, utilizando técnicas de interpretación o de grabación diferentes cada vez. Podía hacer un bucle tan solo con el ataque de una cuerda para acentuar el tempo, ralentizar o acelerar una determinada secuencia, o ponerla al revés. De hecho hacía sample, pero yo nunca lo había visto. A continuación pasaba a las partes melódicas, a los arreglos, y no grababa la pista principal hasta el final, para tener un mejor sonido. Ello significa que tenía una idea muy precisa de aquella pista principal ya desde los primeros arreglos. Hacía un trabajo fenomenal para obtener algo que parecía melódicamente muy simple al escucharlo, pero que proporcionaba un timbre denso, indefinible, *nuevo*.

—¿Y lo ayudó?

—Casi nada. Su técnica era tan poco convencional que yo no sabía por dónde empezar. Lo hacía todo al revés. Solo le propuse diferentes emplazamientos para los micros para obtener otras tonalidades y limitar los problemas de fase. Pero, hasta en este nivel, más bien fue él quien me enseñó cosas... como situar un micro en un rincón del estudio para acentuar los bajos. Dio con esta idea él solo. Era un autodidacta, ya ve. Y lo mismo con la música... no sabía leerla, no escribía nada, todo estaba en su cabeza. Tocaba con gamas extrañas, o con acordes raros. Todo lo que hacía era particular. Le señalé que la acústica del estudio en el que grababa no tenía el mismo nivel que la de Chess, y le dije que Chess podía recomprar contratos. Le aconsejé que lo volviera a intentar y prometí que lo apoyaría. Me preguntó si le dejarían el estudio todas las noches como sí lo hacían en Cleftone Records y le dije que, desgraciadamente, esto era imposible. Me explicó que necesitaba tiempo, mucho tiempo, para componer el álbum, que no lo podía hacer de otra manera. Argüí que yo podría ser su ingeniero de sonido, que ganaría mucho más dinero en Chess, y me contestó, simplemente, sin ninguna forma de arrogancia, algo que me marcó: «¿De qué me sirve tener dinero si ni siquiera puedo crear mi propia música?».

La idea de que un desconocido amante del rock'n'roll pudiera rechazar la oportunidad de firmar con Chess nunca se me había pasado por la cabeza. De entrada me sentí decepcionado y herido, pero esta frase cambió mi vida. Comprendí que, en todas las cosas, y en los terrenos artísticos en particular, es preciso expresar la creatividad, no solo hacer lo que uno espera de ti. Finalmente es el público el que decide, no los productores. Y esto se lo debo a Harold. Creo que nunca había hablado de esto con nadie hasta hoy.

Jerry estaba emocionado, y dejé que esta emoción pasara.

—¿Piensa usted que Harold habría triunfado, que habría tenido algún éxito?

—Estaba dividido. De un lado, tenía ese genio musical evidente, del otro... iba demasiado avanzado para su tiempo. Incluso en las intenciones. Nunca le oí pronunciar jamás palabras como «éxito», «ventas» o incluso «público». Recuerdo que no quería que su música se bailara, sino que se escuchara. Era muy exigente, consigo mismo y con los demás. Con la perspectiva del tiempo, creo que en su época no tenía ninguna posibilidad de gustar al público. En cambio, habría sido capaz de... alucinarlo.

—¿Qué pasó a continuación?

—Unas semanas más tarde, me enviaron a Nueva York para una serie de conciertos de Chuck Berry y pregunté a Harold si estaba disponible para conocer a los Barron. Nos encontramos allí y me ofreció un ejemplar de su disco, que acababan de producir. Fuimos a ver a los Barron, gente apasionante. Tenían un pequeño estudio privado, que parecía más bien una tienda de reparación de radios, en pleno corazón del Village. Cuando entramos estaban con John Cage, a quien vi entonces por primera vez. Trabajaban juntos desde hacía varios años, Cage había hecho su primera grabación, *Williams Mix*, en su casa, en 1952. Bebe y Louis Barron hacían todo tipo de cosas excitantes. Habían grabado lo que hoy podrían llamarse audiolibros con Aldous Huxley o Tennessee Williams. En resumen, les dije que a Harold y a mí nos había encantado la banda sonora de *Planeta prohibido*, y que para nosotros era un honor conocerlos. Harold les regaló el disco y dijeron: «Genial, vamos a escucharlo». Harold casi se desmaya, pero lo escuchamos juntos.

—¿Y John Cage seguía allí?

—Sí, allí estaba. Harold dijo que no había podido hacer lo que quería en la cara A y que era mejor escuchar la cara B. A todos nos impresionó mucho. Eran gente muy abierta, a fondo con la vanguardia, lo entendían todo.

—¿El disco funcionó normalmente?

—Del todo.

—¿Era un bucle o una composición completa?

—Ah, sí, ya veo a qué se refiere —dijo Jerry, riendo—. Lo había olvidado del todo. Al final de la pieza, los Barron felicitaron a Harold por su «dominio de la electricidad», y John Cage se limitó a soltar, con semblante serio: «Interesante». Aquello ya era mucho, pero introdujo algo de frialdad en el ambiente. Añadió: «Pero si se llama "Song To Rest In Hell" se tiene que llegar hasta el final». No comprendíamos lo que quería decir. Cage cogió el disco y un destornillador que estaba por ahí, y preguntó: «¿Puedo?». Harold asintió y Cage rayó levemente un surco en el borde del disco. Lo volvió a poner en el tocadiscos y se oyó el sonido espantoso de la introducción que se repetía en bucle. «Ahora, el infierno es eterno», dijo Cage, y nos reímos todos. Y se fue.

Los Barron nos hablaron de aquella técnica del surco cerrado, inventada accidentalmente por un francés, Pierre Schaeffer, diez años antes, y que Cage acababa de reproducir. Se interesaban por la música atonal, la música concreta, Edgard Varèse, las ondas Martenot... Y luego nos describieron sus propias técnicas: Bebe archivaba los sonidos y hacía una especie de collage con las cintas magnetofónicas. Componía bucles jugando con la velocidad o la dirección de reproducción, exactamente como Harold me había mostrado unas semanas antes. Pero era Louis quien creaba los sonidos, que se podían oír y observar a la vez en su osciloscopio. Se había inspirado en las ecuaciones de Norbert Wiener, en su libro *Cibernética o el control y comunicación en animales y máquinas*, y había fabricado circuitos de comportamiento aleatorio e incontrolable, que amplificaba a continuación. De hecho, sus circuitos electrónicos parecían vivir su propia vida, *hasta que* se quemaban literalmente. Especies de microorganismos primitivos e inestables. Los sonidos que emitían se debían principalmente al azar, a las probabilidades, y la mayor parte del tiempo eran fantásticos. Los Barron consideraban la música como un arte esencialmente caótico, y aquello me apasionó de verdad.

Durante el regreso, Harold me dijo que tenía absoluta necesidad de crear aquel tipo de sonidos para su álbum, y yo me tomé en serio el desafrío. Entonces leí el libro de Wiener y me puse en la cabeza fabricar un circuito a mi alcance. Me concentré en la modulación en anillo, pero los primeros resultados fueron muy decepcionantes, y abandoné rápidamente.

—¿En serio?

—Los circuitos eran inestables y se quemaban fácilmente. No conseguía gestionar las sobrecargas eléctricas y los sonidos emitidos eran muy saturados, desagradables. Llamé a Harold para decirle que no lo conseguía, pero aun así él quiso escuchar el resultado al teléfono. Pensó que aquello sonaba maravillosamente bien y me preguntó si podía conseguir que él pudiera enchufar allí su guitarra, para tener mayor control sobre el sonido. Y es lo que hice. Me tuvo ocupado tres meses. Me pasaba todo el tiempo libre con ello, pero logré crear un circuito más estable, provisto de ajustes de velocidad y de tonalidad. Y se lo di a Harold.

—¿Cuál fue su reacción?

—Estaba entusiasmado. Me dijo que los sonidos que extraía eran demasiado agudos pero que, cuando ralentizaba las cintas, era perfecto. Quería que fuera a escucharlo a su estudio lo antes posible.

—¿Y fue usted?

—Sí, más o menos al cabo de una semana. Fue un shock.

—¿Un shock?

—El sonido que salía de mi circuito no tenía nada que ver con el que se obtenía en el curso de mis ensayos. Harold extraía su quintaesencia. Había una interacción, una fusión, entre él y la electricidad. Los armónicos brotaban en todos los sentidos, llegaba a hacer melodiosa la saturación que yo no había logrado eliminar, y el tema que estaba creando era... hechizante. Uno se sentía en alguna parte entre las estrellas y el infierno, entre la incandescencia y las tinieblas. Jamás había oído algo parecido.

—¿Recuerda el nombre de la pieza?

—Mmm... No, de esta no. Pero Harold me dejó escuchar varias, en una de las cuales repetía: «We're all red». Le pregunté si era comunista y se quedó sorprendido... De hecho, no tenía nada que ver con la política.

—¿Su primer disco ya había salido en aquel momento?

—Que yo sepa su primer disco nunca llegó a salir.

—¿Ah, no? ¿Por qué?

—A su regreso de Nueva York, Harold decidió rayar a mano todos los ejemplares que esperaban ser distribuidos en la sede de Cleftone Records. Había encontrado que la idea de John Cage era genial. Pero el distribuidor se dio cuenta y rehusó arriesgarse a tener que gestionar devoluciones por mal estado. Nadie quería distribuir un disco rayado... En aquel momento me di cuenta de que si Harold hubiera aceptado venir a Chess por consejo mío, me habrían despedido —dijo Jerry, riendo.

—¿Cómo reaccionó Harold?

—Le daba igual. Según él, Cleftone Records iba a prensar una nueva serie, pero debían esperar a causa de problemas temporales de tesorería. En aquel estadio, parece que le iba bien que la cosa fuera para largo, porque quería grabar más canciones antes de lanzarse. Cuando uno lo escuchaba, parecía como si aquello tuviera que ocuparle durante años...

—Y no apareció, su disco nunca salió.

—Eso creo. Sin duda él distribuyó algunos ejemplares «defectuosos» en su entorno, pero nada más. Su disco nunca se comercializó. Más tarde, la compañía discográfica cerró después del incendio del estudio. De hecho... no, nada.

—¿Sigue teniendo usted su disco?

—Sí, ahí está —dijo, mostrándome la carátula—. Lo he vuelto a escuchar antes de que usted llegara. Quizás es el único ejemplar que no es «defectuoso».

El disco estaba dedicado.

—¿Lo puedo ver? —pregunté.

Me lo dejó ver. La dedicatoria era sobria: «A mi amigo tan único, Jerry. Harold.»

—La guitarra que sujeta en esta foto es rara, ¿sabe qué era?

—No, pero, en efecto, es rara. Tenía micrófonos de altísimo nivel de salida, y la había pintado de negro, recuerdo. No estaba muy lograda. Harold era muy misterioso con su guitarra. Pienso que la había robado o algo así.

—¿Piensa que pudo pertenecer a otra persona?

—No tengo ni idea. Pero le pregunté si la había fabricado él mismo y me dijo que no. Cuando le pregunté de dónde la había sacado, no me contestó.

—¿Usted la tocó?

—No, nunca.

—¿Le habló de sus influencias, de la música que escuchaba?

—Sí, habló de ello. La noche de nuestro encuentro con los Barron, fuimos a pasear por Broadway y vimos aquella obra, *La caída de Orfeo*, de Tennessee Williams. Algo más tarde se convirtió en una película, no recuerdo el título... Ah, sí, *Piel de serpiente*. En resumen, hablaba de un joven que llegaba a una pequeña localidad del sur con su guitarra. Aquello evocaba muchas cosas para Harold, que venía de allí. La estrechez de mente, la conformidad, el racismo, la omnipresencia de la religión y aquella relación extraña, llena de tensión y de frustración, con las mujeres. Allí me habló de su amor por las canciones de Robert Johnson, que yo en aquella época no conocía. No se redescubrió hasta mediados de los sesenta, en parte gracias a grupos ingleses, ya sabe. Me dijo que era su influencia principal, en lo relativo a las temáticas y a la manera de abordar la guitarra, de crear efectos originales con ella. Sé que admiraba también a un cierto número de artistas de Chess: Howlin' Wolf, Muddy Waters, Chuck Berry, Bo Diddley, Sonny Boy Williamson... Me hablaba también de Guitar Slim o de Link Wray, por su sonido de guitarra. También le encantaba Screamin' Jay Hawkins.

—¿Lo volvió a ver después de que pasara por segunda vez por su estudio?

—No. Me llamó una o dos veces para preguntarme cosas sobre el circuito, cuyo sonido evolucionaba con el tiempo, pero yo no sabía qué responder. Su álbum lo acaparaba por completo, tenía un montón de ideas que yo encontraba cada vez más confusas. No conseguía seguir su pensamiento. Harold decía que se estaba acercando al objetivo, que avanzaba, pero para mí, se alejaba... Cuando me enteré de que el estudio de Cleftone se había incendiado durante la noche, hacía varios meses que no me llamaba. Estoy seguro de que estaba grabando cuando sucedió. No me enteré de muchos detalles y... no pude informarme más. Solo tenía su número del estudio, y ya no quedaba estudio. Ni siquiera sabía dónde vivía. Esperé a que me llamara, pero no lo hizo nunca. Yo... ¿sabe usted si...?

—Se quemó, pero salió con vida.

—¿Ah, sí? Excelente noticia. ¿Y qué fue de él?

—No lo sé. Es lo que intento descubrir.

—Me encantaría saberlo. Me alivia mucho saber que salió con vida. Estaba convencido de que había muerto en el incendio. Y siempre me pregunté si... mis circuitos...

—No, fue a causa de un cigarrillo mal apagado —me inventé, a bote pronto—. También es posible que salvara sus grabaciones...

—¡Oh! ¡Me interesaría escucharlas!

—Sería formidable dar con ellas, pero ignoramos si todavía existen... ¿Recuerda algo más en relación con Harold?

—Mmm... Creo que se lo he dicho todo.

—¿Conoce a otras personas que hubieran estado en contacto con él, personas a las que yo podría conocer?

—No, no lo creo. Todos los que le he mencionado han fallecido...

—Recuerda numerosos detalles y habla de Harold con mucha emoción. ¿Considera que él pudo influirle en su propio trabajo?

—Sin ninguna duda. ¿Pero hasta qué punto? Resulta difícil decirlo. Grabé algunos títulos retomando una parte de las técnicas que él me hizo descubrir, y mi interés por los sonidos electrónicos se desarrolló enormemente después de mi encuentro con los Barron y aquel circuito que intenté hacer. Aquello tuvo mucha importancia en mi carrera posterior, y se lo debo a Harold. Pero, si lo pienso bien, lo que me influyó más era más bien de orden... filosófico. Lo que me marcó fue que Harold estaba más interesado por las intenciones que por los resultados. Era su sensibilidad y tal vez su límite. Al final, le daba igual que su música gustara o no. ¿Tal vez consideraba que no se apreciaría hasta más tarde, eventualmente? Iba a pescar sus ideas en el futuro y se dirigía a este mismo futuro... El presente para él no era más que un paso sin importancia. Era un extraterrestre... No se podía decir si era negro o blanco, si venía del Sur o del Norte, si estaba con nosotros o en otra parte. El único que me dio esta impresión más tarde fue... Michael Jackson. Sí, creo que Harold me influyó, que me empujó a experimentar más. Contribuyó a que encontrara mi propia vía.

32

Oxford, Mississippi.

Los ojos de Lorraine brillaban. Estábamos en su habitación y ella escuchaba religiosamente las grabaciones de mis entrevistas, asintiendo con la cabeza en ciertos momentos o señalando su sorpresa en otros. Charlamos apasionadamente una hora, durante la cual Lorraine intentaba obtener detalles suplementarios, antes de decirme:

—Resulta realmente fabuloso disponer de estos testimonios, pero es una lástima que Jerry Ramone no conozca a nadie relacionado con Li Grand Zombi.

—Sí, la pista se detiene aquí.

—*Tu* pista.

—Venga, dime.

Había vuelto a Oxford después de una llamada de Lorraine que me había hecho la boca agua: acababa de encontrar a la hermana de Li Grand Zombi.

—He visto el acta de nacimiento de Harold Clay. Nació, en efecto, el 4 de mayo de 1939 en Greenwood, pero también he descubierto que murió el 6 de junio de 1966 y que está enterrado allí.

—Li Grand Zombi está muerto...

—Sí, a los veintisiete años.

—Mmm...

—También he dado con la identidad de sus padres y de sus hermanos y hermanas. Tenía tres hermanos, todos mayores que él, y solo uno sigue

212

vivo. Lo fui a ver, pero el pobre ha perdido la memoria y no se acuerda de nada. Li Grand Zombi también tenía una hermana pequeña, Doris, que vive en Corinth, a un centenar de millas de aquí. La fui a ver y me contó su vida... y la de Li Grand Zombi. En fin, de Harold. ¿Te apetece beber algo?

—No, sigue, por favor.

—Pues bien. Su madre, Edmonia, falleció de una infección pulmonar en 1944, cuando Harold tenía cinco años y Doris tres. Su padre, Clarence Clay, mecánico de formación, estaba por entonces movilizado en Francia. Los niños fueron separados: los tres hermanos mayores partieron a Chicago a casa de una tía materna, y Harold se quedó en Mississippi con su hermana menor. Otra tía materna, Albennie, los educó. Pero también murió, como Clarence, hace más de veinte años. Doris me contó que Harold había sido un niño muy solitario. A menudo estaba enfermo, y padecía de muy mala visión, consecuencia de su albinismo, así como de hipertiroidismo. Parecía vivir en un mundo imaginario y, en aquella época, lo llamaban «el Fantasma», a causa de su color de piel. Cantaba cada domingo en la coral de la iglesia y era más o menos lo único que le interesaba: la música. Doris me contó la historia con el reverendo Franklin y la de la oreja de Big Boy Spencer. Harold le confesó que había sido él... Me dijo que, hacia los doce años, Harold se había fabricado una especie de guitarra de una cuerda con un bidón de metal y que se pasaba mucho tiempo tocando con ella. Soñaba con tener una guitarra de verdad, pero su tía no tenía el dinero suficiente. Durante la adolescencia los problemas empeoraron. Harold cada vez era más asocial, y tía Albennie ya no tenía ninguna autoridad sobre él. Por otra parte, la mujer había perdido su empleo. Entonces decidió reunirse con su hermana en Chicago, en 1955, para encontrar trabajo y reunir a la familia. Harold se volvió a encontrar con sus tres hermanos, pero según Doris, aquello tampoco funcionó. Se convirtió en su cabeza de turco. Tía Albennie se mudó en 1956, más al norte, y adivina dónde se instaló...

—No lo sé.

—Al otro lado del lago Michigan, en una población llamada... Kalamazoo.

—¡Vaya!

Kalamazoo era la ciudad en la que se hallaba la primera fábrica Gibson, donde se había fabricado la Moderne...

—Tía Albennie fue contratada por Gibson. Se ocupaba de montar las cuerdas en las guitarras antes de los ajustes y los tests.

—¡Vaya!

—Un día le permitieron que su sobrino visitara la fábrica, y Harold no cabía de contento. Después de aquello no dejaba de reclamar una guitarra a su tía. Pero ella seguía sin ganar lo suficiente. Las guitarras eran caras en aquella época, sobre todo las Gibson.

—Lo sé.

—Pero lo que sí hacía era traerle elementos, piezas que tenían defectos de fabricación y que eran rechazadas. De este modo Harold pudo fabricarse una segunda guitarra acústica que, según Doris, no funcionaba bien. Seguía reclamando una auténtica guitarra, cosa que para él significaba una eléctrica. Parecía fuera del alcance de su tía pero, ante la insistencia de Harold, prometió que lo intentaría. Unos días antes de sus dieciocho años, Harold notaba que iba a pasar algo. Doris me dijo que no lo había visto jamás tan entusiasmado.

—Espera, déjame calcular... Nació en mayo de 1939, o sea que estamos en mayo de 1957. Encaja perfectamente.

—El día tan esperado llegó y finalmente recibió una guitarra... una auténtica guitarra Gibson.

—¿La Moderne?

—No, una acústica...

—Ah...

—Le dio las gracias a su tía lo más amablemente que pudo, pero estaba muy decepcionado. Tocó con ella una semana, antes de tomar una decisión.

—Te escucho.

—Quería robar una guitarra. Su tía le había hablado en varias ocasiones de una sala en el sótano en la que se almacenaban las guitarras defectuosas antes de destruirlas, y decidió ir allí una noche.

—Y...

—«Y volvió con una guitarra absolutamente horrorosa» —dijo Lorraine, imitando la voz temblorosa de Doris Clay.

—La Moderne...

—Sí, le he enseñado una foto y ha confirmado que se trataba de esta guitarra. La ocultó durante un mes y, dado que su tía no le comunicó ningún hurto en la fábrica, Harold terminó por mostrársela. Había quitado el logo y la había pintado de negro. Cambió la guitarra acústica de su cumpleaños por un ampli y explicó a su tía que había obtenido la nueva guitarra y el ampli contra la que ella le había regalado. Harold estaba feliz, o sea que su tía Albennie también. A partir de entonces «comenzó a hacer sonidos todavía más raros».

—¿Tiene Doris fotos de esta guitarra?

—Sabía que me lo preguntarías. Por desgracia, no. He cogido tres fotos de él a los dieciocho años, pero ninguna con su guitarra. Mira.

Se trataba de fotos de familia. Harold parecía taciturno y, en efecto, no había ni rastro del instrumento. Lorraine continuó:

—Odiaba las fotos, a causa de su vista. Los flashes le resultaban insoportables. Pero Doris me contó cómo utilizaba su guitarra.

—Dime.

—Aproximadamente un año después del robo, con ocasión de una visita a Kalamazoo de sus tres hermanos y su tía de Chicago, Harold organizó un pequeño concierto de bienvenida. Cerró el salón durante toda una tarde para acondicionarlo y, por la noche, toda la familia oyó cómo una voz cavernosa anunciaba el principio del show. El salón solo estaba iluminado con unas velas. Luego «surgió un sonido espantoso». Todo el mundo creía que había un problema. Se encendieron luces rojas en dirección a Harold. Daba la espalda al público, con su guitarra frente al pequeño ampli. Doris me dijo que había escrito «Li Grand Zombi» en letras sanguinolentas en una sábana que había colgado, cosa que contrarió fuertemente a tía Albennie. Y luego «hubo un montón de sonidos horrorosos» y Harold, en fin, Li Grand Zombi, se giró. Se había afeitado la mitad de la cabeza y maquillado la cara para parecerse a un muerto viviente. Había desgarrado la ropa, que estaba recubierta de tierra. Sus hermanos comenzaron a reírse y la pieza comenzó de verdad. «Estaba tan fuerte que toda la casa temblaba.» Se taparon los oídos y comenzaron a chillar que se detuviera, y la tía de Chicago salió. Los demás se quedaron poniéndose papel o lo que encontraban en las orejas. Li Grand Zombi tocó varios temas. No todos eran insoportables, según Doris, pero paradójicamente los más tranquilos eran los más terroríficos... porque se entendían las palabras. No hablaba más que de cosas espantosas, de muerte y de putrefacción. Tía Albennie quedó horrorizada del todo y terminó por sentirse mal, lo cual hizo interrumpir el concierto.

—Me habría encantado estar ahí.

—A mí también. Doris me dijo que Harold había hecho un montón de cosas raras con la guitarra, que frotaba las cuerdas con diferentes objetos, entre ellos un hueso de animal. Y que también caminaba encima de ella.

—¿Caminó sobre la Moderne?

—Eso parece... Todos los miembros de la familia consideraron que era vudú, lo cual los incomodó enormemente. Eran baptistas y muy practicantes. En los días que siguieron al concierto, tía Albennie no se sintió bien, y prohibió a Harold que volviera a tocar en la casa, cosa que él respetó. También a él le sorprendió la reacción de su público, y temió por su tía. Se sintió mal. Para tía Albennie, lo que había pasado era muy grave. Hablaba de ultraje, de blasfemia, y decía que no era la primera vez que aquello se producía. Recordó la historia del órgano en la iglesia. Pero lo que más sorprendió a tía Albennie estaba relacionado con otra cosa...

—¿Peor que la blasfemia?

—Sí... Porque, si el espectáculo parecía una función colegial —quizás porque Harold se había inspirado en películas de terror que había visto a escondidas en el cine, o en lo que hacía Screamin' Jay Hawkins en la época, que salía de un ataúd y llevaba collares de huesos—, expresaba sin duda algo más profundo, que inquietaba mucho a tía Albennie.

—¿Qué?

Lorraine parecía dudar si contarme lo que seguía.

—Te lo voy a explicar, pero a mí misma me cuesta creerlo. Si es cierto, es... un descubrimiento... muy interesante. Convertiría a Li Grand Zombi en uno de los músicos más malditos de la historia y en un objeto de estudio absolutamente... *fascinante*.

—Ya lo es. Venga, cuenta.

—Una noche, unos días después del concierto, Harold y Doris sorprendieron una conversación entre tía Albennie y su hermana de Chicago. Tía Albennie contaba que Edmonia, la madre de Harold, le había confesado un secreto poco tiempo antes de su muerte. Un secreto que tía Albennie había prometido que no revelaría, pero que ya no podía dejar de comentarle. Durante el verano de 1938, después de siete años de matrimonio, Edmonia tuvo una aventura con un hombre «de encanto magnético», que había dado un concierto en Greenwood. Era un cantante y guitarrista sorprendente, de manos largas y de mirada hechizante. Y Harold era el hijo de este músico, y no de Clarence Clay.

Iba viendo cómo se perfilaba la continuación, pero no llegaba a creerlo... Lorraine prosiguió:

—Este guitarrista de paso, con el que Edmonia había pasado una noche de amor fabulosa, le había dejado uno de sus discos como recuerdo. Tía Albennie se lo mostró a su hermana de Chicago, antes de volverlo a guardar en su escondrijo, detrás de un armario. Al día siguiente, Harold y Doris fueron a sacarlo de allí. Y el nombre del músico inscrito en la carátula del disco era...

—*Robert's son* —murmuré comprendiendo de repente por qué Li Grand Zombi había añadido Robertson a su seudónimo.

—Sí, ya lo has entendido. Era Robert Johnson.

33

Oxford, Mississippi.

NO PODÍA CREER LO QUE ESTABA OYENDO. AQUELLA HISTORIA sobre la maldición que se transmitía de generación en generación engendraba en mí una sensación indescriptible y vertiginosa. Intenté mantener el pragmatismo:

—¿Cómo reaccionó Harold?

—No dijo nada, pero a partir de aquel momento escuchó una vez tras otra el disco que había dejado Robert Johnson. Doris cuenta que tía Albennie confió que nunca se había creído del todo la historia de Edmonia hasta aquel concierto. Pero dado que ahora estaba comprobado, aquello convertía a Harold casi en un extraño. Tía Albennie también estaba muy inquieta porque sabía que Robert Johnson había muerto dos días después de su concierto en Greenwood. Se decía —y se sigue diciendo— que al parecer lo envenenó un marido celoso.

—¿El padre de Li Grand Zombi?

—Nunca lo podremos saber, así que prefiero no aventurarme en estas hipótesis. Robert Johnson tuvo muchas conquistas y dejó muchos hijos tras de sí. De maridos celosos debió haber unos cuantos.

—¿Las fechas se corresponden?

—Robert Johnson murió el 6 de agosto de 1938, Li Grand Zombi nació el 4 de mayo de 1939, en Greenwood, nueve meses después, casi exactos.

—Esto quiere decir que la concepción de Li Grand Zombi pudo haber provocado la muerte de Robert Johnson...

—Repito, no quiero aventurarme. Doris no me dijo nada que pudiera sugerirlo. Sea como fuere, tía Albennie estaba muy preocupada, porque también conocía la leyenda que rodeaba a Robert Johnson, su pacto con el diablo. Así que, para ella, lo que tocaba Harold era más que una música extraña o desagradable: era la música del diablo. Y solo podía tocar aquella música *a pesar de* sí mismo, porque ella lo consideraba un buen chico, el resto del tiempo. Llegó a decir que Harold estaba poseído. Quiso quemar su guitarra, pero él la recuperó a tiempo y la escondió en seguida. De todos modos, ya no le dejaban tocar música en casa.

—¿Respetó esta prohibición?

—En apariencia, sí. Pero según Doris, se levantaba cada noche para ir a tocar en secreto en el sótano. Y de día, cuando tía Albennie no estaba, escuchaba a Robert Johnson. Las cosas se arreglaron y, un año y medio más tarde, Harold anunció que se iba a Chicago a encontrar trabajo. Volvió dos meses más tarde, muy orgulloso, con un disco. *Su* disco. Doris no sabe qué esperaba él, pero evidentemente tía Albennie se horrorizó cuando él le enseño la carátula y descubrió su seudónimo: Li Grand Zombi *Robertson*. Por no hablar del título de la cara B. Se negó a escuchar el disco e incluso a hablar de él. Ella le dijo que solo se podría quedar en casa si dejaba la música, y entonces Harold decidió abandonar definitivamente el hogar familiar. Abrazó a Doris y se fue, solo con su guitarra.

—Fue en aquel momento cuando regresó a Chicago para grabar el álbum...

—Sí, sin dejar dirección. Doris me dijo que, unos días más tarde, tía Albennie había escuchado «Half Moon Blues» y la cara B, «que no funcionaba». Pero «Half Moon Blues» bastó para que echara el disco a la chimenea. Estaba horrorizada por la música y la letra, y temía que el nombre de su familia se asociara a aquel disco. Hablaba de maldición y prohibió a Doris que intentara ver a su hermano, cosa que ella aceptó con toda la pena del mundo.

—¿Qué pasó a continuación?

—Harold no dio ninguna noticia, pero unos meses más tarde su productor llamó a casa para saber si estaba ahí. Tía Albennie y Doris se enteraron así de que había habido un incendio en el estudio, un incendio del que Harold era más o menos responsable y del que salió parcialmente quemado. Para tía Albennie, aquella historia confirmaba la amenaza que hacía pesar sobre la familia. Un tiempo más tarde tía Albennie regresó con Doris a Mississippi, a Greenwood. Luego Doris se fue de casa y tía Albennie se volvió a casar. Durante años no tuvieron más noticias de Harold, que tampoco las daba a sus hermanos de Chicago. Hasta un día de 1966 en que Doris recibió una llamada de tía Albennie. Le anunciaba que Harold había ido a su casa, a Greenwood, y que no estaba bien. Doris corrió hasta él. Harold había adelgazado mucho, tenía la cara medio quemada y casi no hablaba. Cuando le preguntaron dónde había pasado todos aquellos años, siete años de ausencia, solo contestaba «en casa de Jungle Jack», sin mayores precisiones. Y no contaba lo que había hecho. Lo único que decía es que iba a morirse y que quería que lo perdonaran por el mal que había causado.

—¿Estaba enfermo?

—Sí, mucho.

—¿De qué?

—No está muy claro, pero estaba muy débil... Murió dos semanas después de su regreso. Doris ya había vuelto a Corinth cuando él falleció, y no pudo volver para el entierro, que se hizo de manera precipitada. Sus tres hermanos no fueron a verlo mientras estaba enfermo y tampoco asistieron al funeral.

—Qué sórdido...

—Sí. Doris me dijo, y resultaba terrible para ella, que tía Albennie se había sentido aliviada de que aquello terminara así... Se convirtió en un tema tabú. Nadie le había vuelto a hablar de Harold hasta que yo la fui a ver —dijo Lorraine, antes de hacer una pausa—. Ya está, creo que te lo he contado todo.

—Me has dicho que tía Albennie se había vuelto a casar cuando volvió a Greenwood...

—Sí, pero su marido murió hace años.

—¿Así que tu pista se detiene aquí?

—En todo caso de momento.

—¿Fuiste a ver la tumba de Li Grand Zombi?
—Todavía no. Te esperaba a ti.

Fuimos al cementerio al día siguiente. Estaba situado a dos millas al norte de Greenwood, en Money Road, cerca de una iglesia, la Little Zion Missionary Baptist Church. Allí se encontraba también una de las tres tumbas de... Robert Johnson, las otras dos estaban situadas a unas veinte millas al suroeste de Greenwood, en Morgan City y Quito. La tumba del *bluesman* estaba situada en la linde de un bosquecillo de robles. Llegamos delante de la estela de granito situada directamente sobre el suelo, en medio de hojas secas. La gente había dejado a sus pies velas, flores, collares, botellas de whiskey y latas de cerveza. Se podía leer: «Robert L. Johnson, 8 de mayo de 1911 – 16 de agosto de 1938, músico y compositor, influyó a millones de personas más allá de su época». Justo debajo, un encarte reproducía un texto que se presentaba como escrito de su puño y letra, poco tiempo antes de su muerte, y preservado entre los documentos familiares por su hermana Carrie H. Thompson: «Jesús de Nazaret, rey de Jerusalén, sé que mi redentor está vivo y que llamará desde la tumba».

Nos recogimos un momento, luego fuimos en busca de la tumba de Li Grand Zombi. Necesitamos varios minutos para encontrarla, pero estaba ahí, más lejos en el bosque. Una pequeña estela abandonada, algo torcida, con las letras medio grabadas:

Harold Clay, 4 de mayo de 1939 – 6 de junio de 1966

La limpiamos y dejé allí un plectro.

34

Ole Miss, Mississippi.

HABÍA APRENDIDO MUCHO SOBRE LI GRAND ZOMBI, Y LAS FOTOS en las que aparecía constituían nuevas pruebas materiales de su existencia. Envié versiones digitales a lord Winsley y le comuniqué cómo había obtenido Harold la Moderne, directamente de la fábrica Gibson de Kalamazoo. El hecho de que viviera allí en 1957 también constituía una prueba. Lord Winsley me preguntó si había grabado el testimonio de Doris y le contesté que no. Después de pensar un poco, me dijo que el testimonio de una anciana que no tenía mucha idea sobre guitarras no ayudaría en absoluto a convencer al experto de la aseguradora. Pese a todo, lord Winsley estaba satisfecho con mis avances y me incitó a perseverar.

Decidí quedarme en Ole Miss en compañía de Lorraine. Me sumergí en la música y la vida, ambas extrañas y fascinantes, del presunto padre de Li Grand Zombi, Robert Johnson, en busca del menor detalle que pudiera ayudarme.

Lorraine me explicó que ni siquiera se sabía cuándo había nacido, aunque a menudo se establecía la fecha del 8 de mayo de 1911. En cualquier caso fue entre 1909 y 1912 en Hazlehurst, un pueblecito de Mississippi situado a treinta millas de la capital, Jackson.

Su madre, Julia Majors, se había casado con un artesano y pequeño propietario agrícola, Charles Dodds, en 1889. La pareja había vivido más o menos apaciblemente durante casi veinte años, en el curso de los cuales habían tenido diez hijos. Pero un día, Charles Dodds se peleó con otros propietarios más ricos y abandonó precipitadamente Hazlehurst para evitar el linchamiento. Según una leyenda familiar, huyó disfrazado de mujer. Entonces se instaló en Memphis, mientras que Julia se quedó en Hazlehurst con dos de sus hermanas. De vez en cuando enviaba los niños con Charles, uno solo cada vez, para que vivieran un poco con él. En el curso de aquel difícil período, Julia conoció a un trabajador del campo itinerante, Noah Johnson, y Robert, fruto de una relación ilegítima, como lo fue más tarde Li Grand Zombi, vio la luz.

Poco tiempo más tarde, Julia fue expulsada por impago de impuestos y se puso a trabajar como obrera agrícola de plantación en plantación. Fue una de sus hermanas mayores la que se ocupó de Robert hasta 1914, fecha en la que el niño fue a vivir con Charles Dodds, que había cambiado de apellido y ahora se llamaba Charles Spencer, en Memphis. Unos años más tarde, su madre se volvió a casar y Robert regresó a vivir con ella a Mississippi, en Robinsonville, a treinta millas al sur de Memphis. Aprendió a tocar el arpa de boca, se pasó a la armónica y luego a la guitarra. Conoció a un *bluesman* de Robinsonville, Willie Brown, que a menudo tocaba junto a Charley Patton, el padre del blues del Delta. En 1929, Robert, que por entonces tenía unos diecisiete años, se casó con Virginia Travis, de quince años. Vivieron en casa de la hermanastra de Robert, en una plantación cerca de Robinsonville. Sin duda fue un período feliz para Robert. Cada vez se pasaba más tiempo tocando la guitarra y su mujer esperaba un hijo. Pero entonces lo golpeó una desgracia: Virginia murió en el curso del parto, así como el bebé, en abril de 1930.

Poco tiempo más tarde, Robert Johnson conoció a Eddy James «Son» House y descubrió su música áspera y conmovedora, que lo afectó profundamente. Se puso a seguirlo por todas partes. Son House, así como su amigo Willie Brown, actuaban principalmente en los *juke joints*, establecimientos de ocio reservados a los trabajadores negros de las plantaciones abiertos a partir de las leyes Jim Crow y la aplicación de la doctrina «separados pero iguales». Situados en las afueras de las poblaciones, aquellas modestas barracas de madera o aquellos viejos graneros miserablemente acondicionados eran los únicos espacios de libertad para aquellos trabajadores, su bastión y su válvula para dejar escapar, al menos durante unas horas, la presión a la que estaban sometidos. Se podía beber y comer, conocer a gente, apostar la pobre paga a juegos de azar, comprar algo de comida o whiskey de contrabando para olvidar. Sobre todo se escuchaba música y se bailaba. Interpretaban ragtime y boogie-woogie desde las décadas de 1880 y 1890 y luego, a partir de 1917, como me precisó Lorraine, blues.

Robert Johnson frecuentó asiduamente los *jukes joints* a partir de 1931. Cuando Son House hacía una pausa y salía a tomar el fresco o a fumar un cigarrillo, Robert, sin que nadie se lo pidiera, cogía la guitarra. Pero su manera de tocar enloquecía a la gente, que salía exigiendo que lo detuvieran. Son House aconsejó a Robert Johnson que abandonara la guitarra y se consagrara a la armónica, para la que al parecer tenía muchas cualidades. Robert aceptó mal esta afrenta y abandonó Robinsonville para regresar cerca de su lugar de nacimiento, Hazlehurst, quizás en busca de su padre biológico. Se instaló en Martinsville y se pasó un año... antes de regresar a Robinsonville.

El hombre que volvía a aparecer estaba transfigurado. El antiguo chaval que reventaba los oídos de su público maltratando su instrumento había dejado su lugar a un hombre hecho y derecho, de voz cautivadora y que tocaba la guitarra con una delicadeza desconcertante. Causaba sensación por todas partes y los músicos que había frecuentado anteriormente se inclinaron unánimemente ante su talento. El propio Son House se consideró superado por aquel prodigio. Un tal virtuosismo, obtenido tras una ausencia de un año, parecía extraordinario. Y en una región en la que la religión y el vudú estaban muy anclados, se creyó que aquel don era sobrenatural. La gente pensaba que Robert Johnson debía haber pactado con el diablo a cambio de aquel talento. A él mismo le gustaba contar que se había adormecido en un cruce de caminos cerca de Clarksdale y que una sombra gigantesca que llevaba un enorme sombrero lo despertó. La aparición cogió la guitarra, la volvió a afinar y tocó unas notas antes de desaparecer. Y a partir de aquel momento tocó de aquella manera.

Lorraine me explicó que aquella historia, probablemente contada por Robert Johnson para fundamentar su leyenda, se inspiraba casi literalmente en la de un *bluesman* anterior, Tommy Johnson, que pretendía haber vendido voluntariamente su alma al diablo. En realidad, Robert Johnson había pasado el año con un *bluesman* originario de Alabama, llamado Isaiah «Ike» Zimmerman. Ike vivía con su mujer en una casa confortable situada cerca del cementerio de Beauregard, no muy lejos de Hazlehurst. Era un guitarrista e intérprete de armónica de talento, y sobre todo un excelente profesor. Se convirtió en el mentor de Robert Johnson, y se pasaban todo el tiempo tocando juntos. De día, Ike acogía a Robert en su casa y, de noche, para no molestar a su mujer, llevaba a Robert hasta el cementerio. A veces tocaban hasta el amanecer, sentados sobre las tumbas.

Siguió un período en el que Robert Johnson actuó como músico itinerante. Lo típico era que cuando llegaba a una nueva población, se instalara en una calle concurrida y tocara temas de moda hasta que alguien alquilaba sus servicios para una fiesta. Se quedaba unos días en la localidad o por los alrededores, según las oportunidades y, con unos dólares en el bolsillo, saltaba a un tren de mercancías, un autobús o a la parte trasera de una carreta, dejando que la carretera, su único hogar de verdad, lo guiara hacia el siguiente destino. De esta manera Robert Johnson surcó Mississippi y los estados adyacentes, multiplicando las amantes y cambiando de nombre para borrar su rastro y evitarse problemas. Johnny Shines, a quien acompañó a Chicago y a Nueva York, a Texas y a Kentucky, contó que, pese a que tocaban en calles polvorientas y en tugurios cochambrosos, Robert Johnson aparecía siempre «limpio como si saliera de una iglesia en domingo».

En una habitación de hotel en San Antonio, en Texas, hizo su primera grabación, en 1936; la segunda y última data del año siguiente, en Dallas. Veintinueve canciones en total. Murió poco tiempo más tarde, en 1938, en Greenwood, sin doctor, ni sacerdote, ni nadie a su lado, entre los sufrimientos causados por la sífilis o quizás envenenado por un marido celoso –se hablaba de estricnina en una botella de whiskey– a la edad probable de veintisiete años.

Sabía que sus canciones, muchas de las cuales evocaban explícitamente al diablo, habían influido a numerosos grupos británicos de la década de los sesenta, como los Stones, Cream o Led Zeppelin y, más tarde, a grupos estadounidenses como los Red Hot Chili Peppers o los White Stripes. Para Lorraine, no había razón para que aquello se detuviera. «Las leyendas no mueren nunca.»

Escuché una y otra vez a Robert Johnson. Su manera de tocar la guitarra parecía sobria a la primera escucha, pero si se prestaba mayor atención y, más todavía, si se intentaba reproducir, resultaba extraordinariamente técnica. Alternaba o mezclaba acordes o partes melódicas con líneas de bajo tocadas con el pulgar, lo cual daba la ilusión de que había dos guitarristas al mismo tiempo. También descubrí historias extrañas sobre su guitarra, una Gibson, y sobre sus grabaciones. Así, es posible que, a causa de un problema técnico, algunas de sus canciones quedaran aceleradas por error, aproximadamente un veinte por ciento, lo cual nos engañaría no solo acerca de su velocidad de ejecución, sino también sobre la tonalidad de su voz, que sería mucho más grave y profunda, más sutil e inquietante.

Había como para pasarse una vida entera explorando las historias paralelas de aquel personaje escurridizo, pero yo tenía prisa. Observé que Li Grand Zombi reivindicaba la influencia de Robert Johnson en una época, a finales de los años cincuenta, en que su notoriedad todavía era muy baja, justo antes de su redescubrimiento en los años sesenta. Si aquello no era una prueba, sí era un signo suplementario de una filiación espiritual tenaz. Por desgracia, aquello no llevaba a nada en concreto.

Ídem en lo referente a aquel misterioso «Jungle Jack», en cuya casa Li Grand Zombi Robertson había vivido siete años después del incendio del estudio. Ni nombre real, ni lugar, ni profesión. Nada.

Comenzaba a deprimirme de verdad.

Una noche de desesperación en la que fui solo a un café de Oxford, me encontré a Joey, el chico que había intervenido en el programa de radio de Vince.

Estaba solo en el mostrador y... decidí sentarme a su lado.

35

Oxford, Mississippi.

JOEY ME RECONOCIÓ Y COMENZAMOS A CHARLAR. NO ME REPROCHABA en absoluto lo que había pasado en el programa de Vince y concentraba su rencor en Lorraine.

—Es completamente obtusa, no comprende nada de nada. Pasa sin darse cuenta al lado de un montón de cosas —soltó.

—Es más bien rigurosa, esto es cierto, un poco seria, pero...

—Le falta curiosidad, es un problema si quieres investigar.

No estaba de humor para contrariar a Joey y, dado que no tenía ninguna inquietud de cara a la carrera académica de Lorraine, le dejé hablar. Joey prosiguió:

—Esquiva fragmentos enteros de la realidad, se cree que la puede reducir a lo que es...

Joey no lograba formular la continuación, pero no lo necesitaba: pensaba que Lorraine reducía la realidad a lo que es. No estaba de acuerdo con él. Sabía que Lorraine era creyente y, en líneas generales, muy abierta. Más bien era yo el que me reconocía en el retrato de infame materialista que estaba dibujando Joey. Volví a pensar en lo que me había dicho lord Winsley, la noche en que había dormido en su casa: «Es preciso creer para ver», mientras que mi tendencia natural iba la inversa. Pero todavía no había bebido suficiente cerveza como para filosofar correctamente.

Pedí dos cervezas, una para mí y la otra para Joey, e intenté orientar la discusión hacia temas más cercanos a mis preocupaciones inmediatas.

No quería hablar directamente de Li Grand Zombi para no rememorar a Joey aquel episodio doloroso. Así que pregunté, con indiferencia:

—¿Conoces historias sobre guitarras?

—¿Historias sobre guitarras?

—Sí.

—Desde luego. Hay bastantes. ¿Por qué me lo preguntas?

—Busco ideas para un artículo.

—Ya veo...

Joey me recordó que Keith Relf, el cantante de los Yardbirds, había muerto electrocutado por su guitarra. Me contó que la Gretsch de Eddie Cochran fue encontrada intacta sobre la hierba después del violento accidente de coche que le costó la vida al rockero. Yo sabía que era una guitarra de caja, o sea, un instrumento frágil. Finalmente, relató la historia inverificable de una guitarra maldita que alguien habría desmontado: quien poseía aunque solo fuera una pieza moría unas semanas más tarde. Prefería volver a mi tema.

—Es apasionante. ¿Has oído hablar de aquella guitarra, de la que no se sabe realmente si existe...?

—¿Quieres hablar de la Moderne?

Me quedé sorprendido. No solo Joey la conocía, sino que era como si aquella guitarra no tuviera ningún misterio para él. Yo estaba entusiasmado:

—¡Exactamente, la Moderne!

—Desde luego que la conozco. Y ha existido.

Intenté disimular mi excitación:

—¿En serio?

—Al principio, Ted McCarty diseñó una serie de tres guitarras, absolutamente delirantes. Debían impulsar las ventas de Gibson, y era importante que hubiera tres.

—¿Por qué?

—Pues bien, las guitarras tienen seis cuerdas. Tres guitarras significa 6-6-6. El número del diablo...

—¿Ah, sí? ¿Esta es la razón? —pregunté, medio derrumbado.

—Sí. Y si te fijas bien, los otros dos modelos conocidos, la Flying V y la Explorer, están entre las guitarras predilectas para el metal. En particular el metal satánico.

—Interesante. Pero, en realidad, solo se produjeron dos. Dos por seis igual a doce... No funciona.

—Sin duda McCarty tuvo miedo. Tenía que quedar en secreto. En resumen, se las apañó para que se hablara solo de dos guitarras y que se olvidara la tercera.

No insistí. Lo que contaba Joey no tenía ningún sentido, pero conocía la Moderne, el nombre de los otros dos modelos y el de su creador. Quizás, entre dos divagaciones, Joey me revelaría un elemento crucial.

—OK. ¿Pero cómo sabes que ha existido? —insistí.

—Porque Billy Gibbons tiene una.

Estaba muy decepcionado. Era una de las primeras cosas que había verificado y no había necesitado mucho tiempo para comprender que era falso.

—Nunca la sometió a un peritaje.

—¿Para qué? ¿Tu harías un peritaje de tu novia para saber si es de verdad?

Era mejor detenerse allí. No obstante, quería asegurarme de que no me estaba perdiendo algún detalle interesante.

—¿Hay otras pruebas de la existencia de la Moderne?

—No, que yo sepa.

Y ahí estábamos. ¿Qué esperaba? De repente, Joey prosiguió:

—Dicen...

Visiblemente, esperaba que yo lo alentara.

—¿Qué dicen...? —propuse.

—Dicen... que Hendrix...

—¿Dicen que Hendrix...?

—Dicen que Hendrix tenía una —dijo Joey en voz baja, procurando que nadie nos oyera.

—¿Hendrix, nada más y nada menos?

—Sí... Al parecer la utilizó para las grabaciones de *Electric Ladyland*, en el tema «1983» en particular. De hecho, utilizaba la Stratocaster o su Flying V pero, en estudio, le costaba tocar durante mucho tiempo sentado con la Flying V. Así que pidió a Gibson que le construyeran una V con la que pudiera tocar cómodamente, y en este punto debieron fabricar la Moderne.

—Pero *Electric Ladyland* es de 1968 así que, ¿ya no estamos hablando de la Moderne de 1957?

—Sí, tal vez le dieron una de 1957.

Pensé un momento... Era cierto que la parte cóncava de la Moderne debía convertirla en una guitarra más cómoda de tocar sentado que una Flying V, pero...

—Hendrix era zurdo, tenía todas sus guitarras al revés. Así que no cuela —observé.

—Quizás le fabricaron un modelo invertido.

—Pero entonces ya no sería una de 1957...

Joey estaba turbado. Tardó unos segundos en comprender que una guitarra no podía haber sido fabricada en 1957 y once años más tarde a la vez.

—Escucha, no se sabe exactamente. Sobre todo porque Hendrix no la quería mostrar a nadie. La prueba es que en el escenario utilizaba una simple Flying V.

—Entonces, ¿cómo sabes que utilizaba una Moderne en el estudio? —pregunté.

—Lo he leído en alguna parte.

—¿En Internet?

—*Evidentemente* en Internet.

Por mi parte, yo no había visto esta información y, si alguien había repasado absolutamente todo lo que se decía sobre la Moderne en Internet, ese era yo. De todos modos, pensé comprobarlo más tarde. Las guitarras que habían pertenecido a Hendrix alcanzaban cotas... estratosféricas. Una Moderne de Hendrix, ni me atrevía a imaginarlo...

—¿Y Hendrix había elegido la Moderne por sus virtudes satánicas? —pregunté por si acaso, ya puestos...

—A Hendrix le tiraba más la ciencia ficción —me contestó Joey—. Que yo sepa, no le molaban estos rollos. Contrariamente a los Stones o a Led Zeppelin.

—¿Sabes que visité una casa que pertenecía a Jimmy Page?

—¿Ah, sí? ¿Dónde? —preguntó Joey, interesado.

—En Escocia.

—¿Boleskine House? ¿Has visitado Boleskine House? —dijo Joey con los ojos abiertos de par en par.

Me sorprendió que conociera el nombre de la mansión.

—Exactamente. ¿Eres fan de Led Zeppelin? —dije, encargando dos cervezas al barman con un signo de la mano.

—No, en realidad no. Aunque Jimmy Page es un guitarrista fantástico. En cambio, como a él, me apasiona Crowley.

—¿Aleister Crowley?

—Sí. Jimmy Page estaba fascinado por la magia negra y por Crowley, uno de los mayores magos del siglo xx. Por este motivo compró la mansión de este último, Boleskine House.

Sabía que Crowley había influido en Led Zeppelin, los Beatles (es el segundo personaje, arriba a la izquierda, de la carátula de *Sgt. Pepper*), Bowie, Ozzy Osbourne y muchos otros artistas, de Iron Maiden a Marilyn Manson. También sabía que el ocultista había inspirado a Anton LaVey para su *Biblia satánica*. Pero ignoraba que Page hubiera comprado Boleskine House porque Crowley hubiera residido allí. ¿Y para lord Winsley? ¿También había sido importante este parámetro?

—¿Conoces bien a Crowley, pues? —pregunté a Joey.

—Sí, he leído lo esencial de su obra.

—Que es...

—*El libro de la Ley*.

—¿Y?

—Un texto muy rico... pero el mensaje que transmite es: «No hay ley más alta que Haz lo que quieras.»

—Haz lo que quieras... —repetí.

Comencé a sudar. Lord Winsley me había soltado esta expresión con fuerza, la noche de nuestro encuentro: «*¡Es preciso hacer lo que uno quiere! Es una ley que no debe ser objeto de ninguna excepción*». Y después la había utilizado a menudo bajo diferentes formas. El lord había adquirido Boleskine House no a causa de un interés por Jimmy Page, sino por un interés por la misma filosofía. De hecho, recordaba que había dicho que había aconsejado aquella mansión a Page... Joey prosiguió:

—Sí. De hecho, la expresión no es suya. Procede de un libro que se llama *Gargantúa*, de un autor francés...

—¿Rabelais?

—Exactamente. Es Rabelais quien describe la abadía de Thelema, en cuyo seno la comunidad vive según este principio: *Haz lo que quieras*. Es la base del satanismo moderno. De hecho, no me has dicho a quien pertenece hoy la mansión...

—A lord Winsley. Lord Charles Dexter Winsley.

Todo comenzaba a mezclarse en mi cabeza, y preferí dejar a Joey.

En el balcón de mi motel, en el calor asfixiante de Mississippi, reflexioné en aquel vínculo que se me había escapado, o que no había querido ver, pero que ahora aparecía claramente, que parecía enlazar todo lo que me había sucedido en los últimos meses, desde que había conocido a lord Winsley... el diablo. Iba en busca del instrumento más valioso y maldito de lo que algunos consideraban como *Su* música... Sabía que su sombra pesaba sobre toda la que me gustaba y estudiaba, de Robert Johnson a Jimmy Page, de los Stones a los Beatles, pero también en la de Li Grand Zombi. Pero siempre había considerado el satanismo en el rock como pura comedia, como dar una vuelta en el tren fantasma; divertirse dándose miedo sin peligro. Ahora me daba cuenta de que quizás la cosa era más seria: la idea del diablo o de Satán estaba escondida hasta en la consciencia de mi cliente. No solo escondida, reivindicada. ¿Dónde me había metido?

Comencé a sentir miedo. Aquella historia de la guitarra me llevaba a territorios cada vez más pantanosos y oscuros. Tenía la impresión de que perdía el control. Pero no quería abandonar. El millón de dólares que me esperaba me ofrecía la posibilidad de escapar a toda atadura para dedicarme a mi arte. Era el precio de mi libertad. Hacer... lo que quisiera.

De todos modos, ya había ido demasiado lejos, no podía retroceder. Me puse a buscar de nuevo en la página de Bruce, pero no había cambiado nada. ¿No había nada que anunciar o bien la página estaba a la deriva?

Me informé acerca del asesinato del lutier de Dickson y ahí sí me topé con noticias frescas... La investigación del sheriff MacGuffin lo llevaba ahora bajo el sol de Miami, sin que se explicara claramente la razón. Algo se me debía haber escapado...

Entonces me sumergí en Crowley. Recordé de repente que en Boleskine House había un viejo ejemplar de *Gargantúa* en mi mesilla de noche. Lo había hojeado rápidamente antes de acostarme. Joey me había hablado de la abadía de Thelema, y en Internet vi que provenía del griego antiguo θέλημα, «voluntad», quizás en el sentido de «voluntad divina». Luego descargué el *Gargantúa* y comprendí que, en Rabelais, el término significaba más bien «libre albedrío».

Exponía los principios de la abadía en el penúltimo capítulo. Era un momento clave del libro, la presentación de su ideal humanista, la primera utopía de la literatura francesa, en 1535: una abadía abierta, mixta, constituida por gente bien educada, libre y realizada. «Eran tan noblemente instruidos que entre ellos no había nadie que no supiera leer, escribir, cantar, tocar instrumentos armoniosos, hablar cinco o seis lenguas y componer en estas, tanto en verso como en prosa».

La organización de la abadía era exactamente la opuesta a la de la vida monacal: bebían y comían según sus ganas, el régimen mixto no solo se autorizaba, sino que se alentaba –hombres y mujeres se hablaban, se seducían y se casaban– y uno podía salir de ella. No existía jerarquía, todos eran libres e iguales y no obedecían más que a sus deseos y a aquella cláusula única: «Haz lo que quieras».

La continuación de mis investigaciones me llevó a regiones más esotéricas, por no decir delirantes, porque casi cuatrocientos años más tarde, la «ley thelemita» volvió a aparecer bajo la pluma de Aleister Crowley, que pretendía haberla recibido de Rabelais en el curso de su luna de miel en Egipto en 1934 a través... de una entidad llamada Aiwass. A razón de una hora por día durante tres días, Crowley escribió en El Cairo los tres pequeños capítulos que componen *El libro de la Ley*, en el que se puede leer: «Quien nos llame *thelemitas no se equivocará, si mira la palabra de cerca. Porque oculta Tres Grados, el Eremita y el Enamorado y el hombre de la Tierra. Haz lo que quieras será toda la Ley*».

Crowley formaba parte entonces de una sociedad secreta inglesa dedicada al ocultismo, el Orden Hermético del Alba Dorada, a la que presentó su obra. Uno de los fundadores lo tomó por loco, pero otro lo animó y creó un ritual para que Crowley pudiera comunicar de nuevo con su ángel de la guarda, Aiwass. Ritual que practicaría en... Boleskine House.

Crowley había sido educado en un ambiente religioso muy estricto contra el que se rebeló al morir su padre. Cuando tuvo edad de heredar su fortuna, comenzó a dilapidarla en proyectos nebulosos y megalómanos a través del mundo. Como el de ser el primer hombre en llegar a la cima del Kangchenjunga, una de las cimas del Himalaya. La expedición se saldó con un fracaso, y con la muerte de un alpinista y de tres porteadores. Debido a la acción conjugada de su consumo de heroína, de sus extravagancias sexuales y de sus escritos pro-alemanes, fue expulsado de cada país en el que se instaló. Terminó por regresar a Inglaterra, donde murió, arruinado, en 1947, de una bronquitis consecuencia de su uso excesivo de estupefacientes.

Me encontraba lejos de la imagen de dandi, de mago romántico, misterioso y provocador gracias a la cual sigue siendo uno de los iconos de la cultura rock.

Cuanto más aprendía sobre Aleister Crowley, más me preguntaba sobre su influencia sobre lord Winsley. Me acordé que había pronunciado fragmentos de discursos que encontraba casi al pie de la letra bajo la pluma de Crowley. Una filosofía que había inspirado a Anton LaVey para la fundación de su Iglesia de Satán en 1966, que por su parte se relacionaba de cerca con el ambiente del rock'n'roll de la época. ¿Y si...?

Pero la fatiga pudo conmigo y me derrumbé sobre el ordenador.

36

ME DESPERTÓ LORRAINE, QUE ME LLAMÓ MUY ENTUSIASTA PARA anunciarme que Vince había «recibido un paquete muy interesante aquella mañana».

Aterricé en el despacho de Vince media hora más tarde. Había una caja abierta sobre la mesa.

—Hola Thomas, ven a ver —dijo Lorraine.

La caja contenía, protegidas por un tejido sucio, una veintena de cajas redondas de acero inoxidable. Al lado había un mensaje garabateado sobre un trozo de papel desgarrado: «Más música de Li Grand Zombi. ¡Disfrutad!» Sin firma alguna.

—Las cintas del álbum de Li Grand Zombi... —solté.

—Aparentemente —dijo Vince.

—¿Las has recibido esta mañana?

—Sí, sin previo aviso. El paquete fue enviado desde Nueva Orleans.

—¿No has escuchado nada todavía? —pregunté.

—Mira —me dijo Vince abriendo con precaución una de las cajas.

Un olor de vinagre penetró por mis narices. En el interior, la cinta estaba cubierta de moho.

—Las tendremos que enviar al laboratorio para intentar restaurarlas —dijo Vince.

Los tres nos sentíamos febriles, decepcionados por tener que esperar, e inquietos, visto el estado de las cintas.

—Hay veintidós cintas. No todas están en tan mal estado. Deberíamos poder recuperar varias horas de música —precisó Vince.

—¿Cuánto tiempo necesitará el laboratorio para restaurarlas? —pregunté.

—Varios días...

Avisé a lord Winsley de que quizás teníamos el álbum conceptual que Li Grand Zombi preparaba, y en consecuencia, probablemente varias horas de grabación de la Moderne. Le precisé también que iba tras la pista del remitente de aquellas cintas, sin duda un habitante de Nueva Orleans.

En realidad, Lorraine y yo íbamos a ciegas. El mensaje que acompañaba las cintas era lacónico, y ninguno de los allegados de Li Grand Zombi había hablado delante de nosotros de Nueva Orleans o de Luisiana. ¿Acaso Li Grand Zombi había pasado sus siete años de ausencia allí? ¿El remitente era el famoso Jungle Jack, al que no conseguíamos dar un nombre? ¿U otra persona? ¿Y por qué permanecer anónimo? ¿Poseía otras cosas que hubieran pertenecido a Li Grand Zombi? ¿Como, por ejemplo... su guitarra?

Las cintas habían salido ya para el laboratorio desde hacía dos días cuando pensé que sin duda el remitente había dejado sus huellas dactilares en el paquete o en las latas. Debía haber laboratorios privados capaces de analizarlas correctamente por unos centenares de dólares, pero ¿tenían acceso a los ficheros adecuados para cruzarlas? Era absurdo pensar en este tipo de cosas, pero bueno...

Lorraine me llamó a la semana siguiente para anunciarme que estaba en casa de Vince, que acababan de recibir la versión restaurada y digitalizada de una gran parte de las cintas. Corrí y Vince anunció:

—De las veintidós cintas, tres son irrecuperables, el acetato se ha licuado, y seis han tenido que ser severamente amputadas. En cambio, hay doce que son casi enteramente aprovechables. Hay una última cinta quemada en parte, solo se ha podido conservar la mitad. Las grabaciones se realizaron con calidad profesional, a una velocidad de treinta y ocho centímetros por segundo, lo cual nos da unos treinta minutos de música por cinta. En total, el laboratorio ha salvado ocho horas de grabaciones de Li Grand Zombi. ¿Empezamos?

Vince puso la primera cinta. El sonido era globalmente muy limitado, lejano, con un importante repunte del ruido de audio. Y no había ninguna canción. Solo una sucesión de sonidos disparatados y torturados de guitarra eléctrica, sin duda pistas de música adicional, o de overdub.

La segunda cinta, del mismo cariz, contenía esta vez ensayos del famoso circuito de modulación en anillo de Jerry Ramone que, en ciertos momentos, sonaban de manera extraordinaria.

—Hay cosas buenas y otras no tan buenas —dijo Vince—. Creo que tendremos que remasterizarlo para apreciarlo mejor. Me gustaría escuchar la continuación con vosotros, pero me tengo que ir...

—¿Podemos hacer una copia?

—Por supuesto.

Lorraine y yo hicimos cada uno una copia de las cintas digitalizadas antes de irnos a su casa. Enchufé mi ordenador a su ampli y utilicé un software de tratamiento de sonido para escuchar la continuación del álbum. El software indicaba la gama de frecuencias de cada pasaje y resultaba bastante fácil diferenciar las partes muy trabajadas de las simples pistas adicionales. Utilicé algunos filtros, en particular un reductor de ruido, en la primera canción que habíamos identificado y la escuchamos con un sonido más o menos correcto. Reconocí «We're All Red», la canción de la que me había hablado Jerry Ramone en Nueva York, y era excelente. Alternaba estrofas blues con un estribillo más duro y, cosa que no nos esperábamos, había batería y bajo, tocado con la guitarra afinada una octava más baja. La batería, reducida a un bombo, un timbal y un plato ride, reforzaba la música de Li Grand Zombi, cuya voz resultaba particularmente dominada y convincente. Lorraine quiso transcribir inmediatamente la letra y tuvimos que escuchar el tema varias veces para lograrlo. Traducido, el estribillo decía:

«Todos somos rojos.
Negros o blancos, todos somos rojos.
En nuestra desgracia, todos somos rojos,
Por dentro.»

Quizás había un juego de palabras, una especie de doble sentido, que se dirigía a quienes conocían el color de piel de Li Grand Zombi. Porque «Red» era un apodo para designar a los negros de piel clara y pelo rojizo, como Piano Red o Tampa Red. «We're All Red» evocaba el color de la sangre, pero también podía significar: «Todos somos como yo soy», o bien «Todos somos iguales». Este mensaje, que mostraba que Li Grand Zombi se sentía vinculado a la humanidad, parecía positivo. Pero el texto de las estrofas era más sombrío y, poco a poco, se comprendía que, para él, la única verdadera igualdad entre los seres humanos era que, fueran negros o blancos, todos terminaban... por morir.

Li Grand Zombi utilizaba técnicas de guitarra ricas y variadas. Bends potentes y también «notas muertas», acordes tocados enmudeciendo las cuerdas con la palma de la mano derecha, una de las técnicas favoritas del metal...

Escuchamos dos cintas más con fragmentos muy interesantes, pero ninguna canción completa. Más allá de su interpretación y de sus creaciones sonoras, las técnicas de grabación de Li Grand Zombi eran de todo menos convencionales. Teníamos un patchwork de su trabajo en cada cinta: re-recording, pasajes ralentizados o grabados al revés y otros que no conseguí identificar.

La siguiente cinta contenía, además de pruebas varias, una segunda canción completa, sin batería esta vez: un blues a priori tradicional, pero tocado con una textura de guitarra particularmente extraña. Li Grand Zombi había añadido disonancias agudas y extrañas, como sonidos de campanas, probablemente tocando entre el cordal y el puente de la guitarra. Dado que la expresión aparecía varias veces, decidimos titular el tema «Biography Of A Phantom». Era una discusión emocionante y desesperada entre Li Grand Zombi y un padre del que no se podía representar ni la cara ni la vida. Desciframos la letra y, para nosotros, era evidente que, aunque no se citara su nombre, no se podía tratar más que de Robert Johnson. O más exactamente, de lo que Li Grand Zombi sabía de Robert Johnson, es decir, como permitía suponer el título, casi nada. La canción hablaba de abandono, de música, de búsquedas vanas y de maldición. Li Grand Zombi mencionaba varias veces su guitarra, presentándola como un vínculo potente con este padre, pero sin dar detalles concretos. Era un blues a la vez poético y perturbador, escrito con mucha altivez y pudor, sin sufrimiento inmediato, como si todo aquello estuviera ya superado. Nos encontrábamos en medio de la noche y ni siquiera habíamos pensado en comer, hipnotizados por lo que descubríamos. Todavía quedaban dos temas más, pero muchos elementos nos hacían pensar que no estaban acabados.

La cinta siguiente nos sorprendió por completo, ya que el sonido y la voz no se parecían al resto. En realidad, se trataba de un pasaje de la canción «Me And The Devil Blues», de Robert Johnson. Li Grand Zombi Robertson había grabado directamente el disco que sonaba —entendíamos el crepitar del vinilo— y el sonido era más lejano, fantasmagórico. Justo después, descubrimos lo que debía acabar siendo una de las versiones de «Son Of Evil», pues nos dimos cuenta más tarde de que había cuatro, una de las cuales, en la cinta parcialmente quemada, se detenía brutalmente en medio de un diluvio de efectos de modulación.

En dos versiones muy cercanas se oían sonidos fabulosos, obtenidos con el circuito de Jerry Ramone y anticipando en su espíritu a la psicodelia de los años sesenta, seguidos de un grito ensordecedor, que imitaba al de un bebé que acaba de nacer. Aquel grito era sustituido por un desgarrador bend de guitarra en las otras dos versiones. Ninguna parecía acabada, pero cada una helaba la sangre. Había palabras susurradas, generalmente «Son» o «Evil», y fragmentos de texto que Lorraine no conseguía identificar totalmente, como series de palabras entrecortadas, sin un verdadero sentido pero a menudo rebuscadas en el campo léxico de la muerte, del sufrimiento y del infierno. El riff era puramente genial, el mejor de todos los suyos que había oído, en mi humilde opinión. El sonido de guitarra era el más torturado de todo el álbum, superaba al de «Song To Rest In Hell», sostenido por la misma batería terriblemente simple y eficaz que la de «We're All Red», pero esta vez también por el órgano Hammond. Li Grand Zombi extraía bajos tenebrosos y extrañamente distorsionados que densificaban los riffs de la guitarra, y había creado también una larga parte central impregnada de religiosidad. La canción terminaba con un maravilloso solo de guitarra, muy elaborado.

Era, de lejos, la composición más larga del álbum, casi ocho minutos en las tres versiones, y era de una riqueza increíble. Una mini-ópera rock por sí sola, que nos asombró literalmente, a pesar de pequeñas torpezas de mezclado que a veces estorbaban la audición.

Al final, sin contar el extracto de la de Johnson, teníamos cinco canciones originales, a veces en diferentes estadios de mezcla o en distintas versiones, además de cuatro pasajes muy trabajados pero sin texto, para los que nos resultaba imposible determinar si se trataba de canciones en curso de elaboración o de música adicional.

Percibimos que «Son Of Evil» era la pieza clave del álbum, cuanto menos de lo que disponíamos. ¿Había grabado otros títulos de intensidad semejante en las cintas irrecuperables? Nunca lo podríamos saber, pero entonces nos dimos cuenta de hasta qué punto era una lástima que se hubiera destruido una parte del álbum.

Escuchar aquellas cintas representaba entrar en los meandros del espíritu torturado de Li Grand Zombi, y a veces resultaba difícil situarse. El campo de mezclas posibles parecía infinito, en cualquier caso ampliamente superior a nuestras capacidades de interpretación. ¿Qué estaba acabado, qué estaba en curso, qué pasaje se podía superponer a otro? Varias horas de grabación no consistían más que en efectos diversos tocados en bucle, o con sutiles variaciones, efectos que ciertamente debían cobrar todo el sentido en un conjunto por desgracia perdido para siempre.

Lorraine y yo nos despedimos al amanecer, con la impresión de haber viajado juntos por universos extraordinarios e inexplorados. Pero no compartíamos la misma apreciación acerca de este descubrimiento, lo cual era lógico: no buscábamos las mismas cosas.

Para Lorraine, aquellas grabaciones eran una mina de oro, un tema de estudio fascinante e inédito. Desde un punto de vista estrictamente musical, testimoniaban un blues llevado hasta las últimas consecuencias que, y ella estaba de acuerdo por esta vez, trascendía sus principios, para desembocar en lo que podíamos designar como un protometal de tendencia psicodélica. La forma no tenía precedentes, y el fondo todavía era más perturbador. El blues, por sus influencias religiosas, tema de la tesis de Lorraine, era rico en cuestionamientos acerca del Bien y del Mal, en descripciones de tentaciones a las que se acababa cediendo, pero siempre con temor y culpabilidad, cuanto menos en segunda instancia. En Li Grand Zombi se encontraba una especie de ironía sombría, un relativismo moral y una superación, incluso una emancipación del sentimiento religioso que no solo era inédito sino que, en el contexto de la música negra del Sur de los Estados Unidos, era revolucionario. Para Lorraine había todo un plano de lectura, intelectual pero también espiritual, a revisar. Y era preciso tener la valentía de aceptarlo.

Yo era sensible a todas estas dimensiones, evidentemente, pero a esta sensación de descubrimiento se superponía para mí el de la frustración. La de tener a mi disposición tantas horas de grabación de la Moderne sin la capacidad de demostrar que lo que se oía era aquella guitarra, la de estar en el corazón de la evidencia sin poseer la prueba definitiva.

Y sin embargo, estaba ahí, lo notaba.

37

En la cabeza de Li Grand Zombi.

ME PASÉ LOS DÍAS SIGUIENTES ESCUCHANDO SOLO Y CON LOS auriculares las cintas de Li Grand Zombi, descubriendo aquí y allí detalles sorprendentes que no había observado antes, compilando los pasajes en los que el sonido de guitarra era típico de la Moderne, en busca de un elemento que me ayudara en mi búsqueda, sin resultado.

A veces, a fuerza de escuchar, me cansaba, y las innovaciones revolucionarias de Li Grand Zombi me parecían solo rarezas. Luego, de repente, me despertaba la intensidad de su voz, la implicación de su interpretación, la extrañeza de su vocabulario musical.

Nunca había estado tan cerca de él. No podía tocarlo, pero todavía era mejor: estaba en su cabeza. Podía representarme al artista en su estudio, haciendo brotar en el silencio de la noche, como el Fantasma de la Ópera, los estremecimientos desgarradores de su alma solitaria a través de su música. Una música que emanaba, entre otras cosas, de la guitarra que estaba buscando desde hacía meses. Pero la pista parecía detenerse ahí... ¡Qué rabia! Me golpeaba la cabeza para que brotara una chispa, pero nada acontecía. Leí y releí una y otra vez los textos de las canciones que Lorraine y yo habíamos transcrito, en busca de un indicio... en balde. La mayor parte del tiempo eran palabras evocadoras, lejanas e indescifrables. Algunas no eran más que series de palabras susurradas, a la manera de la escritura automática de los surrealistas, y otras eran directamente incomprensibles.

A menos que... De repente tuve una intuición.

Probé mi idea en el ordenador y... ¡Sí, era esto! Pero mi ordenador no bastaba, necesitaba material de verdad. Material de estudio. Llamé a Lorraine para comunicarle lo que había encontrado y me aconsejó que hablara con Vince. Me dirigí inmediatamente a su despacho y le expuse mi descubrimiento. Sacudió negativamente la cabeza:

—¿Cuadrafonía en 1959? No tiene sentido. En aquella época RCA acababa de sacar apenas su primer LP estéreo. El material para hacerlo no existía y, de todas maneras, ningún oyente disponía de cuatro bafles en su salón para escucharlo. Comercialmente habría sido un suicidio.

—¡Pues esto encaja perfectamente con Li Grand Zombi!

—Pero...

—He probado en mi ordenador. Era un poco confuso, pero se oye perfectamente que las cuatro pistas trabajan juntas. No es verdadera cuadrafonía, solo cuatro pistas mono sincronizadas: se podía hacer perfectamente en 1959, si se quería.

—Vale, vale, vale... Pero si es cierto, ¿cómo escucharlo correctamente?

—Se necesita un ampli de cuatro canales y cuatro bafles. ¿Disponéis de estudio en la universidad?

—No, pero tenemos el auditorio. Deberían contar con este material.

—¿Podemos ir? ¿Ahora?

—No sé si estará libre, pero vamos a ver. Lo probaremos con mis versiones remasterizadas, me lo he currado de verdad.

Nos dirigimos al auditorio. Estaba cerrado. Vince llamó a un técnico, que llegó al cabo de un cuarto de hora. Nos abrió, nos ayudó a instalar los cuatro grandes bafles en el escenario y a conectarlo todo. Hicimos varias pruebas con la introducción de «Son Of Evil» para encontrar qué pista se correspondía con qué bafle, y poco a poco vi como la cara de Vince se iluminaba.

—Tenías razón, Thomas... Lo hizo.

—Tengo que llamar a Lorraine.

Efectuamos todavía algunos ajustes con la ayuda del técnico mientras esperábamos a Lorraine, y casi habíamos terminado cuando llegó.

—¿Qué pasa? —preguntó con interés.

—Se adivina grandioso —contesté.

El técnico manipuló algunos botones mientras yo instalaba tres sillas en medio del escenario, equidistantes respecto a los cuatro bafles.

—¿Está todo listo? —preguntó Vince al técnico.

—Sí.

Nos sentamos y Vince mandó que bajaran la luz.

—En cuanto al volumen, me parece que puede darle...

—...a fondo —añadí recordando las exigencias de Li Grand Zombi para su primera grabación.

—OK —contestó el técnico.

Inmediatamente, la voz espectral de Robert Johnson al final de «Me and the Devil Blues» se dejó oír en los dos bafles de delante. Pero, cuando llegó el penúltimo verso, terrorífico, de la canción: «You may bury my body down the highway side / Podéis enterrar mi cuerpo al lado de la carretera», un larsen de guitarra eléctrica comenzó a subir por los bafles traseros, y el último verso: «So my old evil spirit can catch a greyhound and ride / Así mi viejo espíritu malicioso podrá coger un autobús y subirse» resonó en los cuatro bafles, de manera ligeramente desfasada, creando un eco inquietante. Luego, justo después de la palabra «ride», el primer acorde de «Son Of Evil» nos hizo saltar de la silla. El volumen de audición, la riqueza de los timbres y de los armónicos y, sobre todo, la dinámica del tema eran incomparables con lo que habíamos oído en nuestros ordenadores o incluso con los auriculares. Vince había realizado un magnífico trabajo para limpiar el sonido, corregir las señales defectuosas y compensar la pérdida de agudos debido a la edad de las cintas: este primer acorde nos atravesó literalmente, el sonido nos englobó por todos lados. Lancé una mirada de estupefacción a Vince, que estaba como en el cielo. Y sin embargo, no nos dirigíamos precisamente hacia el cielo, sino hacia los torbellinos del Infierno. Los susurros de las palabras «Son» o «Evil» correteaban circularmente, o a veces de manera imprevisible, más fuerte en uno u otro bafle, como los estrépitos que sobresaltan en las películas de terror. Los acordes potentes, jugados en slide y sistemáticamente descendentes, nos arrastraban a las tinieblas y, cuando creíamos estar ya en ellas, Li Grand Zombi desafinaba su guitarra para nosotros y la hacía sumergirse todavía a mayor profundidad. Por detrás, chirridos estridentes, efectuados rascando el plectro sobre las cuerdas entorchadas y tocados cada vez más fuerte, daban la impresión de que una sierra circular se iba acercando. Aquel pasaje subió hasta una especie de paroxismo, un diluvio de efectos que parecían no seguir ninguna lógica y creaban una incomodidad terrible, casi insoportable. Luego todo se calmó, y comenzó el pasaje de sonidos modulados. La guitarra desafinada de Li Grand Zombi nos llevó más lejos por los meandros del caos que, digamos, las partes más sombrías de *A saucerful of Secrets* o de *Ummagumma* de Pink Floyd. Parecía como si las imágenes surgieran en medio de la música, y la experiencia era más cercana al cine que a la simple audición. El tema fue ascendiendo hacia una especie de luz, un crescendo cacofónico comparable al de «A Day In The Life», al final de *Sgt. Peppers*, pero en lugar de desembocar en un acorde final salvador, el crescendo terminó con aquel aullido terrorífico... el grito primario de Li Grand Zombi, seguido por sollozos que imitaban los de un bebé. Y el riff implacable y mnemónico de «Son Of Evil» invadió todo el espacio, con la potencia multiplicada por la cuadrafonía. ¡Por dios, qué bueno era aquel riff! Pesado y potente, lleno hasta arriba de amenaza y de tensión con su cuarta aumentada, el *Diabolus in Musica*, aquel intervalo de tres tonos llamado más tarde tritono, prohibido en la música de la Edad Media. «Notas que no podían tocarse en la iglesia», pensé, recordando las palabras de Willie Leroy en Clarksdale.

Entonces comenzó la parte cantada, aquella voz de falsete con acentos casi satánicos. Había palabras, palabras que no había oído antes, porque cada una de las palabras de cada verso estaba grabada en pistas diferentes, a menudo para crear un efecto rotativo. Lo que yo había confundido con simples sucesiones de palabras pronunciadas sin lógica cobraba sentido y constituía un texto, un texto que contaba una historia... la de Li Grand Zombi. No sabía ya en qué fijarme, porque el sonido del riff evolucionaba en paralelo, haciéndose sutilmente cada vez más denso.

Estaba lejos de comprenderlo todo, pero iba captando la dirección. Li Grand Zombi contaba su vida, sus debilidades, sus miedos y sus fracasos, y aquello era auténtico blues: una forma de existencialismo con mucho espíritu, pero desprovisto de pretensión y basado en la sinceridad del corazón. A Lorraine le brillaban los ojos por las lágrimas, y me di cuenta de que seguramente me estaba perdiendo bastantes cosas. La voz de Li Grand Zombi estaba bastante falseada. Yo entendía bien el estribillo, constituido por una única voz cantada al mismo tiempo en los cuatro bafles, pero mucho menos las estrofas con aquellas palabras que giraban. Aun así, en medio de la tercera y última estrofa oí algo, una cosa potencialmente... muy interesante. Pero quizás lo había captado mal, no estaba seguro.

El solo que concluía el tema era introducido por un juego de preguntas y respuestas en los cuatro bafles. Lo descubría por primera vez. Luego empezó la parte puramente melódica del solo, sostenida por la rítmica en los bafles de delante. La fusión de las dos pistas delanteras había sido fabulosa, y el solo mucho más sutil de lo que yo creía. Al principio, las pistas de detrás no hacían más que acentuar algunos pasajes, pero la intensidad del solo aumentó cuando se desencadenaron por completo. Aquel solo de cuatro guitarras, de una complejidad brutal, conservaba una perfecta coherencia. No era una competición agotadora entre varias guitarras, sino un arreglo de una gran fuerza y una gran finura, una auténtica pieza de orfebrería musical, que terminó en un acorde monstruosamente pesado y extraño de si menor, la tonalidad principal del título, y para el que Li Grand Zombi había seleccionado un sonido del circuito de Jerry Ramone en la octava superior para acentuar la impresión de algo que venía de otro planeta.

El silencio se abatió pesadamente en la sala. Li Grand Zombi nos había transportado tan lejos que estábamos en estado de shock, subyugados. Nadie se atrevía a abrir la boca.

Nos despegamos progresivamente de las sillas en las que estábamos embutidos, asombrados por la potencia de esta experiencia. Lorraine dijo «Es...» y agotamos juntos los campos léxicos de la estupefacción y de la admiración. Pero, más allá del diluvio sensorial que acababa de vivir, me quedaba tal vez una última esperanza de encontrar el rastro de Li Grand Zombi...

Aprovechando una discusión entre Vince y el técnico, susurré al oído de Lorraine:

—¿Has oído, en la última estrofa?

—Sí, lo he oído —me dijo guiñándome el ojo, antes de recitar el texto que tenía todavía perfectamente en mente:

«I ain't done yet
But when all this mess is finished,
I'll join Shirley at Lafayette.
Trying to get some fish.
And we'll spend our days together,
Along the Vermilion River.»

Un texto que, traducido, podría ser así:

«Todavía no he terminado
Pero cuando acabe todo este jaleo,
Me reuniré con Shirley en Lafayette.
Intentaré pescar algunos peces.
Y pasaremos la vida juntos,
A orillas del río Vermilion.»

38

Lafayette, Luisiana.

LORRAINE Y YO PASAMOS UNA SEMANA SURCANDO LAFAYETTE Y sus alrededores con el Mustang. Mostramos las fotos de Li Grand Zombi a las personas de edad y les preguntamos si habían oído hablar de un guitarrista negro con la piel blanca que se llamaba Li Grand Zombi Robertson, o Harold Clay, y que tal vez había vivido allí entre 1959 y 1966, eventualmente en compañía de una tal Shirley. Nadie conocía a Li Grand Zombi, pero algunos conocían a mujeres que se llamaban Shirley. Partimos, pues, a la busca de estas últimas. Encontramos a algunas, en Lafayette y sus alrededores... pero ninguna que hubiera tenido una historia con un guitarrista albino.

Lafayette y el río Vermilion resultaban ser, pues, pistas falsas. En cualquier caso, no desembocaron en nada. Estaba desanimado. Anuncié a Lorraine que me volvía a París. Estábamos tan solo a dos horas y media de Nueva Orleans, y Lorraine me propuso que pasáramos la velada allí, escuchando buena música, para que al menos hubiera servido de algo venir a Luisiana. Acepté encantado.

Nos adentramos más profundamente en el país cajun. Muchos de sus habitantes seguían siendo descendientes de los «acadiens», aquellos campesinos, tramperos, cazadores o pescadores originarios de la región francesa de Poitou, enviados por Richelieu a principios del siglo XVII para poblar el territorio de Nueva Francia, en el actual Canadá. Una parte de los que sobrevivieron a la Gran Deportación, la erradicación étnica llevada a

248

cabo por los ingleses un siglo y medio más tarde, terminaron por encontrar refugio en las regiones pantanosas e inhóspitas de Luisiana. Aquellos descendientes de «acadiens», denominados cajuns o cadiens, eran hoy en su mayor parte trabajadores pobres, pero intentaban mantener sus raíces y su cultura vivas, en particular a través de la música. Una música conmovedora con acentos country, con guitarra, violín, armónica y acordeón, y textos en francés que a menudo evocaban el paraíso perdido.

«Dejad que los buenos tiempos vayan dando vueltas.»

Encontramos a uno de estos cajuns, en una pausa en el camino, mientras pescaba tranquilamente a orillas del lago Martin. Reconoció mi acento francés y comenzamos a intercambiar algunas palabras. No era fácil comprenderlo, pero más o menos lo conseguí. Me preguntó si estaba de vacaciones y, por inercia, le expliqué que iba en busca de un músico...

—...un guitarrista genial pero no muy popular, negro pero de piel blanca, que quizás vivió en Lafayette o en sus alrededores a principios de los años sesenta, en compañía de una tal...

—¿No me estará hablando de Guitar Red? —me interrumpió.

—¿Guitar Red?

—Tenía una guitarra roja. Pero se llamaba así porque era negro pero de hecho era blanco, como aquellos conejos que tienen los ojos rojos.

Me quedé de piedra. El hombre continuó:

—Sí, era en aquella época, en los años sesenta. Vivía en casa de Jungle Jack. Pescaba, era un buen pescador. Y el viernes y el sábado tocaba en el Baron. Qué buenos tiempos... Siempre tocaba muy fuerte. ¿Qué era lo que cantaba...? Ah, sí: «We're all red... na na na.»

El pescador imitó aproximadamente el riff de guitarra, una melodía que no había debido oír desde hacía más de cincuenta años. Lo miré con los ojos abiertos de par en par, sin poder pronunciar ni una palabra.

—Es exactamente el hombre que buscamos —confirmó Lorraine.

Saqué febrilmente la foto del bolsillo para mostrársela al pescador:

—¡Vaya por Dios! Si te crees que pensaba oír hablar de él, con el tiempo que hace que...

Le preguntamos más detalles sobre Guitar Red, pero el viejo nos lo había dicho casi todo. Hablaba continuamente de Jungle Jack, y Lorraine terminó por preguntar:

—Y este Jungle Jack, ¿sigue con vida?

—Debería. No hace ni un mes que me topé con él.

—¡Genial! ¿Sería posible irlo a ver?

—No veo por qué no. Pero no tengo su número. Pero sí que los puedo llevar a su casa con mi barco, pero me tendrán que pagar la gasolina.

—¡No hay problema! —contesté con entusiasmo, agarrando la cartera.

—Shht, sin prisas, muchacho, esto puede esperar —me dijo el pescador.

Subimos a bordo de su barca.

—Por cierto, yo soy Eugène —dijo.

—Thomas.

—Lorraine.

—No balanceéis los brazos por fuera —nos ordenó—. Hay caimanes merodeando.

Arrancó el motor y atravesamos una parte del lago antes de hundirnos en un *bayou*. Era un paisaje onírico y grandioso, con aquellos cipreses de los pantanos, inmensos e inquietantes, con las lianas cubiertas de musgo español. El barco se deslizaba lentamente por el agua y yo observaba una garza posada en lo alto de una rama cuando el anciano nos señaló un enorme caimán cerca de la orilla. El reptil se sumergió en un abrir y cerrar de ojos en el agua salobre, justo antes de que lo superáramos. Había otro dormitando sobre un tronco invertido y, más lejos, otro más, monstruoso, irguió la cabeza. ¿Cuántos caimanes había en esta marisma? Desaparecían plácida y silenciosamente cuando nos acercábamos, dejando tan solo una discreta cola de círculos concéntricos y algunas burbujas en su estela.

Los árboles gigantescos, emergiendo del agua opaca, se recortaban en un cielo cargado de nubes grises y amenazadoras. Me creía en un decorado en blanco y negro. Fuimos progresando por los meandros del *bayou*, en el corazón de un laberinto acuático y vegetal cada vez más sombrío y agobiante. La embarcación era ligera, pero nuestro capitán tenía experiencia y conducía con seguridad. A pesar de todo, no podía evitar pensar que nos habíamos embarcado, sin testimonios, en un lugar en el que tendrían pocas oportunidades de encontrarnos si sucedía algo...

Miré a Lorraine, esperando encontrar en su mirada las mismas inquietudes pero... ella estaba entusiasmada. Caramba, era cierto: el paisaje era extraordinario, ¡y habíamos encontrado el rastro de Li Grand Zombi! La experiencia me había enseñado a moderar mi entusiasmo, pero aquello era muy grande. Me invadió entonces un profundo soplo de esperanza... rápidamente reemplazado por una nueva inquietud cuando el viejo hombre nos anunció: «Está bien vivo, Jungle Jack». Señaló una vieja roulotte en la orilla, ante la cual se veía a un hombre descarnado, con la cara surcada de arrugas, de pie, con las manos en jarras.

Nos acercamos al embarcadero constituido por palés de madera y en parte podrido sin que el hombre cambiara de posición.

—Al parecer tienes visita —anunció Eugène.

—Eso parece —dijo Jungle Jack escupiendo en el suelo—. ¿A quién me has traído?

—No tengo ni idea.

39

En alguna parte cerca de
Breaux Bridge, Luisiana.

No nos atrevíamos a bajar del barco. Lorraine se levantó y, en equilibrio precario, anunció:

—Perdone, nos gustaría charlar sobre uno de sus viejos amigos: Harold Clay, también conocido bajo el nombre de Li Grand Zombi Robertson, o de Guitar Red.

Jungle Jack no respondió, pero preguntó a Eugène:

—¿Te vienes a beber algo?

—Me gustaría de verdad, pero me parece que esta vez no tengo tiempo.

—Lárgate, puedes irte, ya los acompañaré yo.

Di un billete verde a Eugène, que me propuso entonces servicios para transportarnos a cualquier sitio en el *bayou* en los siguientes días.

—Ya saben dónde encontrarme. ¡Hasta la vista, Jungle Jack! —dijo levantando la mano antes de volver a arrancar e irse.

—Pues vaya, esto sí que no me lo esperaba —dijo Jungle Jack—. Solo envié las cintas que había dejado, porque me dije que aquí no pintaban nada, pero no esperaba que dieran conmigo tan deprisa. La cosa va así hoy en día, con los satélites y todo esto.

Nos invitó a su roulotte excusándose de antemano por la incomodidad. Estaba más bien acondicionada que lo que permitía presagiar el exterior. Instaló a Lorraine en la única butaca, sacó un taburete para mí y nos propuso una cerveza, que aceptamos. Vació un cubo de agua usada en el exterior, le dio la vuelta y se sentó encima mientras abría la lata.

—¡A su salud! —dijo, antes de engullir un gran sorbo y de toser hasta reventar—. Mierda de humedad.

—¿Me permite usted grabar la conversación? —preguntó Lorraine, mostrando el móvil.

—Si le hace ilusión, señorita...

—De entrada le queremos dar las gracias por las cintas que nos ha enviado. Son un auténtico tesoro.

—¿Ah, sí? —dijo Jungle Jack, preguntándose visiblemente si no se había dejado perder una fuerte suma de dinero.

—Estamos intentando trazar la vida de Harold Clay, y parece que usted fue muy importante para él. ¿Cuándo y cómo lo conoció?

—¿Que cuándo conocí a Harold? ¡Pfff! Debía ser en invierno del 59 o del 60, cuándo exactamente no sería capaz de decirlo. Pero recuerdo perfectamente dónde lo encontré: en el *Pawn Shop* de Lafayette, en una ocasión en que fui a empeñar un anillo de mi madre por unos dólares. Salgo y veo a aquel tipo raro, que asustaba, con una guitarra, esperando fuera. Tenía la cara medio quemada y la nariz rota. Sobre todo parecía desorientado, y bien triste. Casi lloraba. Le pregunto: «¿Qué te pasa, compañero?» y me dice que no tiene ni un pavo, que tiene que empeñar la guitarra, porque ya no hay elección, pero que sin su música... no estaba seguro de que pudiera continuar. Estaba calmo y sereno, parecía realmente estar al borde del colapso. Le dije: «¿Tú tocas la guitarra?». Y me contestó «Sí», y yo le dije: «Pues vale, me va que ni pintado, yo toco la armónica. Ven, vamos a mi casa a charlar, ya la palmarás mañana». Y se vino p'a casa. Y se quedó. Seis o siete años, me parece que se quedó.

—¿Conoció usted a una tal Shirley? —preguntó Lorraine.

—Al principio me habló de una chica, ahora que lo dices. Había venido por aquí por una chica, una cantante de un grupo con un nombre estúpido. Hasta tenía el disco. Espera que me acuerde... ¿The Bullets?

—¿The Bellettes? —propuso Lorraine.

—¡Ajá, eso es! —espetó Jungle Jack partiéndose de risa—. ¡The Bellettes!

—Era un grupo de chicas que cantaban doo-wop. Estaban en Clefto-ne Records en Chicago. Solo grabaron un disco —me precisó Lorraine.

—Harold estaba colgado por esa chica y, según él, tenía posibilidades con ella. Así que vino a verla a Lafayette, donde ella vivía. Pero la chavala se puso a chillar cuando le abrió la puerta, sin duda porque tenía la cara chamuscada. En resumen, Harold me dijo que un tipo enorme surgió detrás de ella y le propinó un puñetazo en la nariz. Se cayó "patrás", pero por la manera que tenía de manosear a la chica vio que el tipo no era su hermano. Ella intentó excusarse, pero el tipo le gritó que no volviera nunca más, antes de darle con la puerta en las narices. Harold no insistió.

—¿Y entonces por qué se quedó en Lafayette? —pregunté.

—Ah, buena pregunta... seguro que lo mejor habría sido largarse ipso facto. Pero en lugar de esto se fue a agarrar una borrachera. Y luego comenzó a jugarse el dinero. Y fue así como lo perdió todo, el primer día que puso los pies en Lafayette. Yo me lo encontré al día siguiente.

Jungle Jack nos contó cómo Harold lo había ayudado a arreglar la cabaña y cómo había comenzado a pescar con él. Era muy manitas e hizo un montón de trampas raras, una de ellas temible para los cangrejos de río. Harold encontró en seguida el modo de que le pagaran por tocar música, el viernes y el sábado por la noche, en un tugurio flotante, *Le Baron*. Pero el propietario quiso que cambiara de nombre de guerra, porque el vudú era una cosa seria por la zona y era mejor no tomárselo a broma. Había propuesto el nombre de Guitar Red, y a Harold le había gustado. Y pintó su guitarra, que era negra, de color rojo.

Mostré una foto de la Moderne a Jungle Jack y confirmó que «sí que era una cosa así, pero la había pintado de color rojo». Luego describió los conciertos en *Le Baron*, las chicas bailando medio desnudas y la música hasta el amanecer.

—Pero no nos equivoquemos, la juerga no era cada noche —dijo adoptando un aire serio.

Nos contó el día en que un caimán mordió el muslo a Harold, y el mes en el que había tenido fiebre y deliraba completamente.

También nos comentó que a veces Harold tomaba prestado el barco para irse a tocar solo, en el fondo del *bayou*, sin molestar a nadie. Luego el momento en el que ahorró suficiente dinero para construirse una casucha, no lejos de ahí.

—Hoy ya no queda casi nada en pie.

—¿Se puede visitar? —preguntó Lorraine.

—Si quiere. Pero entonces tenemos que ir ya, porque pronto se hace de noche.

Salimos y caminamos unos minutos hasta la casa. O más bien hasta sus restos. Era de madera, y no quedaba más que una esquina y algunos escombros. No había un desván con una Moderne en el interior. La vista hacia la marisma era increíble, sin duda muy inspiradora para hacer swamp blues.

—Harold habría preferido una isla, pero no tenía pasta para comprarse además un barco —precisó nuestro guía.

Lorraine tomó algunas fotos y regresamos a casa de Jungle Jack para escuchar, con una segunda cerveza, la continuación de la historia de Li Grand Zombi.

—Harold volvió a tener fiebre un tiempo más tarde. Me dijo que la iba a palmar y que quería volver junto a su familia en Mississippi. Yo lo tenía que acompañar. Preparó sus cosas, no mucho a parte de su guitarra, no la abandonaba nunca, y ahí fue cuando me entregó las cintas. Le pregunté qué era y me respondió que era su música. Hasta entonces, nunca me había dicho que hubiera grabado aquellas cosas. Me pidió que las guardara si podía, pero sobre todo que no hablara de ellas ni las diera a nadie, en todo caso no antes de que muriera su tía. Y jamás supe si había muerto.

—Falleció en 1979 —dijo Lorraine.

—Así perfecto, pues. En resumen, subimos hasta Greenwood y yo no quería creer que Harold estaba en las últimas. No parecía tan enfermo como decía. Pero me dijo que me quedara por ahí porque iba a morirse al cabo de una semana o dos y también quería que yo estuviera en su entierro. Le pregunté cómo me enteraría, porque yo había previsto darme mientras tanto un garbeo por la región, y me dijo: «Espera que calcule», y me dijo la fecha, la fecha exacta del día en que iba a morir.

Lorraine y yo nos miramos, horrorizados.

—¿Se quería suicidar?

—Es lo que parecía. Le dije que aquello no estaba bien y todo esto, y además que lo necesitaba para los cangrejos, pero me explicó que sin mí él ya estaría muerto y que la cosa no estaba tan mal. Me dijo: «Noto que es el momento», así que me despedí y le dejé delante de su casa, con su petate y su guitarra.

Jungle Jack tragó un gran sorbo de cerveza antes de seguir.

—Tampoco me divertí tanto en Mississippi, y volví a ver a Harold el día previsto. Había un velatorio en la casa, estaba muerto. Lo enterraron al día siguiente. No éramos muchos. Entonces me fui directamente y, durante unos años, por aquí todavía se hablaba de Guitar Red y de sus canciones que te helaban la sangre. Y luego se acabó. Hasta que oí el programa de Vince Browning, que no me pierdo casi nunca. Y que es un programa de la hostia. Me dije que pronto también la palmaría yo, así que aquellas cintas estarían mejor en casa de alguien a quien le interesara el tema.

—No puede imaginar hasta qué punto hizo lo adecuado —aprobó Lorraine.

—¿Tiene usted fotos de Li Grand Zombi? ¿Le dejó algo? —pregunté con un interés culpable.

—No.

Estaba decepcionado...

—Nos ha dicho que volvió a Mississippi con su guitarra. ¿Se trataba de aquella guitarra roja?

—Ajá.

—Su familia no nos ha hablado de ello. En cualquier caso, no poseen esta guitarra. ¿Tal vez se la legó a usted?

—No, no, qué va. Pero es normal que nadie tenga su guitarra.

—¿Ah, no? ¿Por qué?

—Pues bien... —dijo Jungle Jack mirándome directamente a los ojos—. Porque pidió que lo enterraran con ella.

40

El mismo lugar, Luisiana.

YO ESTABA PASMADO.

—¿Li Grand Zombi pidió que lo enterraran con su guitarra? —volví a preguntar.

—Como lo oye.

—¿En Greenwood?

—Ajá. En Greenwood.

Lorraine permanecía en silencio, se sentía mal por mí. Yo me sentía exactamente en el lugar en que se encontraba la Moderne... a seis pies bajo tierra.

—Qué... curioso —dije.

—Digamos que Harold no hacía nada como el resto de la gente. Hasta el final.

En efecto, era una conclusión válida... pero no me servía. La ironía tiene sus límites, y no quería tirar la toalla antes de hacer un último intento:

—¿Conoce a alguien que hubiera fotografiado a Li Grand Zombi, por ejemplo durante sus conciertos, en el Baron o en cualquier otro sitio?

—No que yo sepa. No era el lugar en el que a uno le gustaría que lo fotografiaran, que digamos.

Tampoco me servía aquella conclusión. Así, que intenté, quemando los últimos cartuchos:

—Si yo aceptara que no tengo más que una oportunidad sobre un millón de encontrar una foto inédita de Li Grand Zombi, ¿por dónde debería empezar?

—Mmm, vamos a ver...

Jungle Jack se calló. Estaba buscando en el fondo de su memoria... De hecho, no. Estaba dudando.

—¿Qué vamos a ver...? —insistí.

—A ver, yo tengo una, una foto suya. De hecho fue él quien quiso que la tomara.

—¿Tiene usted una foto suya?

—Ajá, pero no sé si...

Jungle Jack se calló de nuevo. Ni Lorraine ni yo nos atrevíamos a hablar... Prosiguió:

—Era casi como si dijéramos una última voluntad, fue él quien me lo pidió, porque de otro modo yo no lo habría hecho...

Jungle Jack vacilaba realmente... y se atrincheraba de nuevo. Yo no sabía qué hacer, a la vez temía oír y no oír lo que nos ocultaba. Terminó diciendo.

—Creo que no es muy cristiano hacer este tipo de cosas, pero al mismo tiempo era su última voluntad: quiso que hiciera una foto suya en el ataúd justo antes de que lo sepultaran. Eso es.

Experimenté una sensación inaudita...

—¿Y es posible ver esta foto? —pregunté, unos segundos más tarde.

Jungle Jack se levantó apoyando las manos en los muslos.

—Ajá, si quieren.

Y, Jungle Jack, después de revolver durante un buen rato una caja de metal, me tendió una foto. Un viejo cliché de pequeño formato, en blanco y negro, que mostraba, fotografiado desde arriba y al bies, a Li Grand Zombi en traje, acostado en su ataúd. Con la Moderne a su lado.

No podía soltar la foto, y sentí que Lorraine se ponía sobre mis hombros para mirarla.

No pronunció ni una palabra.

Puente

41

JUNGLE JACK ME DIO AQUELLA FOTO SIN PEDIR NADA A CAMBIO. Como con las cintas. Como cuando nos acompañó luego en barca, una vez cayó la noche en el *bayou*. Como cuando había acogido a Li Grand Zombi en su casa. Jungle Jack daba miedo a primera vista, pero era un tipo muy legal.

Lorraine y yo todavía estábamos perturbados por la foto, pero fundamentalmente entusiasmados por nuestro descubrimiento. Lorraine se iba con el final de la historia de Li Grand Zombi y yo con la prueba que estaba buscando desde hacía meses.

—¿Nos vamos? —me preguntó Lorraine mientras yo arrancaba el Mustang.

—¿A dónde? —pregunté.

—¡A Nueva Orleans! ¡Hay que celebrarlo!

—¡Ajá! —dije, imitando la expresión de Jungle Jack.

Me sentía tan feliz que me pareció que las dos horas cuarenta de carretera desfilaban en un instante. Desembarcamos en el barrio francés pasada la medianoche, pero en Bourbon Street la fiesta no había hecho más que empezar.

Bebimos, reímos y bailamos toda la noche. Partimos al amanecer pero, entre la pausa para el almuerzo y la consiguiente siesta involuntaria, necesitamos el día entero para regresar a Oxford.

Llegamos hacia las nueve y media de la noche, agotados y con prisa por acostarnos. Lorraine propuso de todos modos una cena rápida en uno de aquellos lugares en los que los estudiantes iban a comer pinchos de pollo industrial después de ver un partido de fútbol, los únicos lugares de restauración que todavía aceptaban clientes a aquella hora.

Y ahí nos topamos... con Joey. Nos hizo aparatosos gestos para que nos reuniéramos con él. No hubo manera de escapar. Nos sentamos frente a él, en un banco forrado de molesquín rojo.

—¿Qué tal, Joey? ¿Cómo te va? —pregunté.

Joey tenía la tez lívida y unas ojeras violáceas que Courtney Love le habría envidiado. Echó una mirada nerviosa a su alrededor antes de clavarla en mí y anunciarme, con aire grave.

—Justamente quería hablar contigo. ¿Sabes? Ese tipo tuyo, lord Charles Dexter Winsley, es un personaje del copón.

—¿Ah, sí? —respondí desconcertado—. ¿Qué quieres decir?

—He estado investigando, investigando *seriamente* —dijo clavando esta vez la mirada en Lorraine, mientras insistía en esta palabra.

Su mirada se giró hacia mí.

—De entrada, no se llama Winsley, sino Chapman. Edward Terence Chapman. Y es tan lord como tú o como yo.

—¿Y esto de dónde lo sacas? —pregunté.

—He encontrado su verdadero nombre informándome sobre los propietarios sucesivos de Boleskine House desde Aleister Crowley. Chapman la compró en 1991. Anteriormente había creado una secta, a finales de los sesenta, su propia versión de la herencia de Crowley. Se presentaba como su hijo espiritual, pero sobre todo estafó a bastante gente, entre ella a estrellas del rock. Y no precisamente desconocidas.

—¿En serio?

—No he terminado. Una chica murió en 1973 en el curso de una de aquellas veladas que organizaba en Londres. Al final se archivó la cosa. Pero realmente el asunto no estaba claro. Una historia con anfetaminas y patas de chivo, para que me entiendas...

—Ya veo...

—Durante unos años actuó con más discreción. Antes de que lo pillaran por un caso de estafa financiera, también en Londres, en los años ochenta. Una de aquellas historias en pirámide. Pero también se salió con la suya. Y luego, últimamente, hay un tipo que murió no lejos de su mansión, un tipo que trabaj...

—Gracias, Joey. Buen... buen trabajo.

—Al parecer, el tipo robó...

—¡Gracias, Joey! Muchas gracias.

—¿No lo quieres saber?

—No, creo que ya tengo bastante. Dime solo si lo acusan de asesinato.

—No, que yo sepa. Al parecer es un ajuste de cuentas, pero aun así la cosa es un poco rara...

Me sentía muy mal. Lorraine me preguntó:

—¿Le has enviado ya la foto?

—No.

—¿No le has dicho nada?

—No. En fin... sí. Un poco.

Lorraine me miró, horrorizada.

Saqué el móvil. Durante la noche, en Nueva Orleans, estaba tan eufórico que no había podido resistirme a la ganas de compartir mi éxito con lord Winsley. A causa del alcohol no estaba en condiciones de llamarlo, pero en el baño le había enviado un mensajito, y habíamos conversado rápidamente por mail. Sabía que no había enviado la foto pero... ¿qué había escrito exactamente? Comencé a leer la conversación en la pantalla. Lorraine miraba por encima de mi hombro:

3.33 h: Tengo una foto de la Moderne de Li Grand Zombi.

3.36 h: ¡Felicidades! ¿Se ve bien?

3.36 h: Sí, del todo. Es ella. Creo que va usted a estar contento...

3.36 h: ¿Y la guitarra? ¿Dónde está?

3.37 h: Es irrecuperable.

3.37 h: ¿Por qué irrecuperable?

3.37 h: Lo enterraron con ella. Mañana le llamo por la foto.

3.39 h: Gracias, Thomas. Buenas noches.

—¡Se lo has dicho! —chilló Lorraine.

—Yo... en aquel momento no sabía que... de todos modos, esto no cambia nada. Es irrecuperable.

—¿Por qué?

—A ver, lo que no voy a hacer es...

—Tú, no, desde luego. ¿Pero él?

—¡Está en Escocia! ¡En una silla de ruedas!

—Tiene todo el tiempo.

—Pero... ni siquiera sabe dónde está enterrado Li Grand Zombi. Nunca le he hablado de su tumba.

—¡Me dijiste que le habías enviado el certificado de defunción!

—Sí, pero...

—¡Y allí aparece indicado el nombre del cementerio!

Me sentía cada vez peor. Sabía perfectamente que la había cagado pero... no, lo que decía Lorraine no tenía ningún sentido. Lord Winsley quizás era más que un excéntrico, tal vez había cometido errores en el pasado, pero lo que quería era una prueba de la existencia de la guitarra, no la guitarra en sí... Y además...

—De todos modos, esa guitarra ya no vale nada. En la tierra húmeda, desde 1966...

—Me dijiste que esa guitarra podía valer un millón de dólares, o hasta incluso diez —me dijo Lorraine.

—Sí.

—Pues entonces siempre valdrá algo, incluso estropeada, incluso roída por la humedad. Mira las guitarras quemadas de Hendrix de las que me hablaste, ¿cuánto valen?

Un terrible presentimiento me empezaba a dominar. Lorraine prosiguió:

—Los coleccionistas buscan objetos raros. En un cierto estadio, si el objeto está estropeado, pues bien... tanto peor, siempre que sea el objeto. No lo quieren para utilizarlo.

Lorraine tenía razón. Toda la razón.

—Voy a llamar a lord Winsley para ver si...

—No se llama lord Winsley —interrumpió Joey, que no se había perdido ni una palabra de nuestra conversación.

—¿Qué le vas a decir? —preguntó Lorraine.

—Voy a ver si... ¡mierda, mierda! —dije, levantándome para salir de aquel lugar atroz iluminado con neones y que apestaba a fritanga.

Una vez fuera, marqué el número de... marqué su número. No tenía ni idea de lo que iba a decirle. Sin duda volver a llamarlo así, sin pensar, era otra tontería. Solo quería oírlo, ver qué tenía él que decirme, cómo consideraba las cosas.

El teléfono sonaba, sonaba. Pero no descolgó nadie. ¿Qué hora era en Escocia? Contestador automático. Colgué. Me llamaría al cabo de cinco minutos.

Veía a Lorraine y a Joey charlando vivamente a través del vidrio e intenté recobrar el sentido común. No lo logré. Mi cabeza estaba a punto de estallar. Seguía sin llamarme. Lo intenté yo de nuevo. Sonaba y sonaba, contestador automático. ¿Y si lord Winsley, en fin... no me estaba devolviendo la llamada *a propósito*? ¿A estas alturas? De hecho, ¿por qué no me había llamado desde la víspera, si tanto había insistido la primera vez para que le mandara sin demora la fotocopia de la carátula de Li Grand Zombi?

Intentar ponerse en su lugar, en la piel de... del... OK, pero ¿cómo? ¿quién podría...?

¡NO!

Corrí hasta el Mustang y arranqué como un loco. Estuve a punto de chocar contra un árbol al intentar encontrar las coordenadas del cementerio cercano a Greenwood en mi GPS: 73 millas, 1.50 h de trayecto, llegada prevista a las 00.22 h.

La carretera estaba despejada, pero no quería que me parara la policía. Aun así aceleré en algunos tramos, cuando notaba que podía hacerlo. Me estacioné delante de la Little Zion Missionary Baptist Church poco después de medianoche... No había nadie, ni un ruido. ¿Qué había imaginado?

Salí del Mustang y caminé a paso ligero hasta el cementerio, en dirección a la tumba de Li Grand Zombi. Estaba iluminada... por los faros de un coche con el capó abierto. Un Cadillac Eldorado. Hecho polvo.

Color rojo sangre.

Solo (1ª parte)

42

—¡A<small>H, ERES TÚ, HIJO DE PUTA</small>! —<small>DIJO</small> B<small>RUCE GIRÁNDOSE HACIA</small> mí desde el fondo de la fosa que había excavado.

El ataúd ya estaba medio reventado y Bruce estaba destrozando los últimos fragmentos de tapa utilizando su pico como una palanca. Iba con el torso desnudo, estaba sudado y rebozado de tierra.

—Espera que acabe con esto y me ocupo de ti —añadió—. Estoy seguro de que esto también te interesa.

Me dio la espalda y estuve a punto de saltarle encima, pero justo en aquel momento arrancó los dos últimos tablones y no pude evitar mirar adentro. La tumba estaba mal iluminada y no vi ni cuerpo ni esqueleto...

—Al parecer los gusanos se lo han currado bien. O si no el zombi ha salido de su tumba. Fíjate, aquí hay algo —dijo golpeando el extremo de su pico en... en algo.

Yo estaba petrificado.

Bruce sacó ese algo, apenas mayor que una guitarra, de color marrón o caqui. Era un saco de dormir del ejército. Bruce lo desató y hundió su mano en él.

—¡Oh, oh! —dijo, mirándome con aire burlón.

Y sacó... la Moderne.

—Y bien... —prosiguió—. Es mejor de lo que pensaba. ¿Ves como ahora sí tengo una auténtica Moderne? ¿O es que te crees que soy gilipollas?

—Oh, no, ¡no solo eres gilipollas! ¡Eres auténtica escoria!

—Y tú, de escoria sabes un montón, compañero. ¿Acaso no es colega tuyo, lord Fulano?

—¿Winsley?

—Ese, sí señor. ¡Al parecer le has contado mi rollito con aquella chica! Y también la de aquel cabrón que vendía guitarras de mierda. Pero no te has chivado a la poli, esto está guay. En cambio, él me ha amenazado con soltarlo todo. Salvo si le hacía un pequeño favor. Pero me ha prometido que me compensaría. Un gran Señor, el tío, ¿no crees? Y mi Moderne, me la van a reembolsar por segunda vez, mientras que tú... ¿Ves como es mejor no tomarme por gilipollas?

—Sí, eres un auténtico gilipollas, Bruce. Y una escoria. Peor todavía. No encuentro palabras para calificar a un profanador de tumbas. Eres...

—¡Eh! ¡No te emociones, colega! ¿Acaso no es genial haber recuperado esta bonita guitarra? ¿No es lo que querías? No has tenido huevos, eso es todo. Pero no te lo reprocho. ¿La quieres probar? ¿Quieres tocar algo? ¿Por qué no vienes a verla de más cerca? —propuso Bruce, tendiéndome la Moderne.

No conseguía moverme, ni siquiera responder.

Posó lentamente la guitarra contra un reborde de la tumba recién descubierta.

—Si quieres me alejo un poco... pareces tan tímido...

Se dio la vuelta una vez más... y se giró de repente abatiendo el pico entre mis pies. Me caí hacia atrás bajo el efecto de la sorpresa. Bruce patinaba en la tierra blanda intentando salir de la tumba. Apenas me levanté se echó sobre mí. Me caí bajo su peso. Se sentó a horcajadas sobre mi tórax y me agarró el cuello con las dos manos. Me estrangulaba mientras me iba golpeando la cabeza contra el suelo. Intenté tirar de sus puños para aflojar la presión, pero era mucho más fuerte que yo. En un momento dado, una de sus manos cedió, pero fue para coger un puñado de tierra y metérmelo en la boca. Me estaba ahogando, era una sensación horrible, y casi me sentí aliviado cuando Bruce me dio un puñetazo en la sien, que me hizo mover la cabeza y escupir. Siguió estrangulándome y, esta vez le cogí los cabellos. Intentaba tirarlos hacia atrás, pero ni se inmutaba. Entonces metí el pulgar en su ojo y apoyé con todas mis fuerzas. Se levantó inmediatamente, con la mano encima del ojo.

—¡Hijo de puta! ¡Me las vas a pagar!

Volvió a coger el pico y lo dejó caer de nuevo hacia mí, rasgándome la oreja. Rodé a un lado e intenté levantarme. El pico volvió a caer cerca de mí, pero Bruce perdía precisión. Entonces comenzó a moverlo de derecha a izquierda mientras iba avanzando y, no sé cómo, me escapé levantándome. Ahora estaba de pie, con la espalda contra un árbol, y Bruce se acercaba a mí cojeando. Seguía dando grandes movimientos con el pico, iluminado a contraluz por los faros del Cadillac, en una nube de polvo que me quemaba los ojos.

El pico se terminó clavando en un lado del tronco, justo a la altura de mi cabeza, en un choque que hizo temblar el árbol y me arrojó a la cara pedazos de corteza. Bruce intentó arrancarlo para retirarlo. Le di un soberbio puntapié en sus partes y cayó de rodillas ante mí. Le di entonces un rodillazo directamente a la cara y cayó hacia atrás. Brotaba sangre de mis ojos y, con el polvo, ya no veía nada. No sé qué había hecho, pero mi cadera estaba como dislocada. No lograba ya dar ni un paso. Vi cómo aparecía el pico por encima de mí a través de la luz difusa. Tuve justo el tiempo de levantarme las manos para protegerme. Mi brazo izquierdo partió hacia atrás y sentí un dolor espantoso. La punta del pico me había perforado la mano...

Joder... Mi mano...

La rabia me invadió y estalló en mi interior. Lancé un gancho con la derecha sin mirar, y dio en el blanco. De lleno en la gruesa mandíbula de Bruce. Se hundió de cara al suelo, con un ruido sordo.

Su cráneo se había golpeado con una piedra. Bruce ya no se movía.

Me senté contra el tronco, agotado. De mi mano izquierda salía mucha sangre. La aplasté entre mis costillas y el brazo derecho para limitar la hemorragia, pero el dolor irradiaba por todo el costado. Seguía sangrando, sin duda iba a desfallecer. Tenía que hacer un vendaje. La camisa que Bruce había dejado sobre el capó del Cadillac podría funcionar. Me levanté cansinamente, constatando pese a todo que mi cadera se debía haber recolocado, porque logré caminar.

Rodeé la tumba y me senté en el capó delantero del Cadillac. Enrollé la camisa en torno a la mano y vi cómo las primeras capas quedaban empapadas de sangre. Enrollé el resto más deprisa apretando al máximo.

Parecía limpia... tan limpia como podría ser una camisa de Bruce.

La Moderne estaba ahí, delante de mí, abajo. A pesar de la oxidación, las partes metálicas y las cuerdas brillaban bajo la luz de los faros. El cuerpo era rojo y estaba desgastado en los ángulos, dejando aparecer la madera en algunos lugares; la cabeza era negra. Era... magnífica. Parecía increíblemente bien conservada. ¿Quién había tenido la idea de ponerla dentro de un saco de dormir? ¿Era una de las últimas voluntades de Li Grand Zombi? O acaso...

Avancé hasta la guitarra como atraído por un imán, y bajé a la tumba. Con un pie sobre la esquina del ataúd, me asomé para mirar adentro, con temor a resbalar. No vi ningún cuerpo. No tenía ni idea de qué pinta podía tener un cuerpo enterrado desde hacía más de cincuenta años, pero algo debía quedar, ¿no? Y sin embargo, solo había tierra, recientemente removida, y fragmentos de madera.

Y la Moderne, ¿estaba tan bien conservada como parecía? A ver, solo para verificar...

Comencé rozando su cabeza tan particular, sus clavijas tulipán. La cogí por lo alto del mástil para observarla mejor. En cualquier caso, la humedad la había atacado: era muy pesada y ligeramente convexa. La juntura con el mástil parecía haber cogido juego. Sería preciso desmontarla, ponerla a secar y pulir delicadamente todas las partes de metal, si no sustituirlas. Se tendría que enderezar y luego volver a pegar el mástil, y sin duda rehacer el cableado interior. Había mucho trabajo pero... nada que no pudiera hacerse. Tenía unas ganas terribles de prodigarle sus primeros auxilios.

Me senté en el borde de la fosa y me puse en posición para rascar las cuerdas... antes de ver el vendaje en la mano izquierda. El dolor, que había olvidado, regresó al instante. Y se interrumpió de nuevo cuando me sumergí en la observación de la guitarra. En sus aristas rasguñadas se veían las diferentes capas, de la más superficial a la más profunda: la pintura roja oscura, muy bonita pero no muy bien aplicada; el negro de la pintura anterior; el barniz original; y finalmente, la madera cruda, de color miel. Se podía leer toda la historia de aquella guitarra, una historia que hoy era el único que conocía por completo.

Salí de la tumba, con la Moderne en la mano y el viejo saco de dormir en el hombro. Lancé un último vistazo a la fosa abierta, al Cadillac con los faros encendidos y a aquel sosias patético y maléfico de Elvis Presley que yacía por el suelo. Y abandoné el cementerio.

Solo (2ª parte)

43

COLOQUÉ LA MODERNE Y EL SACO DEL EJÉRCITO ESTADOUNIDENSE en el maletero del Mustang, me subí y me hundí sobre el volante. En seguida noté que, si me quedaba mucho tiempo así, me iba a desvanecer. Arranqué y circulé por Money Road, pero en el momento de poner segunda, el volante se me escapó. Mi grueso vendaje me impedía mantenerlo mientras cambiaba las marchas. La ruta, apenas iluminada por la luna, era más o menos rectilínea pero estrecha, llena de baches y bordeada de árboles.

Intenté retirar el vendaje con los dientes circulando al ralentí, pero aquello solo funcionaba en las películas. Me detuve en la cuneta y comencé a desenrollar la camisa, pero al cabo de dos vueltas estaba demasiado pegada. ¿Debería poner alcohol? Alcohol... ¿Aquella botella de Southern Comfort seguía allí?

Hurgué bajo los asientos y terminé por encontrarla. Tras dos intentos logré desenroscar el tapón, y me recompensé con un buen trago, que me sentó de maravilla. La botella estaba casi vacía, así que... ¿Tenía que derrocharla sobre mi mano? ¿O también era un truco típico de las películas?

Estaba en este estadio de mis reflexiones cuando un rugido de motor y neumáticos que chirriaban desgarraron el silencio de la noche. Me giré y vi el Cadillac derrapando sobre la calzada que salía del cementerio, antes de encontrar el eje de la carretera balanceándose indolente sobre los amortiguadores fatigados. Los faros me deslumbraron; el Eldorado se abalanzaba sobre mí.

Puse primera y apoyé a fondo el acelerador. Luego segunda, manteniendo el volante con la mano izquierda todavía parcialmente vendada.

Sentía un dolor atroz. Puse tercera y pisé a fondo el acelerador. El Eldorado se acercaba. El régimen del motor del Mustang estaba al máximo, tenía que pasar a cuarta, pero a aquella velocidad, con tanto bache y mi mano que...

Sentí un choque en mi espalda, acompañado de un estruendo metálico. Mi cabeza basculó con violencia hacia atrás. No había reposacabezas en el coche, un error. Había recibido un buen latigazo en las cervicales y, unos segundos más tarde, recibí otro, casi tan brutal como el anterior. Bruce me estaba empujando y el Mustang era incontrolable. Estaba derrapando peligrosamente, a punto de hacer un trombo o de estrellarme contra un árbol en cualquier momento. El Cadillac era mucho más pesado y yo no podría resistir durante mucho tiempo aquel jueguecito.

Puse la cuarta, y la mano izquierda me hacía sufrir tanto que apreté los dientes. Aparte de un pequeño volantazo involuntario, la cosa funcionó. Pisé de nuevo a fondo el pedal y, en aquel momento, el Eldorado se quedó clavado ahí mismo. Aullé de gozo en el habitáculo y le dediqué una peineta a Bruce.

El diámetro de los faros se iba reduciendo a la vista, hasta desaparecer. La carretera estaba libre pero era muy mala, así que decidí levantar el pie del pedal. Seguía sin ver faros, todo iba bien. Manteniendo aquella velocidad, podía... De repente, el régimen del motor comenzó a bajar. Pisé el acelerador, pero el coche se iba ralentizando cada vez más. El motor comenzó a toser... El indicador de carburante estaba en el mínimo.

No estaba en condiciones de pensar correctamente y seguí circulando, esperando poder llegar hasta la carretera principal o a cualquier pueblucho con gente para... El motor se paró en plena cuesta. Gracias a la inercia el Mustang logró superarla pero, después de una pequeña pendiente, se detuvo en medio del asfalto.

Los faros seguían encendidos... Los apagué antes de salir. Tenía que largarme lo más pronto posible. En el momento de levantarme, volví a sentir el dolor en la cadera y me di cuenta de que volvía a cojear. Oí el Cadillac rugiendo a lo lejos, pero todavía tenía un poco de tiempo para alejarme. Y en aquel momento pensé en... ¡la Moderne! ¡En el maletero!

Rodeé el coche. La parte trasera estaba seriamente hundida, pero la Moderne no debía haber sufrido daños. Apreté el botón del maletero, pero la deformación impedía que se abriera. Me lastimé los dedos intentando levantarlo. El rugido del Cadillac aumentaba. Necesitaba una herramienta para hacer palanca, pero no tenía nada a mano y era completamente de noche; no veía a mi alrededor. Aporreé el maletero, di golpes con los codos, intenté estirar y volví a golpear. Nada. Al cabo de un segundo, los faros del Cadillac iluminaron la carretera y vi una gran piedra un poco más abajo. Sumergido en la oscuridad, palpé a tientas y la cogí. El Cadillac rugía cada vez más fuerte; no estaba más que a unos centenares de metros. Golpeé con la piedra en la parte de detrás del maletero y terminó cediendo. Estaba abierto pero yo no veía nada. Luego, en medio del rugido del viejo V8 acelerado al límite, los faros del Cadillac iluminaron el fondo. La guitarra estaba ahí, con el mástil separado del cuerpo, ambas partes unidas solamente por las cuerdas. Cogí la Moderne y, sin girarme, di un salto hacia la cuneta.

Sentí el aliento del Cadillac cuando percutió en el Mustang. Ni siquiera sé si Bruce tuvo tiempo de frenar, o hasta de comprender qué pasaba. Fragmentos de metal volaron por todas partes, pero ninguno me tocó... Me quedé de pie. La cosa sucedió algo más lejos: los dos coches, pegados el uno al otro, se deslizaron una veintena de metros antes de abandonar la carretera y empotrarse en un roble.

Al ruido ensordecedor le sucedió un silencio terrible. Uno de los faros traseros del Eldorado todavía estaba encendido, un siniestro resplandor rojo en medio de la noche.

Entonces comenzó a salir humo del Cadillac y al cabo de un momento se incendió. Las llamas cada vez eran mayores, e iluminaban la escena. Pronto el fuego prendió en las ramas del roble, y luego en todo el árbol, y subieron hasta el cielo mientras yo me quedaba plantado ahí, con los ojos clavados en el Eldorado.

Bruce no llegó a salir.

Estribillo

44

CAMINÉ Y CAMINÉ SIN CESAR EN LAS TINIEBLAS, CON MI PRECIOSA guitarra bajo el brazo, hasta el primer cruce. Y ahí me derrumbé. Tan pronto me sentí capaz, llamé a Lorraine y le expliqué la situación en pocas palabras. Le pedí que no llamara a la policía. Me contestó: «Ahora vengo» y me desvanecí sobre la hierba.

En medio de la noche estrellada apareció un rostro encima de mí. Era ella.

—Tienes que ir al hospital.

—No, todo irá bien.

—¿Estás de broma?

—Lorraine, por favor.

Me ayudó a levantarme y subimos en su coche. Vio la Moderne y mi mano.

—Te llevo al hospital.

—Lorraine, no. El hospital y la policía son lo mismo. Además, ni siquiera sé si tengo cobertura sanitaria. Me iré mañana para que me curen en Francia. Anda, sé buena, llévame a Oxford.

Lorraine aceptó y, durante el trayecto, se lo conté todo. Llegamos a mi motel y me acompañó hasta mi habitación, donde me ayudó a desvestirme y a lavarme.

Estaba amaneciendo. Se fue a buscar antibióticos, analgésicos y vendas. Mientras tanto, estuve preparando mis cosas. Estaba pensando la mejor manera de transportar la Moderne cuando ella llegó. Me tragué los medicamentos y, unos minutos más tarde, me sentía mejor. A pesar de mi cadera dolorida, lograba caminar, y las heridas en la cara, una vez limpias, no eran tan espectaculares. Lo peor era mi mano, que tenía un aspecto horrible y me dolía. Pero con el nuevo vendaje no se veía nada.

Cogí el estuche de la Silvertone para meter la Moderne. Lorraine lo estudió:

—Todo por esta cosa... —dijo.

—Sí. Todo por esta cosa.

Lorraine se acercó y acarició la guitarra.

—Es de Li Grand Zombi.

—Lo sé... ¿es un robo? —pregunté.

—A estas alturas... Está muerto. Y a su familia le daba igual... A pesar de todo es mucho dinero, aunque viéndola no lo parezca.

—Quizás... —dije, cerrando el estuche—. Esta es para ti, Lorraine, le dije dándole la Silvertone.

—¡Guay! —dijo entusiasmada—. Al final hasta aprenderé a tocar.

Hizo vibrar las cuerdas y cantó una vieja melodía de blues. Casi era mejor que parara, o acabaría enamorándome. Interrumpió la canción y me miró, con cierta tristeza. Si hubiéramos tenido más tiempo, si yo no hubiera estado tan obnubilado por aquella guitarra, tal vez...

—Tienes que coger un avión... —dijo.

—Sí, es verdad.

—Te acompaño. ¿A dónde vamos?

—...*sur la route de Memphis, sur la route de Memphis*[1] —canté en francés con las entonaciones de Eddy Mitchell.

Desde Memphis cogí el primer vuelo hacia Chicago, y luego a París. A mi costa, porque la tarjeta de lord Winsley volvía a estar bloqueada. Facturé la Moderne en la bodega para no atraer la atención y pasé todos los controles sin problemas.

Una vez llegué a mi casa, dejé la Moderne en mi habitación y me dirigí a urgencias.

---

1. «Por la carretera de Memphis, por la carretera de Memphis».

Final

EL CIRUJANO QUE ME OPERÓ ME DIJO QUE NO PODRÍA VOLVER A tocar la guitarra como antes y que, incluso después de la rehabilitación, no me recuperaría del todo. Podía sacarme de la cabeza una carrera de guitarrista profesional...

Me sentí aturdido y deprimido, y de lo único que tenía ganas era de tocar la Moderne. Pero, para ello, era preciso restaurarla. Pedí prestado material a Alain y, durante un mes, me encargué de enderezar el mástil, que estaba torcido. Lentamente, milímetro a milímetro.

Lord Winsley, o más bien Edward Terence Chapman, su nombre verdadero, no me volvió a llamar. Su número de teléfono ya no estaba operativo, y también había suprimido su cuenta de mensajería electrónica. No había ninguna manera de contactar con él.

Investigué un poco en Internet y me topé más o menos con lo que me había dicho Joey...

Tenía la Moderne y, por si acaso, un comprador discreto en Australia, pero no me bastaba. Quería ver a lord Winsley cara a cara, comprender. Y, por otra parte, él quería una prueba, pero no forzosamente la guitarra, y yo ahora tenía pruebas. La foto de Li Grand Zombi en su tumba en 1966 y, mejor todavía, todas las imágenes en alta definición que yo había tomado de la Moderne desde mi regreso y que había adjuntado en un borrador de mi gestor de mail. Pruebas que ahora sí eran indiscutibles. Pruebas... de un millón de dólares. ¿Le perdonaría haberme traicionado y haber alentado la profanación de la tumba de Li Grand Zombi por aquella suma? ¿Guardaría yo silencio sobre sus acciones? Le interesaba tanto a él como a mí...

Esperé a que me retiraran el cabestrillo. La mano había cicatrizado bien, pero no podía apretarla. Apenas podía doblar los dedos, y mis movimientos eran muy lentos. El cirujano me dijo que mejoraría después de la rehabilitación, pero yo ya veía que efectivamente iba a resultar muy complicado volver a tocar la guitarra.

Cogí un avión hacia Inverness unos días más tarde, y alquilé un pequeño utilitario ahí mismo. Me dirigí directamente a Boleskine House, pero la puerta estaba cerrada. La mansión estaba sumergida en una espesa niebla. Pulsé el botón del interfono. Nadie contestó. Toqué de nuevo y, después de varios crujidos, se oyó una voz de mujer que preguntaba mi identidad:

—Thomas Dupré. Me gustaría hablar con lord Winsley, con toda cordialidad.

—¿Lord Winsley?

—Sí.

—No conozco a nadie con este nombre, señor. Debe de ser un error.

—Perdón, quería decir el señor Chapman.

—El señor Chapman ya no vive aquí.

—¿Cómo?

—Se mudó hace casi tres meses.

—¿De verdad? Yo... ¿le dejó una dirección?

—No. Creo saber que... se fue sin dejar ninguna dirección.

—¿Ah, sí? Es... Discúlpeme.

—No hay problema. Pero... Tal vez podría dirigirse a la comisaría central de Inverness. Pregunte por el inspector Galloway, sin duda le dará más información.

—¿El inspector Galloway?

—Exactamente.

—Bien, pues, gracias... Muchas gracias.

—De nada —dijo la mujer, cortando la comunicación.

Volví a coger el coche y regresé a Inverness, sopesando los pros y los contras de una visita a la policía. Era arriesgado pero... soy curioso por naturaleza.

De todos modos, titubeé una vez estuve delante de la imponente fachada de la comisaría central, una mezcla austera de ladrillos rojos y de vidrio. Luego entré y me presenté en recepción:

—Buenos días, desearía hablar con el inspector Galloway, por favor.

—¿Sobre qué tema?

—Sobre el señor Chapman.

—¿Su nombre, señor?

—Thomas Dupré.

El policía cogió el teléfono y marcó unas cifras. Conversó rápidamente, con un acento escocés ininteligible.

—El inspector jefe Galloway vendrá a recibirle. Puede esperar aquí —me dijo.

Cinco minutos más tarde, el inspector Galloway me pidió que lo siguiera hasta su despacho. Me propuso que me sentara e hizo lo propio... antes de iniciar un interrogatorio con todas las de la ley.

Después de informarle de mi identidad y que hubo verificado mis papeles, me preguntó el motivo de mi visita.

Me presenté como un vendedor parisino que había llevado una guitarra de gran valor a lord Winsley hacía unos meses. Expliqué que deseaba volverlo a ver para proponerle otra. Acababa de enterarme de que se había mudado y... eso era todo.

Era corto, pero al menos no mentía.

—¿Estuvo usted en los Estados Unidos recientemente? —me preguntó el inspector Galloway.

—Exactamente —dije, desconcertado.

—¿Qué hacía usted ahí?

—Yo... buscaba guitarras.

—¿Para el señor Chapman?

Dudé un instante.

—Para el señor Chapman, pero también para mí. Para mis clientes.

—Dice usted que quería proponerle otra guitarra. ¿Dónde está?

—No la llevo conmigo. Está en los Estados Unidos. Quería saber si le interesa antes de importarla.

—¿Y viene usted a propósito hasta Inverness especialmente para esto?

—Sí... es decir, no. También quería visitar el lago Ness. No tuve suficiente tiempo la última vez, y es una región preciosa.

—¿Tiene usted una foto de la guitarra que quería proponerle al señor Chapman?

—Sí —contesté, intentando mantener la naturalidad.

—¿Me la puede mostrar, señor?

—Desde luego...

Cogí mi teléfono para buscar una imagen, pero ni hablar de mostrarle la Moderne. Solo tenía fotos tomadas en Prestige Guitars, pero había dicho que el instrumento se encontraba en los Estados Unidos. Discretamente, me conecté a la página web de George Gruhn, en Nashville, que proponía guitarras excepcionales, y decidí que aquella Les Paul Standard, de 1958, con su suntuosa tapa veteada y de solo noventa y cinco mil dólares, funcionaría. Le pasé el móvil al inspector Galloway, que miró atentamente la foto.

—Es una Gibson, ¿verdad?

—Sí.

—Una Gibson vintage...

—De 1958.

—Pero no es una Moderne —dijo el inspector Galloway, mirándome directo a los ojos.

No me atreví a contestar, no sabía de qué iba aquel asunto... Intenté un vago:

—Por desgracia, no.

—*Por desgracia*, no... ¿Qué quiere usted decir?

—El señor Chapman quería que le encontrara una Moderne, pero no lo conseguí. Pero esta Les...

—Así que no ha encontrado la Moderne.

—No.

—¿Cree usted que existe?

—Mmm... resulta difícil asegurarlo.

—¿Por qué?

—Hay elementos que podrían sugerir que existe, pero otros que...

—Y sin embargo, encontró usted una foto de época.

—¿Se refiere a... esa vieja carátula?

—Sí.

—Nadie pensó que aquella foto fuera convincente. Solo se ve una pequeña parte de la guitarra y... pero, a ver, ¿cómo lo sabe?

—Lo sé y ya está.

—¿El señor Chapman le ha hablado de esto?

—Más o menos. ¿Por qué lo llama usted señor Chapman?

—Yo lo conocía bajo el hombre de lord Winsley, pero creo que Chapman es su verdadero apellido.

—Es exactamente así. ¿Cómo se ha enterado?

—Acabo de ir a Boleskine House y la nueva propietaria me ha dicho que el señor Chapman era el antiguo...

—Sí, concuerda con lo que me acaba de decir.

—¿Le... le ha llamado?

—Sí, le pedí que me avisara si alguien intentaba encontrar al señor Chapman.

—Pero ¿por qué?

El inspector Galloway suspiró.

—Porque estamos intentando encontrar su rastro.

—¿Ha desaparecido?

—Ha huido.

Al parecer, había respondido correctamente a sus preguntas, y el inspector Galloway aceptó proporcionarme algunas informaciones relativas a su investigación. Había conocido al señor Chapman cuando éste había presentado una denuncia contra un tal Gordon Lewis, lutier en Inverness, por el robo de su guitarra, una Moderne. El señor Lewis había sido hallado muerto poco tiempo después, y habían echado su cadáver al lago. La investigación mostró que debía bastante dinero a bastante gente. Había varias explicaciones posibles, pero la del señor Chapman era la más coherente: el señor Lewis le había robado una de sus guitarras más bonitas para devolver sus deudas. El negocio no había funcionado y había perdido la vida. A pesar de todo, el inspector Galloway se había preguntado a quién beneficiaba el crimen. Al nuevo propietario del instrumento, evidentemente, pero también al señor Chapman. Porque reclamaba ni más ni menos que diez millones de dólares por esta pérdida... Y, después de la investigación con la compañía de seguros, resultaba que el contrato era bastante reciente y suscitaba dudas, por el hecho de que el señor Chapman y el corredor se conocían desde hacía tiempo.

Además, el señor Chapman no podía presentar ninguna foto de su guitarra y, más extraño todavía, nadie podía afirmar que una guitarra como esta se hubiera fabricado algún día. Demasiadas cosas raras para un solo hombre, y un examen de los anteriores pleitos relacionados con él no decía mucho en su favor, aunque nunca lo hubieran condenado. El inspector Galloway obtuvo una orden judicial para poder someter a escucha al señor Chapman, y de este modo se fue enterando de nuestros negocios.

Comenzaba a sudar...

—¿Y qué descubrió con estas escuchas? —pregunté, intentando parecer relajado.

—No mucho... El hecho de que el señor Chapman le pidiera que encontrara una prueba de la existencia de esta guitarra confirmaba más bien su versión. Pero debió sospechar algo, porque sospecho que a partir de entonces utilizó otra línea para escapar a mi vigilancia. Y puso su mansión en venta, a muy buen precio y con toda discreción.

Respiré tranquilo, el inspector Galloway solo parecía estar al corriente del principio de mi caso. También recordé que lord Winsley a veces me había llamado con un número oculto.

—¿Piensa usted que el señor Chapman es un estafador? —pregunté.

—Estoy seguro de ello, ahora que ha huido. Pero sospecho que sea más que esto.

—Es decir...

—Un asesino.

—El señor Chapman es un anciano... en silla de ruedas —observé.

El inspector Galloway soltó una carcajada. Tecleó algo en su ordenador.

—Cogió el avión en Inverness hacia Heathrow, y de Londres voló hacia Nueva Delhi, con Avinash, su hombre *para todo*. Las últimas imágenes que tenemos de él provienen del aeropuerto. Mire.

Giró la pantalla hacia mí. Era un vídeo en blanco y negro, una toma cenital. Lord Winsley, o más bien el señor Chapman, parecía responder a las preguntas de un miembro del personal de tierra. Estaba de pie... sin silla alguna a su lado. Cuando hubo terminado, se fue, caminando... El inspector Galloway prosiguió:

—Efectivamente, iba en silla de ruedas cuando lo conocí. Su seguro le abonaba desde hacía más de diez años una importante indemnización mensual por «invalidez». Pero cuando uno tiene prisa...

—Estoy... muy sorprendido.

En realidad estaba estupefacto. Aquel tipo le tomaba el pelo a todo el mundo y siempre parecía salirse con la suya. Un *vivales*... como mínimo.

—¿Pero ha hablado usted de asesinato?

—Es una suposición. Digamos que para esperar que un seguro compense el robo de una guitarra cuya existencia no se puede demostrar, al menos es preciso probar la de un robo... Y para ello, ¿qué mejor que el hombre a quien todo parece acusar quede reducido al silencio? El señor Chapman pudo actuar por oportunismo, tal vez el lutier realmente le robó la guitarra, pero el plan sucesivo parece demasiado elaborado. Y sobre todo, pensado de antemano. No parece que sea improvisado... Pero no tengo ninguna prueba —dijo, sonriendo amargamente—. Por este motivo, si un día le contacta en relación con la Moderne, dígale que la ha encontrado. Y propóngale entregársela a buen precio... Entonces nos avisa y tendremos la oportunidad de detenerlo. Intente encontrar una historia creíble sobre cómo encontró usted esta guitarra... aparentemente excepcional.

—No se preocupe, así lo haré.

Me despedí, libre, y salté al primer avión hacia París. Intenté digerir lo que acababa de saber. Así que lord Winsley nunca había poseído una Moderne y había montado un timo que tal vez, por no decir probablemente, pasaba por la muerte de un pobre lutier. La aseguradora había albergado dudas acerca de la existencia de la guitarra, y él me había encargado que encontrara una prueba. Pero, a causa del celo del inspector Galloway, el plan se había ido al traste. A partir de entonces, lord Winsley había tenido que intentar salvarse y sin duda renunciar al dinero del seguro... La prueba que me pedía ya era inútil, y entonces, ¿por qué me seguía financiando? Sin duda porque apostaba a que iba a encontrar no solo la prueba, sino la propia guitarra. *Creer para ver.* Y aquello era un buen medio para recuperarse. Sobre todo que, recurriendo a Bruce en el último momento, lo conseguía por menos del millón de dólares que me había prometido... Lo único es que, al final, era yo quien había recuperado la Moderne.

¿Y ahora qué haría? ¿Venderla al señor Oshima? Era lo más razonable. Pero no podía presentársela en el estado en que se encontraba.

Me pasé las semanas siguientes terminando de restaurarla. Los tests mostraban que las pastillas originales funcionaban a la perfección, y que poseían una potencia extraordinaria. Solo se tenían que sustituir el cableado y algunos componentes eléctricos internos, y lo hice con piezas de época, comunes a otras Gibson de los mismos años. No toqué ni la pintura, ni los trastes pero, tras ir recuperando poco a poco la movilidad en la mano izquierda, lo limpié todo y pegué el mástil tan meticulosamente como me fue posible. Finalmente, puse cuerdas nuevas y me pasé varios días ajustándolo todo al máximo.

Siempre recordaré el momento en que la enchufé, para intentar reproducir el riff de «Song To Rest In Hell». Qué sonido... qué guitarra... sin olvidar que las he tenido de muy buenas entre las manos. Y mi mano, justamente... casi tocaba sola. A veces me equivocaba pero... podía tocar.

Intenté tocar también mi Gretsch y la magnífica 345 que lord Winsley me había regalado, pero me di cuenta de que era mucho más difícil. El mástil de la Moderne se me ajustaba mejor y, sobre todo... me inspiraba. Comencé a componer, cosa que hacía meses que no había hecho.

Me pasaba todo el tiempo con la Moderne y, al cabo de unos días, había recuperado mi nivel habitual... Unas semanas más tarde lo superé.

Como había sucedido con Li Grand Zombi, aquella guitarra me llevaba por caminos extraños y desconocidos. Ninguna otra lograba que expresara tan bien mis sentimientos profundos. El sonido podía ser ronco y salvaje, ligero y dinámico, o cálido y aterciopelado, según los ajustes que elegía y mi manera de atacar. Respondía a todo, lo comprendía todo, como si estuviera conectada directamente con la tonalidad de mis emociones. Y esto valía más que todo el oro del mundo...

Grabé un tema, luego otro. Un domingo, en unas pocas horas se me aparecieron cuatro títulos más. Grabé todas las noches durante dos meses y, al final, tenía veinticuatro canciones terminadas. Estaba contento, pero no sabía lo que valían.

Un día estaba merodeando por la tienda de Alain, en su ausencia, y un guitarrista y cantante de un grupo anglosajón muy conocido vino para buscar una guitarra nueva. Le pregunté qué buscaba y me habló del álbum que estaba preparando. Quería un sonido «vintage y moderno a la vez». Así que, para ayudarle a precisar su petición, le hice escuchar una de mis demos, que había grabado en el móvil. Le pareció genial. Quiso saber quién tocaba y le respondí que era un amigo. Me preguntó si tenía otras demos de este amigo y le dejé escuchar varias. Estaba pasmado. Le entusiasmaba el sonido, y más todavía la manera de tocar. Quería conocer a mi amigo, para colaborar con él... Le dije que se lo preguntaría, pero que sin duda se negaría... Era un solitario. En realidad, no me sentía preparado y, sobre todo, me había dado cuenta de que solo tocaba correctamente con la Moderne, y no la quería mostrar. Pero mi «amigo» terminó por aceptar la colaboración, de manera totalmente discreta y bajo seudónimo. El guitarrista me envió maquetas de su álbum y creé algunas pistas adicionales, aporté cambios en algunos riffs, volví a tocar tal solo o tal otro e incluso propuse una composición original. El álbum fue un bombazo... El doble de ventas que el anterior. La crítica alabó aquel nuevo sonido «sombrío, salvaje y sutil, que viene de otra parte», y la canción que había compuesto, y que el grupo interpretó de forma soberbia, fue su mayor *hit*. Es inútil decir que me había inspirado abundantemente en las originalidades formales y conceptuales de la música de Li Grand Zombi.

A partir de entonces, las cosas se aceleraron. Mi nombre, o más bien el seudónimo de mi «amigo» comenzó a circular en el ambiente afelpado de los grandes estudios. Recibí peticiones de Francia, Inglaterra y, más recientemente, de los Estados Unidos. Solo acepto lo que me gusta y colaboro con grupos tan conocidos que a veces me cuesta creerlo. No puedo precisar cuáles, mis contratos me lo prohíben formalmente, pero si os gusta el rock actual, es muy posible que yo esté tocando en aquella canción que escucháis una y otra vez desde hace unas semanas...

Me encanta esta vida de músico en la sombra, de compositor fantasma, que me ofrece un confort material que nunca había conocido y me deja una gran libertad. Pero las ganas de montar mi propio grupo y de tocar en escena crecen cada vez más. Así que, quizás un día.

He abierto varias veces la página web de The Bruce Pelvis Presley Band. Shelby tuvo que anunciar la muerte trágica de su marido en un accidente de coche, y solicitó donaciones para ayudarla a criar a su bebé, donaciones en las que participé modestamente, de manera anónima. Luego creó un nuevo grupo, un dúo sobriamente bautizado como Shelby and Norman, en el que éste ha cambiado el contrabajo por una guitarra folk. Hace dos meses anunciaron el nacimiento de una niña.

Hablo a menudo con Lorraine, y todo le va muy bien. Defendió su tesis —finalmente centrada en Li Grand Zombi Robertson— con brío, y obtuvo el doctorado con facilidad. Sigue trabajando en Ole Miss, en compañía de Vince, pero para el año que viene tiene muchas posibilidades de obtener un puesto en la Universidad de Chicago. En cuanto a Joey, hace tantos descubrimientos cada día sobre un montón de temas que todavía debe encontrar el suyo propio.

Un día, Lorraine me llamó para hablarme de la tumba de Li Grand Zombi. Había seguido de cerca la investigación de la policía de Greenwood y me confirmó que no habían encontrado el cuerpo. Aquello podría haberse quedado en un simple misterio, pero evidentemente Lorraine quería saber más. Volvió a casa de Jungle Jack con varias buenas botellas y, al final, éste habló...

Li Grand Zombi consideraba que, voluntariamente o no, había hecho mucho daño a su alrededor. Quería dejar la música y, sobre todo, desaparecer... a los ojos del mundo. Para ello, planeó que lo enterraran vivo... aunque pareciera que estaba muerto. Ante la amenaza de que se suicidaría de verdad, logró convencer al médico que viniera a constatar su «fallecimiento» en el momento adecuado, y este último le había prescrito incluso una droga que ralentizaba el metabolismo, a fin de simular el estado de muerte. Li Grand Zombi pidió a Jungle Jack que le hiciera una foto en el ataúd, para probar que estaba bien muerto, por si alguien se cruzaba con él y pretendiera haberlo reconocido en alguna parte.

Li Grand Zombi se tragó la droga el día previsto y se hizo enterrar al día siguiente con su guitarra. Jungle Jack tomó la foto y lo desenterró, una vez la pequeña congregación se hubo marchado.

Después de recuperarse, Li Grand Zombi decidió dejar la Moderne en la tumba. Decía que estaba maldita y que tenía que «romper la maldición» para iniciar una nueva vida.

Jungle Jack asegura que nunca más volvió a ver a su amigo, y las investigaciones de Lorraine para encontrar su rastro no han dado ningún resultado. A día de hoy es imposible saber si Li Grand Zombi Robertson está vivo o muerto...

En cualquier caso, no murió a los veintisiete años, como Robert Johnson, Brian Jones, Jimi Hendrix, Jim Morrison, Janis Joplin y, más recientemente, Kurt Cobain o Amy Winehouse.

Siempre había pensado que esta historia del «club de los 27» era ridícula, porque muchos inmensos artistas murieron a otras edades. Pero, desde que los he cumplido yo, la cosa me ronda en la cabeza. Tengo la impresión de que mi vida no ha hecho más que empezar y, sin embargo, mientras toco con mi Moderne, en el corazón de la noche, a veces me digo que el sueño despierto y extraordinario que estoy viviendo se terminará brutalmente. Y que, como Robert Johnson en «Me And The Devil Blues», dentro de poco podría cantar:

«Esta mañana temprano,
Cuando a mi puerta has llamado,
Esta mañana temprano, uuuuuuh,
Cuando a mi puerta has llamado,
He dicho: Hola Satán,
Supongo que es la hora de irse...»

Las novelas del rock

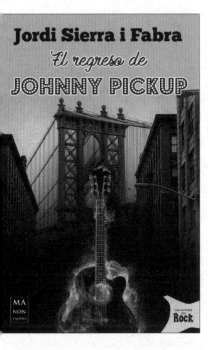

El regreso de Johnny Pickup
Jordi Sierra i Fabra

Una novela que aúna música, nostalgia y humor a partes iguales.

Johnny es un tipo legal, un rockero entre los grandes a quien se le ocurrió la peregrina idea de retirarse a una isla desierta en la Polinesia. A su encuentro acude un crítico musical llamado George Saw que se ha propuesto sacar a Johnny del olvido y volver a Nueva York. Pero Johnny lleva demasiados años retirado, y ni Nueva York es la misma ciudad que conoció, ni el rock ha dejado de evolucionar. Hasta el mismo Dylan se ha convertido al cristianismo. ¿Cómo puede sobrevivir un dinosaurio en un lugar así?

Un auténtico clásico: una sátira feroz y despiadada del mundo del disco y sus engranajes.

La reina del Punk
Susana Hernández

Una vibrante novela escrita a dos voces sobre una de las más polémicas leyendas malditas del rock.

En el trasfondo musical de finales de los setenta, el punk empieza a reinar en las salas más alternativas y Nancy Spungen está dispuesta a todo para no perderse este momento y para hacer efectivo aquello de «vive rápido, muere joven y deja un bonito cadáver».

Una periodista musical decide investigar la vida y la muerte de Nancy Spungen, la compañera de Sid Vicious, muerta en extrañas circunstancias en el Hotel Chelsea. Su investigación, y el conocimiento que traba de los pormenores de la vida de quien fue la compañera de uno de los iconos del punk, discurre en paralelo a hechos de su propia vida.

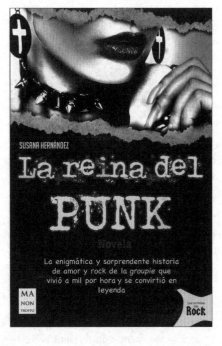

Las novelas gráficas del rock

Las magníficas ilustraciones de Brian Williamson y el brillante guion de Jim McCarthy capturan toda la esencia y todos los sinsabores de la banda de trash metal más exitosa.

La historia completa de Ramones desde su comienzos en Queens y su irrupción en e escenario del mítico club CBGB hasta su disolución.

El peligroso espíritu de Axl Rose, la primera y memorable formación de Guns N'Roses y los numerosos cambios en el grupo a lo largo de tres décadas en esta novela gráfica.

La extraordinaria vida del legendario músic jamaicano Bob Marley está plasmada en es fabulosa novela gráfica de Jim McCarthy Benito Gallego.

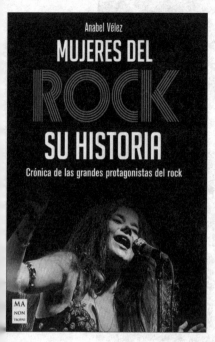

Mujeres del rock. Su historia
Anabel Vélez

El apasionante viaje histórico y cronológico por los caminos que la mujer ha trazado en el universo de la música rock.
Este libro es el recorrido histórico y cronológico, desde los años veinte del siglo pasado hasta la actualidad, de las artistas más importantes e influyentes de la música rock. La autora explica su origen y procedencia, desde géneros como el blues o el góspel, hasta las voces que tienen algo que contar en los primeros pasos de este nuevo mileno. Evidentemente, no están todas las que son, el espacio es el que es, pero todas las que están son parte importante de la historia del rock.

Historia de la música pop
Peter Doggett

Un elegante, ameno y completo panorama de la música popular: desde el ragtime hasta el rock.
Ambicioso y revolucionario, el libro nos cuenta la historia de la música popular, desde la primera grabación a finales del siglo XIX hasta el nacimiento de los Beatles en este primer volumen y la omnipresencia de la música en nuestras vidas. En esta montaña rusa que es la historia social y cultural y a través de sus personajes protagonistas, Peter Doggett muestra cómo los cambios revolucionarios de la tecnología han convertido la música popular en el sustento del mundo moderno.

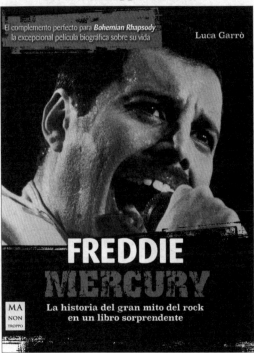

La leyenda de Freddie Mercury a través de los
momentos esenciales de su vida y de su carrera.

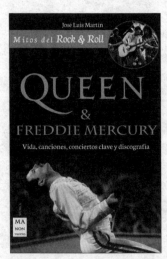

Vida, canciones, conciertos clave y
discografía de uno de los mejores
grupos de todos los tiempos.

Un compendio de declaraciones
de Freddie Mercury a partir de
entrevistas realizadas a lo largo de
veinte años.

Todo Blues
Manuel López Poy

Un completo panorama de la música blues: los artistas, los estilos, la cultura y los álbumes fundamentales.

Originario de las comunidades afroamericanas del sur de los Estados Unidos, se ha convertido en una de las influencias más importantes para el desarrollo de la música popular estadounidense y occidental. La primera piedra objeto de culto fue Robert Johnson, quien vendió su alma para poder tocar mejor que nadie la guitarra. Desde entonces hasta aquí, el blues ha generado un sinnúmero de artistas y subgéneros. Este libro da cuenta de todos ellos, en mayor o menor medida de su importancia y trascendencia, dando las claves de un género más actual y vivo que nunca.

Leyendas urbanas del rock
José Luis Martín

Historias apasionantes sobre el mundo del rock y sus protagonistas.
¿Leyendas, realidad adulterada, pura superchería?
¿Qué fue del cadáver de Gram Parsons? ¿Fue el White Album de Los Beatles el detonante de la locura de Charles Manson? ¿Jimi Hendrix murió asesinado o fue un suicidio? ¿Qué relación tienen Led Zeppelin y el universo Tolkien? ¿Qué terrible venganza perpetró Phil Collins? Este libro recoge algunas de las leyendas urbanas más interesantes, insólitas y salvajes del universo rock en una lectura tan apasionante como divertida.

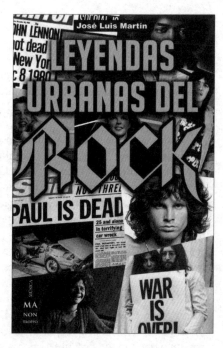

Rutas del rock

Ezio Guaitamacchi

De los caminos del blues a Woodstock. Nashville, Nueva Orleans, Memphis, Chicago, Nueva York...

Este libro, a medio camino entre una guía turística y una enciclopedia, es un magnífico relato en clave de viaje musical que estimula la fantasía y la imaginación del lector desvelando curiosidades de todos aquellos lugares –sagrados, famosos o históricos– que el autor ha visitado, y que coinciden siempre con diferentes itinerarios que han marcado la historia de la música.

El excepcional talento narrativo de Ezio Guaitamacchi y la evocación de los lugares míticos del rock hacen de este libro una obra excepcional, un viaje poliédrico a las entrañas de la historia de la música.

Nuevas rutas del rock

Ezio Guaitamacchi

Del sueño californiano al latido irlandés. San Francisco, Seattle, Liverpool, Londres, Dublín...

Este libro quiere desvelar anécdotas e «historias que han hecho historia», de los lugares que han sido testimonio de fantásticas aventuras musicales. Como la que protagonizaron Jimi Hendrix, Janis Joplin o Grateful Dead en la costa oeste americana; o Neil Young en el festival de Monterrey; o los Eagles y su «Hotel California»... En este lado del Atlántico el autor hace una incursión en el Liverpool de los Beatles para trasladarse luego al Londres del Marquee, de Abbey Road, del distrito punk y de los macroconciertos en Wembley con David Bowie, Elton John o Pink Floyd. Finalizando con un paseo tintado de Guiness por la verde Irlanda de la mano de los Commitments, de U2, de Van Morrison y de los Cranberries.